關原之戰 下

司馬遼太郎

劉立善 譯

目錄

田丸

當時的江戶城，並不是關原大戰後那樣的規模。

城裡到處是草葺屋頂的建築，城牆也並非上方風格的石牆，而是將挖掘護城河的廢土堆攏起來，種上青草。江戶城彷彿被泥土草牆圍繞著。

家康返回居城後，不知心裡在琢磨什麼，倏然停止了軍事活動。

——今天能下令出征吧？

躍躍欲試的軍團有點洩勁了，卻又不敢解除上陣的裝備。全體足輕穿著武士草鞋，旅費掛在腰間，宿營城內，時刻準備著。一聲令下就可以立即上路。

城裡家康宅邸周圍的警衛武士們，睡時人不解甲，宅邸門前大牆邊新配置了長槍隊，槍柄林立。書院壁龕掛著家康本陣的象徵——金扇馬標。

結果，八月五日家康從小山回到江戶後，直到九月一日，他動也不動。

其間，在上方之地，東軍城池相繼陷落，西軍氣勢昂揚。

而跟隨家康的福島正則等豐臣家諸將，也都已各就戰鬥位置。但家康依舊穩坐不動。

「主上做何打算？」

就連家康側近的將士都感到疑惑不解。

進入江戶數日過後，甚至連很能沉住氣的本多正信也說道：

「主上可真行啊。」

正信察言觀色後如此說道。此話意思是，主上可真沉得住氣呀。

「噯，動得了嗎？」

家康說道。

首先，有來自北方的威脅。自己若辭別江戶，擔心會津的上杉可能聯合常陸的佐竹，乘機闖入關東。

「世上最可怕的就是傻瓜和莽漢。」

家康說道。

上杉家雖說擁一百二十萬石，卻不具備在領國外作戰的能力。

也就是說，上杉景勝軍團的戰力最多只能將會津盆地要塞化，誘進家康將之消滅，並沒有衝到領國外，到關東八州放縱馳突的兵力。因此上杉軍團不可能闖入江戶。

（但是，不可掉以輕心。）

家康這樣思量。

上述觀測始終僅是常識，但對上杉景勝那樣忠義無雙的傻瓜，及其謀臣直江山城守兼續那樣滿懷奇妙正義感的莽撞之人，均不適用。說不定他們會被熱血衝昏頭腦，從會津向江戶發起決死的遠征。

因此，家康命令隔鄰會津上杉的伊達政宗：

「必須緊咬上杉的褲腳，切莫鬆口！」

伊達政宗是走過戰國波濤的豪傑，自然是招數百出，故此家康還是不能高枕無憂。家康向來多疑不安，而政宗又是個狡猾的謀略家。

（在這世間，他是對利害最敏感的人。）

家康這樣推斷，豈敢疏忽。如果政宗是信長和秀吉級數的人，必定會反過來拉攏鄰國的上杉景勝。上杉氏好像已經與南鄰的佐竹秘結同盟了，因此倘若伊達、上杉、佐竹三者聯合，俸祿額將超過二百萬石，足以在關東平原與家康決戰。

——不能讓他們得逞。

家康早就採取了對策。但謀略家政宗會如何變心，那是說不準的事。

「先觀望一下北方的形勢。」

家康對正信說道。

「彌八郎（正信）心下如何？」

「哎呀，臣以為甚善。」

正信認為慎重是美德，家康的態度令正信欣喜若狂了。

「若是織田右府公（信長），大概會輕率地離別江戶，疾風般奔馳東海道，電光石火間便和治部少輔（三成）決一雌雄。但我不會那樣作。徹底弄清北方情況，我才能動身。」

「臣認為如此運籌可靠。不過這幫年輕人動輒焦急萬分，渴盼主上今或明天就御駕親征。」

「武士若沒有這股精氣神，那就糟了。」

「不僅德川家的武士如此，」

正信說道：

「西進的福島正則等人，也來信催促主上儘早出征。」

對此，正信也覺得不好處理。他們並非德川家的家臣，原本是秀賴的家臣，先日纔在小山變節隨了家康。他們為討伐以秀賴為首的西軍而奔馳。德川家若讓他們心懷憂慮，那麼，本可打下的天下卻會因此錯失良機。

「主上如何看待這種催促？」

「這個啊。」

家康慢吞吞閉上眼睛。

本多佐渡守正信等待那對眼皮睜開。他耐心等著。令正信驚訝的是，他等了四半刻（編註：半小時），家康才終於睜眼。那雙和老人不相稱的眼睛凝視著正信的臉，閃爍著尋常看不見欲決死一戰的光芒。

「他們可信嗎？」

家康陰沉沉地問道。

（事到如今，講這什麼話呀？）

不消說，正信十分詫異。家康平時做事慎重，但從不優柔寡斷。福島正則以降諸將已無視於秀賴的存在，在小山會議上決定擁戴家康為盟主，並將此意稟報家康。家康也為之大悅，以此為基礎制定了消滅西軍的戰略。

「到了這種關鍵時刻，主上又擔心他們嗎？」

「彌八郎，不覺得嗎？」

「若這樣說來……」

正信俯首，凝視榻榻米。的確，他並非不擔憂。他們皆是背叛了豐臣秀賴的逆臣，雖然見風使舵滾到家康一側，倘若形勢再有逆轉，他們或許還會滾回秀賴那邊。

「戰場上發生這般轉變可就糟了。」

家康說道。倘若在戰場上倏然窩裡反，調轉馬頭衝進家康本陣，那麼構築至今的謀奪天下高層建築瞬間就土崩瓦解了。

「對不？畢竟是那種根性的傢伙。能神速叛變倒向我方，也能神速倒向敵方吧。因此不敢相信。」

「這是杞人憂天呀。我方越強大，他們就越不可能倒向敵方。恕臣冒昧，用人不疑，為將之道也。」

「這我當然明白。」

家康用不著聽正信說教。秀吉死後，大將家康的經驗與功績在日本國已無人能出其右了。

「誠惶誠恐。口無遮攔，彌八郎罪該萬死。」

正信略開玩笑地說道。

「唉，其實，想到太閤一手提拔的大名竟是些無節無義之輩，我高興之餘，又頗覺寒心。」

家康不希望德川家染上這種無節無義的風氣。

「這是由於豐臣家勢弱吧。」

正信說道。秀吉出身為織田家的一介軍官，後來奪取了天下。他並非家康那樣的豪族出身，沒有代代追隨的家臣，亦即身周沒有譜代重恩之輩。

豐臣家的大名，多是秀吉服侍織田時代的同僚，或是新跟隨而來的大名。即便是自幼恩養的大名，也是始自秀吉這代。他們對秀吉個人有愛，但對豐臣「家族」卻無忠誠的習慣與傳統。所以對秀賴寡義薄情。

「德川家與之相異。我們的譜代大名心性如何，只看伏見的鳥居彥右衛門的例子，就會明白的。」

彥右衛門作為一顆棄子而死。那種傑出心性不存於豐臣家的家風中。

「故太閤之所以能得天下，是透過對諸大名餌以重利。為利聚者，利去則散。這與德川家的家風大相逕庭。」

「這我也知道。」

家康說道。

「在小山，那麼多大名中，沒有人挺身申明站到秀賴公一邊，何故？哪怕只有一人也好啊。」

「是呀，哪怕僅有一人。」

「挺身而出是武士的佳趣呀。武士並非全為私利的。」

「主上所想，挺奢侈哪。」

正信說道。正因為他們是因勢而動的輕佻者，家康才能打這場奪取天下的大戰。

「非也。只要有一個固執者站出來，福島正則等人的叛變行為就能夠相信了。竟然這麼乾脆地一舉背叛，總覺得難以信任。彌八郎難道不這麼認為嗎？」

（確實如此……）

正信無言頷首。

「所以，」

家康說道：

「那群獵犬是否真心，我想在江戶再觀望一下。」

當時江戶有個懷有異心的人。不，嚴格說來，並非在江戶。

這位大名離別江戶，為出征上方來到品川，駐軍此地時產生了異心。

（不能箭射秀賴公。）

此人這樣暗思。小山軍事會議上，他被捲入大勢，迫不得已申明跟隨家康。雖然如此，西行路上他的心情沉重起來。

此人命軍隊駐紮驛站，然後帶領幾名隨從返回江戶，進了江戶城，要求面晤正信。

傳訊武士稟報此人姓名時，正信歪頭左思右想。人名記得，臉卻怎麼也想不起來了。

「讓他進來！」

正信下令領到書院。

究竟是何人，正信還是沒想起來。

此人名叫「田丸直昌」。

是美濃一帶年祿四萬石微不足道的小大名。但宮中授他的爵位很高，是從五位下的中務大輔，秀吉晚年還賜姓豐臣。

（到底田丸是……）

他究竟是怎樣一個大名？正信努力回憶著。依稀覺得是五十歲左右、外表不出色的寡言人。

正信叫來祐筆（書記官）。祐筆名曰本間閑齋，很熟悉豐臣家的武鑑（人事檔案）。

「他原本是伊勢的望族。」

閑齋說道。

田丸家是南北朝以來擔任伊勢國司的北畠家旁支，世代為伊勢國度會郡田丸鄉的田丸城主，血統在伊勢格外受尊敬，城池甚至被稱作「田丸御所」。

秀吉優待田丸家，先令其遷至信州任大名，後來又移到美濃。俸祿少、官階爵位高是因為田丸家屬於名門血統。

不言而喻，田丸家沒有軍事實力。秀吉晚年，田丸直昌擔任御伽眾，一直服侍秀吉身旁，陪他閒聊。

（的確有這麼個大名吧。）

經這麼一說，正信「噯」地一聲表示佩服，儘管田丸直昌在世間是個近似於無名之人。

（此人有何意圖？）

正信疑惑不解，來到書院，草草點頭致意，就聽田丸直昌說事。

「在、在下是……」

田丸的窄臉上堆起皺紋，剛起頭就張口結舌說不上話了。他嚴重口吃。口吃之人竟擔任秀吉的御伽眾，有點不可思議。

「茶都涼了，換一下吧。」

正信插了一句話，和緩一下田丸的心情。

田丸點頭，馬上又仰臉發出了什麼聲音。呼吸急促，聲音斷續，幾不成句。反倒是聽著的正信覺得痛苦。

好不容易聽明白的意思是：

「在小山我未得申明己意。若這樣鑽入江戶大人傘下，在忠義上對不住秀賴公。」

田丸直昌好像在說，「因此，我想投奔西軍，能否得到恩准？」

「看來，您是從品川驛站折回來的？」

「是、是的，正是。」

「但請想想。這場交戰不利於治部少輔，他必定滅亡。難得立了大志，現又作罷，這合適嗎？」

「多、多謝好意。」

田丸直昌歡喜地一禮致謝，但又迸出聲音，結結巴巴說了一番話，意思如下：

「我、我只能走這條路。我蒙受故太閤殿下太多恩澤，不能走其他路啊。」

（頭一次有這種人出現。）

對此，正信心懷感動。

但是立場須分敵我。正信不便誇讚「這才叫武士」，只能表情嚴肅地說道：

「你的禮數我徹底明白了，定會得體地轉達主上。」

正信令田丸直昌退去。直昌這般小大名站到我方也好，站到敵方也罷，都無關大局。加之，「立志加入上方一邊的人請離開我軍，不必客氣」，已有言在先。直昌的態度符合軍隊之禮，堂堂正正。

其後，正信將此事報告家康。

「出現這樣的人了？」

不消說，家康的語氣明朗愉快。

此處為冗筆。關原大戰後，田丸直昌領地遭沒收。但並未賜死，而是放逐到越後，最終獲得赦免。晚年寄食於相當於侄子的蒲生秀行家，直到終老。

如此寬刑可謂德川家的好意。德川家的惡意，倒是集中表現在處理跟隨家康的福島正則、加藤清正、加藤嘉明等大名的家業上。德川家斷了這些人的家門。這大概因為打下江山後，德川家對他們沒有好感吧。

桑名城主

伊勢桑名的城主，名曰氏家行廣。

「不過是個小大名，倒很愛講大道理。」

自早便有此定評。

這處所謂的「愛講大道理」，是指他發表太多「應該如何」的正論。

「我討厭彎曲的東西。」

氏家行廣總這樣說。他的頭盔飾物也是用上一根祭神幡杆，直挺挺豎著。幡杆和祭神幡的鑲邊都是黃金打造，盔頂則塗著黑漆，在當時諸大名的頭盔中，算是頗有逸趣的匠心之作。

家康之前——即還沒離開大坂時，他曾問老臣正信：

「內膳正（行廣）會跟隨哪一方？」

家康擔心這位桑名城主的向背。

「是那個黑不溜秋的人嗎？」

正信也略微歪頭思索。

「……黑不溜秋。」

言訖，家康笑了。氏家行廣膚色黑得出奇。

「確實，黑得令人難以忍受。」

缺乏諧謔感的家康，也覺得自己的言辭這般滑

稽，挺怪的。

加之，氏家行廣五十四、五歲了，牙齒很好，雪白大牙宛如編貝。白牙將行廣的臉襯得愈發黝黑了。行廣的鼻子高翹，下巴結實得似乎怎麼打也不會裂，作為一張武將的面容無可挑剔。這張臉再戴上頭盔，穿一身黃金鎖編黑甲出現戰場上，儼如不動明王（編註：佛教密宗八大明王之一，為護法神）。

秀吉在世的時候，氏家行廣就豪壯地說：

「我是海上守關人！」

用較長遠的眼光來解釋這句話，意思大概是，

「我受太閤殿下特別青睞，自請擔任海上守關人。」

總之，「海上守關人」這個語詞十分有趣。

行廣修建的桑名城，是東海道一帶最重要的渡船場。

桑名城位於伊勢，而且距離尾張邊境頗近。桑名城下區瀕臨揖斐川河口，桑名城以揖斐川和伊勢海為外濠。從海上遙遙望去，天守閣彷彿漂在水上。

順便帶上一筆。明治維新後修建了鐵路，東海道經琵琶湖畔通往京都。明治以前不是這樣。

東海道從京城通到近江的草津，再越過鈴鹿嶺，抵達伊勢的龜山。從龜山西行往海濱去，經四日市抵達桑名。從桑名港（間遠渡口）海上航行七里（編註：約等於二十八公里），抵達尾張熱田。

因此，桑名港俗稱「海上七里渡口」。

總之，自古以來，由桑名乘船去熱田是東西交通的常識，江戶時代也沒有變化。不，哪裡是沒有變化，江戶時代的桑名作為驛站異常繁榮。

氏家內膳正行廣的城池就在桑名。行廣自負地說，自己是海上守關人，理所當然，此話並非誇張。天正十八年（一五九〇）秀吉將家康移封到關東同時，特意篩選，將氏家行廣安置到桑名這交通要衝。（如果家康發動叛亂，此人在桑名堵截，經東海道西進的德川軍就打不進近畿。）

秀吉必定將此一期待寄託在頑固的正直理論家氏家行廣身上。

氏家行廣也知道秀吉的期待。所以，雖只是區區兩萬兩千石俸祿的身分，卻用了「海上守關人」這詩般的詞彙，向人們宣揚自己常備不懈的精神之美。

氏家行廣與福島正則、加藤清正不同，他既非出身庶民，亦非秀吉一手培養起來。

氏家一族原本侍奉美濃土岐的齋藤氏，世代居住西美濃，人稱「西美濃三人眾」之一，是勢力龐大的地方武士，任大垣城主。論勇武，行廣之父氏家卜全名聲遠揚。

氏家家從行廣之父這一代開始，歸屬於尾張的織田信長。信長攻擊伊勢長島時，氏家卜全隸屬柴田勝家，參加戰鬥，在信長的撤退戰中殿後，大雨中且戰且退，馬陷泥沼，動彈不得，飲彈而亡。

到了秀吉時代，氏家家被編入豐臣家，其後天正十八年（一五九〇），小田原攻擊戰結束，氏家卜全之子行廣受到拔擢，雖然俸祿不高，也是躋身大名之列了。

儘管僅獲賜兩萬兩千石，氏家行廣的感恩之情卻異乎尋常。

「哎，他會做何打算呢？」

家康的謀臣正信無法掌握桑名城主的本心，就是因為行廣的氣質。

「那人是個傻瓜嗎？」

家康問道。此言並不含輕蔑之意，家康開始對行廣多少抱有好感。有「傻瓜冥頑不靈」的意味在。

「死板是死板，但不是傻瓜。更何況他對於事理，其實是見解過人。」

「原來如此。敏於事理啊。」

家康沈吟了一會兒，再問道：

「那麼他對於『利』又如何看待？也就是說……」

也就是說，行廣的利欲之心是否強烈？按照家康的經驗，利欲熾旺的人，容易瞭解，最好駕馭。若洞察到其欲望目標，餌以重利，輕易便會轉投我方。家康熟知，再怎麼有正義之心、明曉道理的人，只要他利欲薰心，最終必然會敗給欲望。

「這一點，行廣如何？」

「這一點……」

正信歪頭思索。一般認為，行廣不可思議之處便是過度缺乏利欲之心。

「原來如此。那就難對付了。」

缺乏利欲之心，在這種情況下，沒有比總是根據道理來思考事物的人更難籠絡的了。加之聽說行廣天性頑固。

「若是這樣氣質的人，我方最好別耍花招引誘。若是手法拙劣，不知他會發生如何轉變。」

家康可謂聰明，決定暫時不驚動行廣。

這一段也是稍前的事情。家康從大坂出發，以征伐上杉的名目東下之際，通過了必經的伊勢路。

若照一般走法，理當由桑名乘船，但家康與幕僚們商量之後做出如下決定：

「內膳正（行廣）的真心不明，避開由桑名乘船進發。」

行軍路線改動，大軍來到離桑名十五公里的南側海港四日市，由此乘船渡過伊勢海，進入三河的佐久島。

當時正在桑名城裡的行廣這樣思忖。

（家康做事，莫名其妙。）

按理說，家康應當來到桑名呀，為何從四日市乘船？行廣百思不解。如此不解表現在行廣身上，是一種天真無邪。

這人雖然會思考道理，卻非政治性的道理，他天生缺乏這種感覺，此外還得歸咎於他所處的環境。

實際上，俸祿區區兩萬兩千石的大名，就算同處於豐臣家殿上，也搞不懂大大名之間的糾葛。殿上的休息室不同，交際範圍限定在與自己身分相同的小大名之間，行廣很少有瞭解政治形勢的機會。

加之，他又是個生性不太願意瞭解天下大勢的人。

（我能守住一己本分，足矣。）

這是行廣的處世態度。他一直貫徹這種態度，所以，針對家康自四日市出航的行軍路線，他焉能想到這是家康在懷疑自己。

首先，行廣為了跟隨家康討伐上杉，已做好了上陣準備。他對家康毫無異心。

在行廣看來，家康這次征討上杉，是以豐臣家首席大老的資格，奉幼君秀賴之命出動大軍。

行廣認為此役完全是公戰，並非私鬥。自己是秀賴的大名，跟隨家康出征理所當然。

他的心境天真無邪。

於是，行廣派家臣小栗大六為使者，前往四日市，向家康稟報心意：

「四日市是個不方便的港口，只要移駕四里，敝人已於桑名備好船舶，十分方便。城裡備下午膳，請務必利用桑名港。」

然而家康只是婉謝。他認為，如果糊塗聽從行廣邀請，進了桑名城，說不定會遭謀殺。

（石田三成應該早已安排好機關了。）

家康的幕僚全都這麼判斷。

「深謝厚誼。但我等已在四日市備好船隻，急於趕路，不能接受難得的好意，實以為憾。」

本多正信代替家康向小栗大六客套了一番。若傷害了行廣的心意也不好。

「這是對厚意的回禮。」

言訖，家康將著名刀匠兼光打造的短刀贈給行廣。

家康離去了。

其後，數日過去，行廣率軍從桑名開拔，跟隨家康討伐上杉，行進在東海道上。這一點，行廣的行動可謂完全合乎道理，遵循法律。

然而，此時爆發了對行廣來說是意外的事件。

行廣走到遠州濱松一帶時，得知大坂事變的消息。

「什麼？石田治部少輔為了輔弼秀賴公，舉兵討伐家康？」

並且命令書是以秀賴名義下發。討伐上杉也是以秀賴的名義，為此奔赴戰場途中，事態卻如此這般，跟隨何方為好？行廣感到氣憤。

「真是讓人困惑不解！」

「是的。」

弟弟氏家行繼猛地點頭。這個弟弟和么弟信乘，都和行廣非常相似。

「想來，八歲的秀賴君，不可能以自我意志決斷事務。德川內府也好，石田治部少輔也罷，大概都是操縱幼君的狸和狐吧。」

此時，行廣立馬路旁，開始發表鞍上評論，長篇大論沒完沒了。弟弟行繼難以忍受了，問道：

「那麼，氏家家該當如何？」

行廣咯噔咯噔騎馬轉圈兒，操縱著韁繩，掉轉馬頭衝著來的方向。

「回桑名城！跟隨哪一方都是愚蠢可笑的！」

行廣命令全軍返回。

他向關東的家康派去一名使者，轉達口信：

「形勢驟變，難以判斷雙方正邪。敝人明白之前，不能出兵。」

在亂世中明確表達中立態度的人，也只有這位氏家內膳正行廣。

行廣回到了桑名。

三成對桑名城主不可能棄之不理。無論怎麼說，桑名是戰略交通要衝，別的且先不談，但必須將行廣拉攏過來。

三成派去使者勸誘，他是石田家裡以能言善道廣為人知的武家佐兵衛。

佐兵衛飛馬出了佐和山，行廣返回桑名三日後，佐兵衛便進入桑名城拜謁。

佐兵衛熟知行廣的性格，傾盡一切語言說明征討家康戰爭的正義性。

行廣反問佐兵衛，不斷反問後這樣表態：

「確實，西軍有理。一想到豐臣家的將來，太閤登仙後，討伐恣意妄為的家康，是理所當然的事。不過，我不能站到西軍一邊。」

「此話怎講？」

「不能與西軍為伍。誠然，內府流露出營私野心，但我難以相信此時年幼的秀賴公會調動大軍征討關東。真要行動也會等到成人可以親斷政道後再起兵。現在舉兵不合道理。我不能跟隨西軍。」

行廣這樣回答，又解釋道：

「我如此申明，若遭誤解，那便不好。我不會做出不想輔弼豐臣家、跑到內府帳下的卑鄙可恥之事。」

行廣的立場是保持中立。

「在此情況下不偏靠任何一方，最終將是損害家運的禍根呀！」

佐兵衛這樣忠告，行廣卻不聽。無奈，他沒完成任務，返回了佐和山。

家康從小山剛返江戶，就聽聞這個消息。

「行廣拒絕了治部少輔使者的遊說？」

家康大喜，喚來本多平八郎忠勝，命令他將桑名拉攏過來。

忠勝立即遣使奔向桑名，使者名字不詳。但見行廣氣勢洶洶，竟這樣叫嚷：

「我是故太閤殿下命令鎮守桑名海津的氏家內膳正，焉能參與和豐臣結仇的戰爭！再來遊說，必斬來使！」

行廣把來使攆了回去。

江戶的家康聽到了這報告，不由得苦笑說道：

「在這充滿貪欲的時勢中，真是個奇妙之人。」

其後行廣也繼續固守桑名城。但抵擋不住進入伊勢路的西軍壓迫，終於讓步。

「那麼我加盟，但不參戰。」

按照行廣的理念，「贊同舉兵宗旨，此乃合乎正道；但戰爭並非如此，故不參戰。」行廣誓將「道理主義」貫徹到底。

事實上，行廣只守城，不出兵，就這樣迎接關原大戰的結束。

形勢不斷發展，東軍大舉攻來，將桑名城圍得水泄不通。面臨壓境大軍，區區三四百兵丁的小城是無法支撐的。

終於，行廣接受了東軍一將池田長吉講盡道理的開城勸告，和弟弟行繼一身普通肩衣裝束，僅持一扇，以降將之姿走出城門，直奔高野山，出家，法號道喜。

順便講一下行廣日後之事。

關原大戰後，行廣依然倖存於世，看到了家康對秀賴的態度。

「當年在辨明正邪之前按兵不動，現今總算明瞭，家康是邪惡的。」

行廣覺醒後，投身關原之戰十五年後爆發的大坂之役。翌年元和元年（一六一五）的夏之陣時，行廣參加了天王寺口的激戰。友軍潰滅後，他撤進城裡，為秀賴殉死。不知何故，大坂之役中他以荻野道喜的別名參戰。也許因為考慮到自己已非大名，只是一介浪人身分，故以別名參戰吧。行廣終年七十歲。

鍋島

九州佐賀，有位別稱「老虎」的人物。

他是肥前佐賀城主，名曰鍋島加賀守直茂。身為年祿三十五萬七千零三十石的大領國之主，其應變的謀略非比尋常。

鍋島直茂在佐賀聽說家康從大坂開拔征伐上杉，隨即看透了其中用意。

「家康的機謀我已洞悉。他恐怕是託辭征討上杉，率豐臣家諸將奔赴自己的領國關東，待石田三成在大坂舉兵，再率軍殺回，決戰本州中部，企圖一舉奪取豐臣家的天下。」

遠在九州，卻能如此洞察時勢本質，鍋島直茂決非尋常人士。

「跟隨何方？」

直茂前思後想。他的鼻子大得出奇，雙眼則有個癖性，常會突然瞪大。直茂滿六十二歲了，外貌卻與壯漢無異，愛吃雞肉，消化能力異常強大，食量為尋常人三倍。

——與何方為伍？

關於這點，直茂的判斷有一定之規，即跟隨有獲勝希望者。但不知東西兩軍何方能獲勝，因而需要

情報。

為搜集情報，直茂很早就建立了情報傳送機構，派出許多最有能力的家臣駐在大坂宅邸，他們送出的情報，由輕舟快行瀨戶內海，送達佐賀。

世間沒有比直茂更老謀深算的人了。

……

直茂不是繼承祖業的大名，他成長於戰國風雲之中。

要說這種老練的強手倖存者，首先，東北的伊達政宗和九州的鍋島直茂就是典型代表。

鍋島直茂是所謂戰國時代中，肥前國主龍造寺家的家老，受賜筑後柳河城。他的實力超過了主公家，進而培植自家勢力，千方百計逐漸削弱主公家。及於織田信長隆盛的時代，鍋島直茂終於成為實質上的肥前國主。

不言而喻，當時信長的威勢還沒有到達中國地方和九州。

（下一個時代將握於織田信長之手。）

當時直茂就從遙遠的九州地方看透了天下大勢，很早便遣使前往上方，與信長通好。其非凡的洞察力與搶先行動之迅捷，幾乎堪稱為奇蹟般的才能。該使者不以主公家龍造寺的名義，而以鍋島的名義。因此，不熟悉九州形勢的信長認為：

——肥前是鍋島的吧？

信長不曉得鍋島上頭還有龍造寺家。即便知道，（反正龍造寺僅是名門，現在已經有名無實了。只要記住肥前是鍋島的，即可。）

他也一定會這樣思忖。

鍋島直茂的有趣之處，在於他身為龍造寺家的家老，卻對中央形勢頗感興趣。這在戰國時代九州豪族中可謂特例。其他如島津、秋月、相良、大村、松蒲、伊東等九州大名們，都僅相鬩於九州天地內。除鍋島直茂外，多少會關注中央形勢的應該僅有豐後的大友宗麟吧。

鍋島直茂在京都一帶安排了秘密情報官，因此很快就得到了信長死於本能寺的事變消息。

（此後是誰？）

直茂這樣揣度。他馬上判斷將會是羽柴筑前守秀吉。直茂具備了股市炒手般的敏銳直覺。

聽到了本能寺事變的消息，直茂立即遣使前往羽柴筑前守秀吉處，饋贈了寬簷洋帽。

自然，秀吉也認為：

——肥前是鍋島的。

對龍造寺的印象一定很淡薄。

直茂根據情報，得知秀吉討伐島津的意圖後，火速向秀吉派去使者申明：

「屆時，願當先鋒。」

秀吉對直茂的用心很滿意。畢竟對不熟悉九州的秀吉來說，早早便前來申言跟隨的直茂，挺招人喜歡。

秀吉出征九州時，直茂說到做到，擔任先鋒，效力奔忙。當然，名目上直茂是擁戴龍造寺家的現主公龍造寺政家，但政家年紀尚幼。

秀吉平定九州後，對直茂說：

「今後肥前的政務，就由你掌管！」

靠中央政權撐腰，直茂已成為事實上的一國之主了。不過，此時龍造寺家作為象徵性的國主之家，依然留在肥前。但隨後龍造寺家的主公和繼承者不可思議地接連夭折，直茂成為名副其實的肥前大名。

秀吉十分賞識直茂的能力，慶長年間（一五九六～一六一五）的朝鮮戰爭中，任命直茂與蜂須賀家政、安國寺惠瓊同時擔任軍事奉行。

然而，朝鮮戰爭期間，秀吉衰老了。

（豐臣家的後嗣是幼主。德川家康要取而代之，理所當然。）

直茂仔細地觀察形勢，頻繁接近家康。

秀吉死了。

其後，三成以奉行之職，彈劾家康暴行。伏見城下鬧騰得好像第二天就要發生巷戰。當時直茂恰巧在伏見宅邸。

他當即去了家康宅邸拜會。

「敝人認為，內府是惟一無二之好人。但是，敝人老邁年高，不知何日就會壽極離世，為求子孫不可癲狂失控，故此留下家訓：子子孫孫必須與德川家共存亡。於是，」

直茂又接著說：

「能否請內府也為德川家子孫留一份家訓，說明尊意：鍋島乃有如此志向之家，無論世道如何變化，鍋島家都與德川家一方。」

家康大喜。因為一旦開戰，家康在九州地區的盟友很少。若有黑田氏、加藤氏再加上這位鍋島氏，家康幾乎可以掌握九州約四成勢力。

「多謝！敝人也如此告訴中納言（德川秀忠）。」

家康鄭重地對直茂頷首。

儘管直茂如此這般將家康當作「期貨」買了下來，然而，一旦家康東歸，三成舉旗，那時又該如何？

（哎呀。）

直茂在肥前佐賀城裡歪頭犯思量。他對自己買下的「期貨」的行情產生了疑問。作為賭徒，此刻是最應存有戒心的瞬間。投機取巧的高手直茂，這次卻頗感困惑了。麇集西軍的大名人數多得出乎預料，直茂為之驚駭。照這種趨勢，西軍人數將壓倒東軍。

（石田治部少輔那廝不過一介小小大名，卻不安分。）

以前，直茂這麼思忖，估計三成聚兵頂多兩三萬人。關於這一點，直茂的預測完全錯了。

加之，三成的戰略非同小可。他將日本列島一分為二，與會津的上杉夾擊家康，這般宏大的作戰規模，像直茂那樣僅以九州西端小天地為戰場打殺過來的人是無法想像的。

（細想起來，三成可謂太閤的心腹弟子，一定是最繼承了太閤的氣宇。如此人物在這場戰爭中或許能夠勝出。)

大毛利家成為三成方統帥之事，也對直茂造成衝擊。儘管三成本人是江州佐和山俸祿不足二十萬石的大名，但他的信望之高，足可以和家康平分日本國。加之三成擁戴豐臣秀賴，在名分上大有獲勝的希望。

(我的下注眼光已經老化了嗎？)

直茂對自己心生疑問。直茂是投機高手，他深知若在賭局中自信一有動搖，便已無勝出的可能。

(作罷。)

他決定停止下注。不，是另選安全之路。直茂曾經言中了信長和秀吉的天下，但如今他畢竟老了。

直茂迅速向大坂宅邸下令：

——囤積東海地方的稻米！

直茂推測東海地方(編註：今靜岡、愛知、三重三縣和岐阜縣一部)可能成為決戰的主戰場，所以囤積附近的稻米。

這是一道不可思議的指令。

直茂斥鉅資白銀五百貫囤購稻穀。家臣團依令，暗中收購東海道沿途各地村長處搜購稻穀，然後暫時寄存當地。

直茂這招，是打算從佐賀持續觀望形勢，然後向可能勝利的一方提出：「為了盡忠大人，在下已購置了軍糧，請儘量使用吧。」

直茂還同時向關東和大坂派去使者，得體地傳達上述意旨。

卻說直茂有個二十一歲的嫡子，名曰鍋島勝茂。

勝茂還用幼名伊平太的時候，就服侍於秀吉身旁，頗受寵愛，元服後立即受封從五位下信濃守的官位。父親直茂是從五位下加賀守，年少的兒子受封官階竟與父親相同。

勝茂還獲得賜姓豐臣。少年受到厚遇，是出於晚年秀吉的特殊心情。

(其父是個老滑頭，我死後他不知會怎樣轉變。不消說，能成為保護秀賴的屏障之人，當是這個年輕嫡子。必須對他多示恩愛。）

秀吉一定是抱持如此遠慮。

伊平太勝茂也是因為年幼，和秀吉分外親密，與豐臣家休戚與共的心情十分強烈。

這勝茂已經二十一歲了。

家康以討伐上杉為目的，動員大名，就法而言是奉行豐臣家的公務命令，鍋島家理所當然出兵了。

勝茂任司令官，引鍋島軍由佐賀開拔，抵達大坂登陸後，來到伏見。由此地經宇治進入大津，沿近江路行進。

但是來到近江愛知川，遇到石田方新設的關卡，由此向前，禁止通行。

「要深知自己的名分！」

三成的家臣這樣勸說。勝茂因而於此掉頭，入大坂城，參加西軍。

當然，這消息傳到了直茂耳中。

「信濃守是我的兒子，也是在豐臣家殿上成長起來的人。心向大坂，理所當然。」

直茂沒有表示什麼。在直茂看來，情報還不充分，不適合向勝茂發出新指令。

其間，勝茂作為西軍一將，參加攻打伏見城。城池攻陷後，他又與西軍諸將一起奔向伊勢路，攻克安濃津城，進而參加了松坂城的包圍戰。

直茂的嫡子站到西軍一邊，此間，直茂對家康採取的策略仍舊沒有鬆懈。他煞費苦心，力求做到哪一方勝利都能保住鍋島家存續。

卻說勝茂參加西軍後，攻打伊勢地方的城池，毫不含糊，捨生忘死投身各場戰役。他的將士也不愧是以悍勇聞名的佐賀兵，顯露了非凡的威勢。

譬如，在伊勢的津城附近的戰鬥中，前往偵察的鍋島家家臣梅野右馬助，途中遭槍擊重傷，戰馬都已倒斃了，他卻連血跡都沒擦一把，繼續步行接近敵陣，測量河流深淺，進而探察了進攻點，然後才返回陣地，博得全軍讚揚。在同一個戰場上，今田宗與也中彈受傷，卻逼近津城，攀上石牆，在城內戰鬥中再次受長槍刺傷，終於倒下了。

今田宗與雖然倒下了，卻又爬到勝茂身旁：

「臣身體是不行了，但心氣依然堅定。這場大戰恐怕是日本最後的戰爭，請用門板將臣抬去。到了目的地美濃（關原），終於趕上交戰時，請將臣與門板一起棄置戰場上！」

這個極合乎佐賀人氣質的插曲，大大提高了西軍士氣。

但是，鍋島家與西軍的並肩作戰就在伊勢結束了。直茂的急使下村左馬助來到津城陣地傳達道：

「老主公命令，不要再參戰了。」

勝茂驚呆了。輔佐勝茂的重臣在軍營裡火速協商，為不開拔之舉編造一個藉口，即「伊勢長島城裡的敵人不知何時會出戰，因此暫時按兵不動。」

此事上報大坂城的西軍大本營，然後在伊勢駐軍不動。不久，判明關原大戰結果後，勝茂急忙逃脫伊勢，前往大坂，在大坂玉造的鍋島宅邸裡閉門反省。

此間，佐賀城裡直茂的外交活動片刻也沒停止。

關原開戰前，直茂根據來自大坂的情報獲悉：——西軍諸將相互猜疑，步調不齊，多出叛徒。

於是，直茂向住在上方的的家臣發去訓令：將貯存東海地方的軍糧稻穀獻給家康。

家臣疾馳東海道，入江戶，向準備征西的家康獻上了軍糧帳本。

「轉告加州大人（直茂），做得好！」

家康對直茂的家臣說道。家康不勝欣喜。如實說來，家康調動十萬大軍，眼下正為籌措軍糧發愁呢。

決定了向背後，直茂進而派家中最能言善道的甲斐彌左衛門前往家康處，為勝茂參加西軍之舉謝罪。

申述理由如下：

第一，勝茂年輕，受到大坂諸奉行欺騙，但他對內府絕無二心。

第二，事到如今，鍋島家七千士兵同時切腹，以為勝茂年輕冒失過錯道歉。

「自古及今，沒聽說過七千人同時切腹的事。」

對這種誇大的申述，家康發出苦笑。

家康一開始就將直茂的本心悟得一清二楚，只是沒有逐一列舉。與其列舉，倒不如利用鍋島的勢力，驅逐九州的西軍勢力，才是上策。

「我明白了。以前在伏見的時候，加州大人曾說過，要與我家共存亡。信濃守年輕冒失，罪過可以寬恕，讓他火速下九州，討伐該地的亂臣賊子！」

家康這樣說道。

如此一言，塵埃落定。關原大戰後，鍋島家依然受封肥前一國，年祿三十五萬七千零三十石，一直持續到幕末。

九鬼

志摩半島的鳥羽，住著名曰九鬼嘉隆的老海盜。

九鬼嘉隆雖為海盜頭子，官位卻是從五位下，敘任大隅守，俸祿三萬五千石，是豐臣家堂堂大名之一。

三成在大坂舉兵時，謀臣島左近問主公三成：

「戰鬥將是陸戰吧？若有水軍，可以打一場相當有意思的戰爭。鳥羽的九鬼大隅守大人向背如何？」

「九鬼啊？」

三成思索片刻，答道：

「他不是心胸豁朗之人。此人貪得無饜，拘泥小利，氣質也難以相處。不過，我確信他不會站到家康一邊。」

使者立即從大坂出發，奔向鳥羽的九鬼嘉隆帳下。

……

九鬼家屬熊野水軍的一派，是大約百年之前就開始騷擾伊勢、志摩、熊野沿岸的海盜家族。

原初並非什麼顯赫家族，是到了嘉隆這一代，他與勃興於尾張的織田信長聯手，家運陡然隆盛。永祿十二年（一五六九）前後，嘉隆就進入織田家帳下，歷時頗久。當時嘉隆接近三十歲了。

信長對水軍的認識很深刻，支援當時不過是鳥羽地方小海盜的九鬼嘉隆，大力栽培。

嘉隆也有足以回應信長期待的才能。早在天正六年（一五七八），嘉隆就率織田家的軍船，守在大坂的木津川河口，與來襲的毛利家水軍百餘艘軍船在灣內展開海戰，擊沉對方許多船隻，又追到灣外，打退毛利水軍。綜觀整個戰國時期，毛利水軍在日本威勢最強，可見九鬼嘉隆的軍功之大，難以估量。

信長死後，嘉隆進入秀吉帳下，受賜年祿三萬五千石，躋身大名之列。在豐臣家的殿上，嘉隆以黝黑臉龐和破鑼嗓子而廣為人知。他一進入休息室，人們聽聲音就知道是他，走廊盡頭都會傳來這樣的議論：

「啊，九鬼大人登城了。」

常年在海上指揮，他的聲帶過於發達，到了殿上好像也控制不住。

在秀吉時代，海軍的活躍領域比信長時代更廣。秀吉征討四國和九州，還有他晚年發動的朝鮮戰爭，均屬渡海作戰。那些時候，鳥羽城主九鬼嘉隆從城下海灣裡派出船隊，擔任水軍指揮官，十分活躍。

「嘉隆非常貪得無饜，拘泥小利。」

三成這樣評價。並非嘉隆而已，如此傾向可說是歷經戰國動亂鍛鍊、土豪出身的大名之共同性格。

卻說——

去年發生某一事件，露骨地展示了嘉隆性格。

九鬼嘉隆在他的領地外，另有一個很有海盜作風的財源，那就是向通過嘉隆管轄海域的商船徵收通航稅。

這是平安時代以來海盜的規則，是他們的重要財源。熊野灘的海盜和瀨戶內海的海盜，一直都靠這筆收入養兵。

然而，這種做法已經不合時宜了。隨著天下統一的進展，織田信長廢除了各國各鄉的關卡，連徵收通行稅的規則也一掃而光了。
秀吉承襲了這個政策，撤除了六十餘州的此類關卡，同時陸上與海上的私權全都不予承認。這個英明決斷奠定了豐臣治世的巨大基礎。
然而，僅有九鬼嘉隆是例外。
「不得不認可。」
此乃秀吉的心境吧。海盜出身的大名惟九鬼嘉隆一人。並且自織田信長時代以來，九鬼嘉隆功勳卓著，與之相比，他的領地顯得過小。
「至少認可他的私權吧。」
大概是這樣的。畢竟九鬼家不是昨今才誕生的海盜，祖先可溯及源平時代（編註：十一世紀末至十二世紀末）的海盜「熊野的別當湛增」。秀吉肯定認為，可以准許這般歷史性的私權存在。
然而，現實中因這種私權而遇到麻煩的，是毗鄰九鬼領地的大名。
伊勢神宮所在地山田，西南方約一里處，有個地方叫岩手（亦寫作「岩出」，在今伊勢市內），有座小小的岩手城。
城主稻葉道通是一個年祿兩萬七千餘石的大名。
「哪有這般荒謬事！」
稻葉道通怒不可遏。伊勢度會郡的山林是稻葉家的巨大財源，從山上伐木，連成木排，經海路運到上方銷售。木排的牽引船通過毗鄰岩手的鳥羽海面時，島上船舶檢查哨的九鬼嘉隆哨兵就會大喊：
「通過的是稻葉家的船！」
隨著喊聲，島影裡嗖地划出快船，前來徵收通航費。
「諸國無此例。通過天下之海，被徵收買路錢，令人無法忍受。」
岩手城主稻葉道通很早就這麼認定。加之他又不是個溫和老實人。
稻葉道通原初靠霸佔胞兄家成了大名。侄子成人後，他仍不讓出繼承權。關原之戰後發生了訴訟，但道通覺得事情若聲張出去，必然敗訴，便殺了正統繼承人。道通強硬的性格和強烈的欲望，皆不亞於九鬼嘉隆。

秀吉死後，豐臣政權轉入幼主手中，統治力道自然就鬆弛了。

「時勢已變，不必再向九鬼繳納通航費了。」

道通向領地內的商人發佈公告，於是經過鳥羽海面時拒不付費。

九鬼當然盛怒，多次談判，卻無任何進展。最後他向豐臣家的大老家康提出了訴願。

當時家康在大坂城西丸，代理豐臣家執行政務。

家康斟酌審議之後，

「九鬼無理。」

做出此結論。

家康與信長、秀吉不同，他不諳水軍，並不十分重視海盜大名九鬼嘉隆的存在。

（九鬼對我並無大用。我將來需要的應該是稻葉道通。）

家康這樣判斷。稻葉道通很早就接觸家康，已成為家康的親近大名之一。

家康做出有利於稻葉的判決。

他對九鬼嘉隆闡述了判決理由：

「廢除陸地和海上的關卡通行費，是太閤留下的偉業之一，故而黎民喜悅。就連直轄太閤的淀川也不可徵收通航費。照此執行，才是忠於太閤的遺志呀。」

因此九鬼嘉隆完全敗訴了。

「這純是偏袒！」

當然，嘉隆盛怒。

「徵收通航費，是我承蒙太閤殿下所恩准。如今否決這項權利，豈非違背太閤遺志。」

嘉隆再度提出訴訟，家康不予受理。嘉隆愈發憎恨家康。

「內府口頭禪似地說著『太閤遺志』『太閤遺志』，其實，率先踐踏太閤遺志、恣意營私舞弊之人，不正是內府自己嗎？」

九鬼嘉隆來到大坂城內的奉行政務室，這樣叫嚷著，三成也聽見了。

於是他判斷：

——九鬼不會與家康為伍。

事實上，九鬼嘉隆敗訴後，回到領地，遠離世事剃髮隱居，家督之位讓給嫡子守隆，自己離別鳥羽城，住在領地內另一私邸。

「沒有比家康更令人討厭的傢伙了！」

平素他向家臣們也這樣宣洩心中鬱憤。在出身海盜世家的嘉隆看來，禁止徵收海盜特權的通航費，與其說是經濟問題，毋寧說攸關名譽。彷彿自永祿十二年（一五六九）在信長的伊勢作戰中出動船隊以來，他作為水軍大將三十餘年的殊勳和名譽遭到家康蔑視。

（家康待我如同普通大名。他不想承認我是水軍大名。）

九鬼嘉隆的鬱憤發展到這種程度了。

此時，大坂的奉行們派出的使者到了。

傳達意旨：

——討伐家康！

當然，嘉隆在來使面前擊掌拍膝，喜悅滿懷。

然而，嘉隆也有棘手的事。

兒子守隆在繼任家督之前，就接受了豐臣家大老的動員令，參加征討上杉，已下了關東。想當然耳，守隆未帶去水軍，只率陸軍部隊在江戶聽從家康指揮。

（太可憐了，對守隆只能見死不救了。）

嘉隆做好了心理準備。在這一點上，嘉隆具有戰國時代倖存大名的冷酷。期待復仇與賞賜，為了這種強烈的賭博，可以犧牲親兒子。

嘉隆開始活動了。

自己是隱居之身，首先，必須奪回已經讓給兒子的鳥羽城。鳥羽城裡住著留守家老豐田五郎右衛門。

某日，嘉隆來到鳥羽城，大喝一聲：

「五郎右衛門，我來要城池！」

大喝之下，五郎右衛門迫不得已，向嘉隆投降了。

嘉隆聯合關係親密的熊野新宮城主堀內氏善、淡路岩屋城主菅平右衛門，組成船隊，海陸並進首攻稻葉道通的伊勢岩手城。

由於兵少，沒取得充分的戰績。攻城需要相當於敵人十倍的兵力。

（如此太勉強了。）

領悟這點後，他們跑到海上，三十幾艘軍船並列飄浮在伊勢海上。

「海盜要有海盜的樣子！發揮海盜威風，讓家康瞧一瞧九鬼家的看家本領！」

嘉隆激勵部下，騷擾踐踏伊勢海沿岸的東軍領地。其間西軍由伏見大舉進攻，進入伊勢，圍困安濃津城。此時嘉隆由海上入侵，登陸來到敵陣之前。

安濃津城陷落後，嘉隆又揚帆航行伊勢海，侵掠尾張沿岸，火燒沿岸村莊，搶奪軍糧。

他們又向東航行，出現在三河沖、遠州灘一帶，威脅沿東海道西行的東軍，並登陸在村莊裡搶奪財物。如此做法和室町時代騷擾大明國沿岸的倭寇完全一樣。但與倭寇相異之處是，嘉隆利用海運與河運，將搶來的糧食都送到美濃大垣城等西軍的前線陣地。

於是東海地方沿岸的村莊一片恐慌，海面一出現九鬼艦隊，農民漁民便棄村遁逃。面對嘉隆的這種搗亂活動，東軍大名的軍隊防不勝防。

九鬼嘉隆沿岸航行的旗艦是從陸地都能清楚辨識的大船。船上裝飾紫色帳幔，帳幔上印染著白色的「五七桐」家紋。

家康在江戶得知了這一消息。

「是、是那個傢伙嗎？」

他流露出少見的慌張失措。不諳水軍的家康，沒料到西軍會亮出這一招。家康自以為一切都在掌握之中，備有對策，惟九鬼水軍沿岸侵掠一事出乎意料，他十分狼狽。

家康即便想防備也沒有水軍。帳下的嘉隆之子守隆，也沒帶水軍來。

最後家康採取的方針是，讓兒子守隆擊敗老子嘉隆。他喚來守隆，命令道：

「勝利後，賞你南伊勢五郡。火速馳歸，拿下志摩和伊勢！」

守隆急速歸國，修復了距離鳥羽城不太遠的畔名荒城，盤踞此處，搜集現有船隻，創建船隊。

與此同時，他給漂泊海上的父親嘉隆寫信，勸說歸順家康。

「休說混話！」

嘉隆回了這樣意旨的信。

「雖然如此，父子不可真戰，我佯裝與你交戰，你將船隻調遣出來吧！」

父親的話卻也有一定道理。守隆將船隊發至伊勢，巡弋海上，尋覓父親的船隊。有時相遇，雙方的大小火槍便互相激烈射擊。結果是兒子的火力遭到壓制，逃走了。

這就是海戰。

從陸地上望去，是否為陰謀串通的戰鬥，誰也難以辨別。

家康以降長於陸戰的武將們，全看得一頭霧水。

如此這般之間，關原大戰結束了，西軍敗北已成定局時，九鬼嘉隆命令家臣們：

「都回到守隆帳下！」

嘉隆自己在鳥羽海灘下船，裝扮成各種形象，隱遁於熊野山中。

兒子守隆焉能捨棄逃亡的父親，請求家康饒命，家康不予寬恕。

最後，守隆借助福島正則和池田輝政幫忙，纏磨家康。家康無奈，饒恕了嘉隆。但是嘉隆沒交好運，救命的使者即將抵達之際，嘉隆在熊野地方絕望了，自殺身亡。

守隆跟隨東軍，九鬼家沒有滅亡，作為德川家的大名，一直延續到幕府末期。

美濃諸城

慶長五年八月八日，三成人在他的居城——琵琶湖畔的佐和山城。

他發出軍令：

「明天黎明前，從城裡開拔，奔往表美濃！」

城裡和城下準備出征，一片混亂聒噪。三成穩坐天守閣，一動也不動。

「作為主公，實屬罕見。」

指揮全軍從事出征準備的島左近，覺得三成頗為怪異。左近熟知主公三成的癖性，他頭腦過於敏銳，過度明事悟理，每逢這般混亂情況都會坐立不安，必然插嘴發表意見，參與指揮。

（真棘手。）

關於三成，左近早就這麼認定了。惟有今天的三成，他感到異乎尋常。

「主公呢？」

有人問道。

「在天守呢。」

另有人回答。亂糟糟一片。但由於三成所在巍然不動，一片雜亂中存在著統一的穩定。

「所謂『大將須知』，首先就是坐鎮大本營。」

左近經常向三成呈上逆耳忠言。惟有今天，三成好像採納了。

（這樣一來，或許能勝出。）

左近終於可以相信三成了。最近一個月左右，三成的器量似乎成長擴大了幾輪。

黃昏時分，出征準備停妥，城裡和城下終於恢復了寧靜。此時從美濃來了兩位大名。

美濃苗木城主、年祿一萬石的川尻直次。

美濃福束城主、年祿兩萬石的丸毛兼利。

二人身分不高，卻是西軍死心塌地的夥伴，三成出征表美濃，要前來當嚮導。

二人拜會了三成，

「明天出征嗎？」

首先問了一句。

「是的。明天黎明前從佐和山城出發，拜託擔任行軍嚮導。」

「遵命。但是……」

丸毛兼利好像有難言之隱。

「明天是凶日，後天是吉日。敝人認為，推遲出發為宜。」

「此言令人驚詫。」

三成立即答道。

明天八月九日是凶日，三成心裡一清二楚。但他根本不理會這些世俗信仰。

然而必須儘快打消丸毛兼利的這一說法，因為它事關全軍士氣。

「倘若秀賴公加封二位十萬石，二位還會言稱今天是凶日，而對秀賴公的加封令堅辭不受嗎？」

「這個嘛……」

「恐怕不會吧？這場交戰旨在降服亂臣賊子，將其俸祿悉數奉還秀賴公，焉能說是什麼凶日。當年故太閤為降服惟任日向守（明智光秀），從播州姬路城開拔之日，若按老規矩論，也是個凶日呀。」

「有道理。」

「會像故太閤那次一樣，大獲全勝。此戰必然亦如是！」

這番話語立刻在石田家中傳播開去，舉家上下踴躍振奮。當時的武士認為，興亡成敗取決於運氣的微妙表裡轉化，所以許多武士將修煉的山野僧和祈禱僧帶到軍營裡，這是當時的通則。三成的上述觀點，避免麾下將士不必要的精神動搖。

時間推移，到了翌日黎明前。

黎明前月亮已落，只有星斗綴滿了湖東的天空。三成走下了佐和山的天守閣。

三成的佐和山城與加藤清正的肥後熊本城一樣，是諸大名居城中規模最大者。連綿的山峰溝谷全部嚴密要塞化，相互之間由山坡或石階複雜相連。

（唉，還能返回這座城池嗎？）

三成在黑暗中下山，倏地這麼一想。三成狠下心腸不回首返顧。縱使失敗了，俸祿區區十九萬石的大名，調動了天下大軍，歷史也會永遠銘記此事。下山坡的三成腳步加快了。身邊百餘馬廻武士高舉著大火把，驅散黑暗，與三成步調一致，跑著下山。

又往下走了一段，腳下各座角樓開始吹響出征的螺號。在螺號的咆哮聲中，三成繼續下山。

未久，朝陽升起了。三成已經騎在馬上，馬頭向東，策馬前行，帶領大軍六千人。按照三成的身分，這已是他動員能力的極限了。

霧靄湧來，向西流去。三成的軍旗迎風招展，向東行進，好似在霧海中游泳。

軍旗是白色的，上寫：

「大一大萬大吉」

六個大字。這面不可思議的旗幟在豐臣家的大名中十分有名，卻無具體意義，只是這六個字都表明了事情的發端或吉祥，這一點或許能使三成武運多幸。

島左近擔任先鋒。

他前導全軍，已經走過了鳥居下面。跟隨左近隊伍後面的是蒲生鄉舍、小川平左衛門、新藤縫殿、後藤又介、百百宮內、分田伊織、淺井新六率領的軍隊。第二支隊伍由舞兵庫任大將，後續的有中島宗左衛門、大場土佐、大田伯耆、香築間藏人、三田村織部、町野介之丞、馬渡外記、川崎五郎左衛門等人率領的部隊。

日頭升高了的時候，大軍越過美濃國境。太陽西傾時分，抵達中山道旁的美濃垂井驛站，部隊分別駐紮於附近各處。

不過，都是野營。

三成需要城池。此後，西軍諸將接連不斷進入美濃路，作為前線指揮所的三成居所若是野宿，成何體統。

東方三公里處，有一座大垣城。這座城池作為將在濃尾平原上展開的關原大戰的指揮所，最恰當不過了。

「是這樣吧，左近？」

三成問左近。左近回答，確實如此。

「但不知城主能否將城讓給我們？」

「逼他交出來。」

三成滿不在乎地回答。大概因為他討厭這一帶吧。此外，他要向他人強制推行自己的正義。「我們為輔弼秀賴公，捨生忘死，以至要和關東打一場戰爭。由此看來，他們完全可以出讓一兩座城池呀。」此話是三成的理論。他完全根據這理論來處理事務。

使者動身奔向大垣城。

城主年祿三萬四千石，是個微不足道的大名，名曰伊藤彥兵衛。其父伊藤長門守過世不久，就趕上日本發生了這場動亂。伊藤彥兵衛還沒獲授爵位，所以還沒有「守」的稱呼，自稱彥兵衛。

「想借城？」

城主伊藤彥兵衛感到驚愕。

「正是。此乃主公治部少輔的懇切願望。」

「令我借出城池，這可是世間稀有的『借來之物』呀。」

彥兵衛沒有立即答覆。

其實，眼前這場動亂發生以來，彥兵衛一直在思忖何去何從。猶豫不決之間，形勢向前發展，自己的城池所在地美濃平原，卻成為預定的戰場。此間，西軍諸將不斷湧進了城外的原野。

（這可是出人意料。）

彥兵衛覺得狼狽。照這種形勢，從道理上講，難免不被捲入西軍。但西軍果真能獲勝嗎？

在彥兵衛看來，自己押在家康身上的賭注也實難捨棄。

（骰子上只有偶數和奇數，如果西軍的骰子轉為失敗，把城借給治部少輔，這是大罪，無論如何也難逃罪責。）

彥兵衛令來使暫且等待，他將家老伊藤賴母、伊藤伊予喚到了密室。

「東西兩軍哪一方能勝利，我不關心。關鍵是只要能保住伊藤家的三萬四千石就行。有何良策？」

商量了一刻鐘左右，終於想出一個對兩方都說得過去的良策。

就是先拒絕一次。拒絕後，在家康面前就有了辯解的理由。

但是，三成不會就此甘休。肯定再來進行強制談判。屆時再屈服。如果西軍大獲全勝，獲得賞賜是千真萬確的事。

「恕難從命。」

彥兵衛這樣回覆來使。

「城是武士家的據點，我們現在若恬不知恥出讓城池，這是對武家祖先的羞辱。還不知要承受世間多大嘲諷哩。片刻也不能出讓。」

「無可奈何。」

使者是個拙口笨舌的人，就要告辭歸去。彥兵衛反倒慌神了。

「我解釋一下。我如此決定並非偏袒關東。本意是維護武家的自尊。請對治部少輔大人解釋清楚。」

又竭言補充道。

三成在垂井驛站聽到了這結果。

（彥兵衛是敵是友？）

三成心裡沒底了。按照三成那過於理論化的性格，他缺少能夠推測非敵非友之人心理動態的那根神經。

（是敵人吧？）

若果真如此，三成認定儘早摧毀彥兵衛為宜。他叫來了盟軍的豐後杵築城主福原右馬助長堯，美濃垂井領主平塚因幡守為廣，命令道：「顧不了那麼多了，發兵奪取大垣城！」

他們即刻沿街道東進，包圍大垣城，遣使進城勸說。彥兵衛大驚，說道：

「迫不得已，跟隨秀賴公。」

於是讓出了城池。

此後，彥兵衛帶領家臣團隊來到原野上，在領地內名叫今村的村落建起了臨時城寨，住了進去。爾後，彥兵衛於關原決戰後拋棄美濃，隻身逃往北國，一度潛伏在加賀，不久又改名「圖書」，服侍加賀的前田家。

三成開進了大垣城。

此城並非天險。只有西南城外流淌一條牛屋川，勉強可當作天然屏障。三成將本丸、二丸、三丸組合一體，相互勾連，作為唯一的防禦體系，只不過是這樣的一座平原城。但大垣城極難攻克，遐邇聞名，在戰國百年裡的美濃動亂中，發揮了堅忍不拔的防衛力量。

三成命自家軍隊駐紮城裡，又將能和自己生死與共最可靠的盟將也調進城裡作為守備部隊，有福原長堯、高橋直次、秋月種長、垣見一直、相良賴房、熊谷直盛、木村勝正、木村豐統，大軍共計七千一百人。這些軍隊不用於關原決戰，而作為名副其實的大垣城守備軍。

然而，整個美濃國並沒因此全部進入西軍的保護傘下。

美濃國裡原初大名眾多，除了岐阜十三萬三千石的織田秀信，其他都是至多兩三萬石的小大名，密佈國內，計二十二人。

其中，以織田秀信為統帥的十七人加盟西軍，防備由東邊壓來的家康大軍。

諸城當中，有一座名叫福東的小城。

臨揖斐川，小到微不足道，不過有船舶碼頭，是河流交通的要衝。來自伊勢海的船舶直接上溯揖斐川，到福東的河港卸貨。

因此從大坂經陸路伊勢路來的貨物與乘客，都是從伊勢桑名港乘船漂泊海上，過伊勢海進入揖斐川，再直接進入美濃，到大垣城轉入陸地運輸。住在大垣城的三成認為，福東城是聯絡大坂大本營不可缺少的要地。

在福東城的防衛問題上，三成失策了。

「福東城只交給原城主防守，是否合適？」

當初左近曾向三成提出疑問。

城主就是出現在本章開頭的丸毛三郎兵衛兼利，身分兩萬石，將士只有五六百人。左近建議的要旨是，是否應該讓其他武將支援福東城的保衛戰？

「那樣，將會如何？」

三成擔憂的是相互融合的問題。丸毛兼利是個自尊心很強的人，他不僅不歡迎諸將支援，恐怕還會發生衝突。

「只交給丸毛兼利即可。」

三成這樣判斷。原因之一在於他沒認識到福東城的重要性。

而在美濃和尾張擁有城池的東軍諸將，諳熟當地情況，深曉福東城在戰略交通上是如何重要。

三成進駐大垣城的時候，在美濃屬於東軍的小城主們暗中協商，做出了決斷：

「內府蒞臨之前，我們應當先立一功。最好是奪取福東城，阻斷大垣和大坂之間的交通。」

福東城的規模，動用美濃本地東軍各城主把持的兵力就足以攻克了。

老將德永式部卿法印壽昌是美濃松木城三萬石的城主。他曾是柴田勝家的重臣，勝家為秀吉所滅後，轉而服侍秀吉。

德永壽昌任聯合部隊的盟主，組織了一支兩千人的混合部隊。八月十六日，驟然起兵包圍福東城，兩天就攻陷了。

開戰以來，西軍首先攻佔了伏見城，接著又連克東軍諸城。而東軍首戰奪取就是這座小城。

得知福東城陷落的消息，不諳美濃地理的三成說道：

「充其量不過是座小城。」

三成並沒介意，但障礙立即就發生了。三成送往大坂的信件，有幾封被福東城的佔領軍奪走，內容全部洩露給東軍了。

三成得知這個非常重大的失敗後，卻依舊泰然自若。三成相信自己的作戰韜略，他覺得只要能在即將發生的主力決戰中獲勝，丟失個福東城這等小失誤算不得什麼。

使者

東海道陷入了史無前例的大混亂。西行諸將的人馬、運送物資的後勤部隊擠滿路面，擁擠前行。

「絕不能讓出先鋒！」

福島正則不斷激勵著麾下兵馬，和同樣擔任先鋒的池田輝政部隊展開競爭。

正則行軍途中對其他諸將也常態度粗暴傲慢。每當此時，江戶的家康派來的代理官井伊直政和本多忠勝就得出面奔走調停。

「切不可傷害左衛門大夫（正則）的心情！」

家康這項叮囑是二人肩負的使命之一。同受這番叮囑的還有豐臣家的大名黑田長政、池田輝政。此四人是正則的心情調解員。

——那個半狂人掌握著勝敗關鍵。

此乃四人的共識。東軍的大多數將領，都是因為蒙豐臣家隆恩最深的福島正則舉雙手贊成，才擁戴家康討伐三成。

——不，敝人跟隨大坂一方。

小山軍事會議上，正則若這樣表態，軍事會議的情況必定為之一變。

（那個混蛋握著天下命運。）

如此想來，黑田長政覺得自己如履薄冰。行軍中不知何時正則的心情會發生變化。

事實上，正則在行軍途中有一次酩酊大醉，對左右高喊：

「將甲州（黑田長政）給我叫來！」

左右感到為難。正則片刻不能離酒，酩酊大醉就失態，乘酒意殺死家臣，翌晨卻不記得了。

——將甲州叫來！為何還不去叫？

正則這突然的吼叫令左右戰慄，他們感到自己又有被正則殺死的危險。勢逼無奈，跑去長政的宿營。

「我家主公的為人，大人您也知道，請屈尊坐轎前往吧。」

家臣懇求長政前往。受同級大名呼來喊去，現實中這是不可能的事。

（不過，大事之前，必須忍耐。）

長政這樣忖度。他手持一柄扇子，泰然輕鬆，趨訪正則宿營。

正則已經醉得一塌糊塗了。一見長政的身影，他凝視著，嘴角下垂，大聲叫喊：

「甲州，武士無二言吧？」

長政明白此話含義，頷首回答：

「無二言。」

正則叮嚀的含義是「家康不包藏傷害秀賴公的野心吧？」此事在小山軍事會議的前夜，

「無二言。」

長政就對正則如此斷然說道。正則相信了，也正因如此，他才奮起討伐三成。然而沿東海道西上一路行軍途中，突然，

（不可信。歸根結柢，這豈非德川內府取得天下的一戰嗎?!按照自然趨勢，秀賴公焉能不滅亡？）

正則產生了疑問。

「甲州，再斷言一遍，絕無其事！」

「當然可以斷言。」

長政點頭，重複了同樣的內容。然而對方是個醉

漢，逼迫長政：

「再說下去！」

長政也是個急性子，一味忍耐，重複了好幾遍。

「明白了。」

正則探出身來。

「甲州啊，我有言在先。我左衛門大夫在這場交戰中，全是因為極度憎恨治部少輔，才跟隨了內府。既然要做，就要竭盡全力，戰到槍纓被敵人骨頭磨損了為止。但是，內府若對豐臣家抱有狼子野心，則另當別論了，我決不饒恕內府！」

「左衛門大夫，不要再說了。」

長政舉起大掌，以這種姿勢面對福島家的重臣們說道：

「剛才左衛門大夫的話，權當我沒聽見。諸位也都忘了吧。」

接下來，部隊繼續行軍。

一路極盡艱難。雨日頗多，河流漲水，道路泥漿蒙住了載貨馬車的車轍，景狀慘透了。

八月十日，正則來到了他的居城尾張清洲城下。

正則已經與東海道沿途的諸將同時將城池獻給了家康，不便進入本丸，便進了二丸。

其後，諸將相繼進入尾張，被安排住進清洲城內外的宿營裡。八月十四日，終於全軍到齊了。

立刻召開了軍事會議。

然而，家康沒來，連他已從江戶動身了的消息也沒有。

「內府在幹什麼呢？」

此事自然成了軍事會議的主要議題。只要主帥不坐在軍事會議的座位上，議論任何事也不能通過，永遠是虛幻的。

諸將疑惑不解。

（內府難道不來了？）

家康在下野小山明確說過：

「眾卿先出發，我有些事需要準備一下，先回江戶，再火速追趕諸位。」

然而，如今諸將已抵達最前線的尾張清洲城，卻還沒看到家康離別江戶的跡象。

軍隊到達後，當即從清洲派出了催促家康蒞臨的快馬。諸將掩飾不住心中的焦慮不安。

「我們上當受騙了吧？」

甚至有人這樣竊竊私語。大家開始懷疑，家康意圖令豐臣家的大名分成敵我，挑起內訌。也許當雙方都精疲力竭時，家康就出來坐收漁翁之利了。

「倘若是這樣，可就慘了。」

小大名們低語議論，覺得自己到頭來不過淪為豐臣家的叛軍，最終猶如雲霞般成了西軍的食餌。

其間，以木曾川此岸的大垣城為中心，三成擺開了陣勢。三成的運籌十分活躍，遣密使去對岸，開始對東軍諸將進行分化瓦解的策反工作。

最感尷尬的是家康派遣的軍監井伊直政和本多忠勝二人。

每當召開軍事會議，

「內府在幹什麼？」

諸將就擁聚上來，勃然變色質問道。兩人也不曉得家康的真意，只是一味畢恭畢敬地回答：

「諸位所言極是。已向江戶派去急使。快馬返回前，還請稍安勿躁。」

除此之外，他倆再做不出其他解釋了。

十八日夜裡，清洲城裡的軍事會議沸沸揚揚，態勢已不可收拾了。

正則好像帶著酒氣，手執白扇拍打著榻榻米。

「難道內府要將我們當做『劫』，墊付出去嗎？」

正則用圍棋的術語破口大罵。家康的女婿池田輝政從旁告誡道：

「左衛門大夫，說話要注意點。」

口角愈發激烈。兩名軍監也無法穩住局面了。

卻說江戶的家康。

說實話，小山軍事會議上，豐臣家諸將輕易就站到己方，超出了家康的預料。因此他更加懷疑他們的內心。

（能那麼輕而易舉地倒戈嗎？）

家康熟知豐臣家的大名、特別是福島正則，是如何熱愛秀吉的遺子秀賴，他們雖然一時發誓跟隨，但西行途中難保不會變心。

滯留江戶第九天的晚上，家康叫來了本多正信，

「我心生疑念了。」

家康低聲說道。

「到了這個節骨眼上，有何疑念？」

「哎呀，還是那些人的事。」

「啊。那麼該當如何？」

「我們的計策過於如願了。良策為如願而施，但這般巧妙如願，反倒給我們留下了擔憂。」

「主上想多了。」

正信笑了。家康心懷的憂慮，與正信的心事同樣多。

「你不這樣認為嗎？」

「恕臣冒昧，與主上所想略同。不過，事到如今，除了信任他們，別無良策。」

「道理我明白，但難以信任他們。」

如果就這樣輕率從江戶出發，開進美濃和尾張的戰線，坐在他們的主帥座位上，或許當天就會遭到背叛，接受包括他們在內的豐臣家大名的總攻擊。

「人心叵測呀。」

「是的。」

「如何是好？」

「這個……」

正信也沒有妙計。妙計沒想出，就不能從江戶開拔，日復一日拖延到現在。

「必須慎重對待。我年輕時受今川大人和織田大人頤指氣使，吃了不少苦頭，但我忍過來了。後來，織田大人作古，在緊要關頭，我又落到必須服侍秀

吉的地步。儘管如此，我還是忍受了這種命運。如今一旦開運，因大喜過望，輕率對待，最終導致難得的好運又會溜走的。」

「正是。事已至此，主上最後關頭的謹慎細心，非常重要。」

正信不嗜好做事如賭博，這一點與家康相同。

「但是，我也不能一直坐鎮江戶。」

「先這樣，主上遣使前往，確認一下他們的真心，如何？」

「如何運作？」

「他們在尾張南遙望敵城，久守陣地，空度時日。主上應當叱責他們：『大敵當前為何不開戰，太不可思議！』」

「你的意見是命令先打一仗？」

「正是。如此這般聲色俱厲地叱責，懷真心者受辱必發憤，懷偽心者則投敵。敵我自然就區別分明了。」

家康頷首，採納了這個方案。

「派誰任使者為宜？」

「這個……」

正信列舉了數人，都是俸祿額萬石以上的大名級人物。其才幹與口才，足以勝任遠行千里的使者。

家康搖頭，認為都不合適。理由是個個都精明過人。

「傻瓜為好，特別是愚直者更好。」

（啊？）

正信一副訝異的神情。他終於感到自己不及家康。確實，這個使者不能由精明人擔任。

距離江戶九十里的尾張清洲城裡，諸將明言猜疑家康，情緒日益激昂。這時若去了一個精明人，看懂了現場氣氛，會適當緩和家康的意思，最後不能將家康的「斥責」口氣如實傳達過去。

現在需要的不是甜言蜜語，而是如何以家康嗚響的皮鞭聲為計策，一舉打開局面。

「誰最合適？」

「略似輕率急躁的村越茂助，如何？」

「想得好！」

家康笑了。村越茂助是個旗本，身分很低，但在愚直這一點，他是無與倫比的適當人選。

「將茂助叫來！」

家康下令。少刻，茂助出現了，五十歲左右，皮膚黝黑。

家康對茂助口述了此事，茂助複述，多次出錯，最後終於能準確背誦了。

茂助登途。

每到一個驛站就換馬，沿東海道飛速西馳之間，這個消息的預告傳到了清洲城裡兩名軍監耳中。

（是何道理，如今派茂助這樣的人來？）

井伊直政懷疑家康的真意，更令他擔心的是茂助的性格。此人過於生硬粗莽的形象出現在清洲諸將面前，直來直去地傳達家康口信，最終必將敗事。

（何種口信？當預知才是。）

井伊直政這樣揣想，他發現恰好茂助的兵法師父柳生又右衛門（後來的但馬守宗矩）時下在軍中。

「你前往途中，面晤茂助！」

井伊直政這樣命令，讓他立即從清洲出發。十九日早晨，又右衛門在三河的池鯉鮒遇見了茂助，竭言追問他此行任務內容。茂助頑固地不開口。

終於，茂助進了清洲城。

軍監井伊直政和本多忠勝立即將他喚至政務室，低聲詢問：

「何種口信？」

面對家康的代理官，茂助將內容和盤托出。

兩個軍監得知後，大驚失色。

「茂助，這可是危險至極！目前是這樣的局勢呀！」

軍監詳述了大名們的動靜，並懇切解釋道：「主上這口信反倒會誤事的。」

「因此，應當這樣傳達。」

井伊對家康的口信略作歪曲，讓茂助按他說的完全記住，內容如下：「目前敝人（家康）偶感風寒，不能離開江戶，近日即可痊癒。病一好，我儘快出馬，可與眾卿一起，頃刻之間打垮敵軍。」

「你就這樣傳達！將來怪罪下來，我們二人切腹。」

井伊這麼一說，茂助難以違抗，垂首答應照辦。

「複述一遍看看。」

「那麼，我說一遍。」

茂助講了一遍新的口信，意外地十分流暢。

兩個軍監放下心來。二人伴隨茂助來到了擠滿了大名的廳堂。茂助作為家康的正使，坐在列位大名之前。

「茂助，講吧。」

井伊直政說道。

茂助擺正膝頭，挺直腰板，咳嗽了一聲，高聲講了起來。

（啊！）

井伊直政感到驚駭。適才那樣認真地教茂助怎樣講，可現在他口中所言卻是在江戶時家康叮囑的原話。

「照這麼說，內府還不能來吧？」

「是的。」

茂助點頭，面無表情。

大名們感到掃興，尤其是福島正則，表情苦澀地問：

「內府的口信內容就這些呀？」

茂助搖頭，回答：「還有。」

「總之，各位眼看著敵人，一仗不打。久守不戰，就連諸位是敵是友，我都難以區分了。應當儘早進攻河對岸，打一仗給我瞧瞧。然後，我就從江戶出發。」

茂助將原話重述一番。

兩名軍監滿身大汗，驚駭得幾乎心跳都停了。這時發生了意外怪事。是福島正則。

正則驟變，欣然湊向前去，打開折扇，誇張搧著茂助的額頭，高喊：

「說得好！」

這個兇猛的嗜武之人，僅被這麼一煽動，就被馳突戰場拍打鞍心般的亢奮驅動起來了，說道：

「內府所言極是！馬上出手，儘快向江戶報捷！」

聞聽此言，諸將歡聲鼎沸回應。他們被迫回應。與小山軍事會議的情況相同，正則再度被亢奮牽著鼻子走了。

岐阜中納言

織田信長有個孫子，人稱：

「岐阜中納言」。

是時年二十一歲的青年。他是信長的繼承人信忠的遺子，現任織田家正統主公，名曰秀信。

秀信是目前的岐阜城主。

他是一個命運跌宕之人。

天正十年（一五八二），織田信長和信忠遭到明智光秀襲擊殞命時，岐阜中納言年僅三歲。他和父親信忠一起被明智軍圍在二条城裡。

信忠自戕之前，將親信前田玄以叫到跟前，囑託道：

「三法師，拜託關照。」

秀信幼年通稱「三法師」。

前田玄以原本是尾張小松寺的住持，擅長書法，精通庶務，故直接以僧侶身分擔任織田家的文官。

二条城開始燃燒了，前田玄以跪拜，高喊一聲：

「請莫見怪！」便跑到上段間，抱起三法師穿過戰火，突破明智軍的重圍，逃離京都。其後，前田玄以回到尾張，安排織田家的正統嫡子避難於清洲城。

爾後，三法師雖是三歲幼童，政治身價卻一路飆

升。秀吉在山崎大破明智軍後，擁立三法師。

——只擁戴三法師任織田家的正統繼承人。

秀吉對織田家的遺族和重臣宣佈：自己任三法師君的保護者。所謂三法師君的保護者，就等於是信長一切遺產的管理者。可以說，秀吉為了使自己篡奪天下合法化，將三法師當成工具。秀吉運用這種手法，非常明朗地操縱他人的微妙心理，卻不給人留下厭惡感。可以說秀吉是個罕見的演戲高手。

順便一提。反三成諸將都抱有如此疑念：三成豈非正在模仿當年秀吉的戲劇嗎？三法師不過就是秀賴。三成給了別人這種疑念，但作為演員和秀吉相比，演技卻顯得非常低劣。

當時秀吉最大的對立者是織田家首席家老柴田勝家。當時的勝家相當於現在家康的位置。勝家判定：

——天下要被秀吉奪走。

他擁立信長的三子信孝，反對三法師繼承家業。

繼承問題尚未塵埃落定，秀吉與勝家就開始交戰了，結果勝家於賤岳落敗，於越前北庄城自盡。

天下歸於秀吉。

從法而言，三法師不具備繼承天下的資格。資格問題尚未解決，秀吉便以武力稱霸而成功解決。但從人情方面講，秀吉獨力征服天下後，應當將之獻給三法師，自己退身，居其麾下才是。

然而，秀吉沒那樣做。

他只讓三法師繼承了織田家的本家，成人後晉升中納言，在美濃賜三法師俸祿十三萬三千石，任織田家的故城岐阜城的城主。對此，世人並不覺得奇怪。

不僅如此。許多人還讚譽道：

——太閤殿下優待故主織田家。

此可謂秀吉演技的高妙。豈止世間，就連岐阜中納言秀信本人，非但對秀吉毫無不滿，還感謝他呢。

秀信生來就是個大名，面對秀吉的舉動，他並無心懷不平的霸氣與野性。他只是酷好奢華的生活。

這一點完全沒有繼承祖父信長的血緣。他繼承的只是織田家的特徵——秀麗的容貌。

秀信討厭武道，嗜好遊藝。

征伐上杉的動員令，也送達岐阜中納言處。既然這是秀賴的代理官家康發佈的豐臣政權正式命令，與其他大名一樣，岐阜中納言也只好服從。不如說他做了服從的準備，開始整裝向會津進發。

平素秀信怠於戰備，嗜好闊氣，他希望自己的軍隊服裝配飾統一。譬如旗幟和甲冑的顏色他也想按照自己的喜好，搞得華麗輝煌。對這名青年而言，軍事也宛如一種祭禮儀式。故此他不能按照命令日期上陣，仍在岐阜城裡拖拖拉拉。

恰在此時。

發生了這場動亂。當然，這與秀信本人的意願是兩碼事，他在形式上採取了中立的姿態。應當說，態勢令秀信必須保持中立。

可是，形勢在發展，出自地理原因，事態變得滑稽起來。

秀信的城池坐落於美濃的岐阜。城池所在地美濃，成為預想戰場的可能性很大，終於，預想變成了現實。秀信的城池成為兩軍衝突的戰場，好似高聳的無能巨人陷入了困境。

岐阜城並非是等閒之城。齋藤道三傾盡其築城才能，建於稻葉山上。其後，秀信的祖父信長進一步擴建加固，被稱為鈴鹿關以東難以攻克的城池。

「城池挺礙眼呀。」

東西兩軍都這麼認為。

「岐阜城是否被敵方奪去，會導致不同的形勢巨變。」

當然，雙方都這麼斷定。也就是說，預定在美濃展開的大會戰，勝負的關鍵在於誰能爭得岐阜城。

三法師，也就是現今的岐阜中納言秀信，好像肩負著如此命運降生人間。秀吉爭奪天下時，秀信是政治爭鬥的工具；現在又偶然掌握了決定天下成敗的關鍵。不消說，這次的情況與他幼年時相同，並非他主動掌握了關鍵，而是他本身的天生條件使然。

「必須將岐阜中納言大人拉到秀賴公一方。」

僅在一個月之前，三成才想到了這一點。畢竟三成的舉兵準備時間不充裕，幾乎沒做過家康那樣的預備工作，在這一點，明顯存在行動神速但卻漏洞百出之憾。此前和中納言這位最事關重要的人物之間，竟無像樣的秘密談判。

「現在開始也不遲。家康的手決不會伸到那位主君之處啊。」

三成這樣判斷。舉兵之初，三成對一切都抱樂觀態度，對中納言亦然。

「中納言因為得益於故太閤的援助才聞名於世。他必念厚恩，奔向秀賴公一方。」

秀信年輕，岐阜中納言家靠重臣合議制來運營。

重臣中武名遠揚聞的木造具正，已經透過黑田長政表明決心，跟隨家康。這一切三成並不知曉。

三成一返回江州佐和山居城，就喚來家臣河瀨左馬助，叮囑之後，令他從佐和山城出發，密往岐阜。

河瀨不善言辭，但做事認真，最適合擔任這樣的密使。

他進入岐阜城，拜謁了中納言秀信，傳達了三成的意旨。

河瀨陳述了大致的形勢，高談恩義，講解戰略，結論是三成必勝。

「故請中納言大人務必念記舊情，請拉大坂的幼君一把。然後……」

河瀨代替三成許下了賞賜。

即「美濃、尾張兩國」。

河瀨補充說明，賞賜一事，是經過西軍統帥安藝中納言毛利輝元與眾奉行和議之後決定的事情，絕對沒錯。

（濃尾兩國啊！）

織田家的年輕主公動心了。在這個不知勞苦的名門之後眼中，比賞賜更重要的是幫助年幼的秀賴。這個美德行為富有魅力，而且美舉之後還跟著賞賜。秀信聽著河瀨的勸說，漸漸心醉了，險些喊出來：

「明白了。聽從建議。」

中納言織田家有慣例，事無鉅細，都須在重臣會議上討論。

「諸條事項我都知道了。但必須和家臣們商定。此間，望暫且輕鬆逗留城內吧。」

秀信興致勃勃說道。

然後，他叫來了木造具正和百百綱家兩名家老。

秀吉創立以秀信為主公的織田家之時，此二人就是織田家的家老，即便在豐臣家的殿上，也具備準大名的資格。

木造具正的官階是從五位下，官名左衛門佐，食祿兩萬二千石，這一點與大名無異。具正是伊勢人，伊勢的木造家是名門望族，有「木造御所」之稱。信長征伐伊勢之前，具正就暗通信長；征伐伊勢後，他成了織田家的家臣。後來又轉至福島正則麾下。

百百綱家出身於近江的名門。秀吉還是織田家部將的時候，綱家就服侍織田家，後來擔任豐臣家的直轄領地代理官。秀信當上大名後，百百綱家立即被秀吉任命為家老。官階為從五位下，任越前守。百百綱家是築城名人，後來，土佐的山內家賞識其技術而聘之，直至作古。

總之，二人都熟諳豐臣家的殿上內幕，與大名的交情也深。特別是木造具正，與反三成派的大名們交往親密。

「此事不必一議。」

木造具正大聲說道。

「這次舉動，千真萬確是治部少輔的陰謀。主公千萬不可站到他們一邊。只能奔向江戶的內府一側。」

聽聞此言，秀信蹙眉，雙頰僵硬，神情不悅。端出這副表情時，秀信的臉頰酷似祖父信長。

「但是，太閣對我有恩。」

「真是個忠厚老實人。」

木造具正說道。

「事到如今，臣就明說了吧。主公是故信長公的嫡孫，若生逢其時，應當由貴府的血統治理天下。然而故太閤殿下無道，趁主公年幼，竊取了主公家的天下。主公對豐臣家分明只應有恨，卻說蒙其恩澤，這豈不是忠厚老實人的想法嗎？」

「事情都過去了。」

秀信記住的只有秀吉那笑容可掬的溫和老人形象；幼童時代被秀吉抱在膝蓋上；及至年長，秀吉稱自己「三法師主君」。

秀吉特意稱秀信的幼名，以特示敬畏。秀信再怎麼樣也無法認定秀吉是篡奪了織田家天下的人物。加之織田家的信長逝去時，秀吉的地盤就以近畿、東海、北陸為中心，已是四百幾十萬石的身分，事實上已控制了天下。就這一點來看，秀信也不認為秀吉篡奪了織田的天下。

「過去的事不要說了！」

秀信說道。

「現在想問一下，今後該當如何。」

針對從三成的家臣河瀨左馬助聽到的未來目標，秀信覺得頗有吸引力。和織田家此前的美夢相比，美濃、尾張兩國的賞賜，是多麼華麗的現實啊！

然而秀信無法反抗木造具正的意見。從少年大名時代開始，秀信就沒有逆反老臣意見的習慣。

「迫不得已。」

秀信勉強同意了木造的意見，這場評議會結束了。秀信還沒死心。該夜，他將三名親信偷偷喚來寢間，他們是伊達平左衛門、高橋一德齋、入江右近。

「諸位意見如何？」

秀信問道。

這三個人與木造、百百不同，並不通曉豐臣家殿上政情。在不清楚內幕的情況下，無論怎麼看，勝利都屬於西軍。他們只是這樣認定，並對秀信明陳其意。秀信大悅。

「正是。你們也這麼認為呀？」

秀信的臉頰通紅。

「加之，故太閤的隆恩，主公也應有所考慮。」

「啊，此事也與我同感。那位老人對我很和善，如今仍經常相見於夢中。為老人的遺孤盡力，作為人，乃理所當然之事。」

秀信覺得，沒有比此事更安全甜美的賭博了。

「那麼，趁我主意還沒改變，趕緊回信。」

秀信當場給三成修書一封，喊來河瀨左馬助，親手交給他。河瀨大喜，當夜束裝就道，從岐阜城出發了。

翌晨，秀信再度招集眾臣，說明昨夜變更決心的理由，這樣宣佈：

「回信已經寫完，交給來使了。再不必諍諫了。」

木造具正等人大驚，與百百綱家交會眼神後，湊上前去。

「事已至此，無可奈何。但畢竟是織田家的一件大事，為慎重起見，我二人再和京都的德善院商量一下吧。」

所謂德善院，即前田玄以。

織田信長死後，玄以服侍秀吉，以僧人之身獲拔擢為俸祿五萬石的大名。他總理庶務的才幹受到賞識，與石田三成、長束正家、增田長盛、淺野長政並列為五奉行。前田玄以主管京都市政。

「這樣啊。要諮詢玄以？」

對這個名字，秀信難以違抗。畢竟秀信三歲時，玄以穿過本能寺的戰火將他救出。其後，玄以退避於尾張清洲。

「那麼，和玄以聯繫一下吧。」

秀信坦率說道。首先，玄以作為豐臣家的執政官，在這次討伐家康的舉動中，是與三成聯名的主要策劃者之一。秀信認為，他一定會建議：「奔向秀賴公一邊吧！」

木造和百百二人立即離開岐阜城，沿途不斷在驛站換馬，火速奔向京都。

第三天抵達京都，立即拜訪玄以宅邸，徵求意見。出人意表的是，玄以身為西軍主謀人之一，卻這樣說道：

「不言而喻，加盟內府。回去轉告急速下關東！」

玄以深知西軍不統一的內幕。他本人暗通家康，為求戰後保住自己的身分。

「我只是站在奉行的立場，站到治部少輔一邊，這僅是表面形式。」

玄以這樣解釋。

木造頷首。事情如此複雜，木造本人熟悉豐臣家殿上形勢，基本可以想像出來。他的想像與現實吻合了。

二人向玄以致謝，為解旅途困乏，在京都休息了兩天，第三天離別京都。其間，佐和山的三成並非在閒玩，這裡發生了令木造和百百感到意外的情況。

頭陣

三成也沒有疏忽大意。

「做事需縝密。」

三成遣人去邀請織田信長的孫子前來佐和山城。

「有軍事戰略相商。」

這是理由。三成必須敲定岐阜中納言織田秀信加盟西軍一事。畢竟秀信年輕而且凡庸，難保他會改變主意。

「和我相商嗎？」

以武將身分受人相待，織田秀信喜在心懷。任輔佐官的家老木造和百百二人，總把自己當作孩子。

由此看來，三成是個通情達理的明白人……

「轉告治部少輔，我接受邀請。」

秀信答覆。

「哎呀，主公當場答覆是否合適？等那二位回到岐阜，再回覆也不遲呀。」

有家臣如此諍諫。「那二位」指的是木造和百百二人。他倆去京都前田玄以處，諮詢織田家究竟應該加盟西軍還是東軍。

「我的事，我做主！」

秀信氣哼哼地回答。

「我並非永遠是個孩子，爾等可知道我是誰的嫡孫！」

秀信大喊：我繼承了祖父信長的直系血緣！

秀信將隊伍整理得華美絢爛，向近江佐和山城進發了。從岐阜算起，距離大約五十公里。途中在國境住了一夜，翌日黃昏抵達佐和山。

三成為了這一場接待，前夜由美濃大垣歸來了。

三成穿一身禮服，至城下鳥居本迎接秀信。三成下馬施禮，秀信則在馬上頷首，喜形於色答禮曰：

「蒙專程出迎，禮儀太隆重了。」

（必須將這位中納言大人攏入手中。）

三成來到人世四十年，從沒像現在這樣勞心費神。岐阜城能否到手，會導致戰略形勢大不一樣。

三成親自引路，將貴客請進佐和山城內的書院。在此，三成就戰略梗概做了說明。話到半截，秀信似乎感到厭倦了。

「治部少輔，行了。聽一言即可。軍事戰略必勝無疑嗎？」

秀信想聽結論。

「正是！」

「不會發生意外吧？千真萬確可以獲勝嗎？」

「必勝！」

「這樣便好。這一戰歸於你的指揮之下，我不想再囉嗦詢問了。與此相比，治部少輔，我倒想看看那個。」

「何謂『那個』？」

「狂言袴呀。」

「啊，是茶碗呀。」

三成失望了。這位年輕中納言的興趣似乎不在武道，而在茶道。

「茶道明晨再享用吧。」

「惟夜間茶道，才趣味盎然。」

三成無奈，只好命令也列席這場軍事會議的司茶僧安排茶室。

（真拿他沒辦法。）

三成的謀臣島左近也這麼暗思。秀信身上，毫無祖父信長的氣質與才能。

少刻，庭院裡的燈籠點亮了，秀信在三成引導下，走過了通往茶室的走廊。

茶道開始了。

「是這個嗎？」

秀信將喝完了的茶碗置於膝頭欣賞。這是由朝鮮傳進來的，胖嘟嘟的碗體呈圓筒狀，上面印著圓形花紋，總令人聯想到狂言演員裙褲上的花紋，故得名「狂言袴」。

「這是利休居士喜好的款式。」

「聽說是的。」

秀信點頭。他喜歡欣賞茶道用具，這個情趣似乎繼承了祖父血統，他不懂規矩似地，熱心地長時間觀賞著。

（送給他嗎？）

三成思索著。從現在開始，面臨了賭上歷史與身家性命的大戰，再好的天下名器，珍藏下去究竟有何用？

「請收下吧。」

三成靜靜說道。

「請今後在岐阜城裡使用吧。」

「要送給我嗎？」

秀信雙眼閃爍著天真無邪的光芒。

「敝人的身分與它太不匹配。如果經中納言大人的手愛撫過，茶器就會價值飆升了。」

「我好像是為了要這茶器而來似的呀。」

爾後，秀信在城裡住了一夜。

翌晨，天氣晴朗。

佐和山城門前面有條街道。幾名武士騎馬由西而來，策馬來到城下。

武士是織田中納言家的家老木造具正和百百綱家。他倆訪問了京都的織田家顧問前田玄以之後，聯袂歸來。

（這裡是三成的城池，必須飛速通過。）

二人都心懷這般緊張，終於策馬奔馳而去。

三成也沒有粗疏大意，他揣測今天早晨這兩人可能會通過城下，便在街道上安排了兩個認識他們的家臣。

這個安排恰中所願。木造具正和百百綱家二人來到了鳥居本宿入口時，石田家的家臣擋住去路。家臣身穿無袖禮服，手執折扇，在路上鄭重致禮。

「想必是木造大人和百百大人吧？」

石田家家臣懇切問道。

「怎地，你是何人？」

「在下是石田治部少輔的家臣白石權十郎，真是貴人多忘事喲。」

「有何要事？」

二人下馬。

石田家家臣不慌不忙說道：

「我這裡傳達主公治部少輔的口信，務必請順便進城裡一敘。」

（這可麻煩了。）

木造和百百二人流露出為難的神情。

「盛情難得，但我等並非人在旅途遊山玩水，而是奉主公命令進京的歸途。須儘快返回岐阜覆命。請讓我們直接從城下通過吧。」

「奉主公命令？」

「正是。」

「那正好。尊主公中納言大人，現今正逗留本城。」

（啊？）

二人流露出驚詫的神情。無可奈何。二人本來要拿前田玄以反對加盟西軍的主張說服秀信，如今這計畫毀於一旦了，說服與否還有何意義？秀信已在三成手中。

（僅僅是白忙了一場。）

二人對視了一眼。二人都認為，豐臣家的文官石田三成焉能戰勝千軍萬馬的家康。在京都從豐臣家的奉行前田玄以那裡，詳細聽聞了西軍內情後，二人尤其這樣斷定。玄以反覆指出：

「一旦開戰，真正會活躍戰場上的僅有石田與大谷的部下而已。」此話現在又縈繞在二人耳中。

（信長公以後的織田家，如今也要滅亡嗎？）

二人同時思謀著。

然而，主公中納言秀信眼下正滯留此城，不得不順路進城一拜。

二人滿心不情願，進了佐和山城。

在城內書院，二人拜謁了秀信。退下又在另室會見了城主石田三成。

三成始終喜形於色，出酒食款待二人。

「盡忠秀賴公，令人欽佩。」

言訖，三成分別饋贈二人名刀與黃金等。

二人很快就退下，催促秀信返回岐阜。

岐阜城裡，再次召開了軍事會議。二人備述了前田玄以的意見：

「德善院認為，歸根結柢，應當站到德川右大臣一方。主公絕不想無視德善院的意見吧？」

二人這樣逼問。

「不能無視。」

秀信言辭窘迫，臉色近乎蒼白。前田玄以畢竟是在本能寺事變中救自己出戰火的恩人。加之他還是織田家的顧問。

玄以同時是豐臣家的五奉行之一，他表面上與三成聯手，是此舉的主謀，實質上這位主謀本人卻力主：

——不可加盟西軍！

恐怕玄以也是表面服從三成，暗地與家康互通款曲吧。若理解到這一步，豈不可以說，西軍內部已經腐朽得一塌糊塗了嗎?!

「主公該當如何？為了織田家萬萬歲，此刻加盟勝利一方，才是最允當的選擇。」

「不過，」

秀信的嘴唇顫抖著：

「我專程去了佐和山，已和治部少輔立下約定。約定不可推翻呀。」

「菩薩說謊是一種權宜之計；武門謊言是一種策略。不必那般忠義守規矩。」

「你是說要毀約嗎？」

「正是。」

「不可！」

秀信看重面子，諸事都喜歡做得時髦奢華。在人際關係上，秀信不能做出毀約那種骯髒事來。

「這樣的話，」

有人膝行湊前。原來是老臣飯沼十左衛門。

「先佯裝加盟西軍，再看準治部少輔疏忽大意之時，邀他來本城，將之謀殺了事，如何？」

「蠢、蠢貨！你以為我能做出那等行徑來嗎？汝等要讓我當齷齪的卑鄙小人啊?!」

「不行嗎？」

「我不再聽了，別說了！對故太閤盡忠義，必須奔向秀賴公一方，此外，我不再考慮其他事了！」

秀信大喊道。秀信的話說到這份上，群臣不能再提出異論了。

此決議明定下來，是在會議兩日之後：三成的侍大將河瀨左馬助和柏原彥右衛門率一千士兵入城，擔任援軍。

「迫不得已。」

木造具正對同僚百百綱家低語。這樣一來，只好與東軍交戰了。但若真打起來，對織田家的未來反倒是危險的。

「為保住織田家戰後不被摧毀，交戰須適度，並要將真意傳達給東軍。」

木造和百百想出這一計，決定遣密使將意向通報福島正則。此時，正則住在木曾川對岸、東軍最前線的清洲城裡。

「左衛門大夫這人接受拜託，會貫徹到底。西軍敗北後，他在內府面前會給我們說好話打圓場的。」

當夜，木造具正差密使去了對岸的尾張清洲城。

清洲城裡，召開了開戰前最後一次軍事會議，議定的主題是：

——先攻打哪座城池？

正面西軍最前線的要塞有三座，即：

岐阜城（十三萬三千石，織田中納言秀信）

犬山城（十二萬石，石川備前守光吉）

竹鼻城（杉浦五左衛門重勝）

其中，竹鼻城與其說是城池，毋寧說是一座堡壘。

「先打軟弱的吧。」

這種意見占壓倒性多數。此戰法是攻擊陣地的原則。意見的內容具體說來，即人稱金城湯池的岐阜城放到最後攻打，先摧毀小城犬山城和竹鼻城。

「有道理，有道理，所見極是！」

家康派遣的軍監本多忠勝和井伊直政表態。他倆在會上概不發表意見，只是點頭。在他倆看來，戰鬥的主角始終是豐臣家的大名，並非德川軍，自己只要能促動議事就行了。

「還有哪位發表高見？」

「敝人。」

福島正則湊上前來。

「敝人反對。無論怎麼說，岐阜城都是主幹，犬山和竹鼻不過枝葉耳。再難攻也應該先打岐阜，攻下此城，作為枝葉的犬山和竹鼻自然也就枯萎了。」

「說起岐阜城，」在滿座人的中心處，有人開始低聲議論：

「那可是故右大臣（信長）苦心設計的。能那麼輕而易舉攻下來嗎？」

「說什麼？」

正則扯開嗓子粗野喊著：

「別人我不管，敝人獨自攻下來給列位瞧瞧！」

出此一言，眾人緘默不語了。諸將不得不服從他的意見。正則任先鋒大將，他是在座豐臣家大名中的首席。

「既然如此，就服從左衛門大夫的高見，先打岐阜吧。」

軍監本多忠勝下了結論。忠勝前一夜從正則那裡聽到織田家的意外內幕，作出判斷：

——不消說，岐阜比犬山和竹鼻還軟弱。

犬山雖是小城，卻由石川備前守光吉把守，此人是從故秀吉的「母衣武士」（編註：身穿防箭袋的武士，多編列為親衛隊）獲得提拔的，以剛直聞名。按照攻擊軟部的原則，犬山城倒是應該避開。

「如此一來，如何攻打？」

軍監本多忠勝問道。

一切全成了正則獨自恣意活躍的舞臺。

「如軍監所知，若奔向岐阜，必須渡過木曾川。」

「是的。」

忠勝鄭重頷首。此時的忠勝要做到儘量不傷害正則的情緒。

「水淺的地方有兩處。」

「是嗎？」

「上游在河田，下游在尾越。」

正則生於尾張清洲，現今又是清洲城主，對於渡河登對岸美濃的軍事要地情報，自是了然於胸。

「若從上游的河田渡河，距岐阜城大手門很近。敝人是先鋒，當然應該一馬當先，從河田渡河。」

是否還有異議？正則環視了會場。

「胡說！」

三河吉田食祿十五萬二千石的池田輝政，豎起了膝頭。

輝政通稱三左衛門，在豐臣家殿上也是個眾所周知的粗莽大名。

池田輝政現在是三河吉田城主，但直到秀吉攻打小田原之前，他曾短期擔任過岐阜城主，自然熟悉城池情況，通曉美濃地理，故而這次與正則並列，獲任命為先鋒大將。

「左衛門大夫，不要想錯了！彼此同為先鋒，何故你取捷徑河田，我卻必須取道交通不便的下游尾越？」

這是合情合理的意見。

但正則不讓步，輝政也不後退，逐漸地越吵聲音越高，最後雙方都快動手扭打一起了。軍監本多忠勝居中調停，他先勸說正則：

「大人是首席先鋒，這一點眾人皆知。爭論起來對大人有利。但這場戰爭『人和』至上，仔細想來，大人是尾張的領主，較容易徵集到渡河用的木船和竹筏，而三左大人（池田輝政）不具備這種便利條件。所以，將上游的河田讓給三左大人吧。」

不言而喻，此一番話好似煽動正則的自信心般，催促他讓步。

正則對忠勝的細緻勸說感到滿意，同意將上游讓給輝政，自己取道下游的尾越，進攻岐阜城搦手門。

渡河

岐阜城裡召開的戰術會議上，以木造具正為首，幾乎所有老臣都緊緊圍著年輕主公織田中納言秀信苦勸道：

「死守城池吧，惟此才是上策。請務必死守城池。」

在老臣們看來，這是理所當然之事。按他們的想法，本不希望勢弱的織田家捲入這場大亂。既然面臨二者必隨其一的形勢，理想選擇是跟隨家康。這個想法卻由於不諳世故的年輕主公獨斷專行，未能如願。既然決定加盟西軍，「死守城池」便是最佳選擇。

死守城池和野戰不同，可以不甚損兵折將，伺機而動，開城投降也方便。

首先，純粹從戰術判斷，己方兵力不過區區六千五百人。

對岸敵人，僅是大名人數，以福島正則為首，就接近二十人，總兵力達三萬四五千人。如果野戰，織田家畢竟寡不敵眾。

然而年輕的中納言秀信最先反對：

「這不行！」

老臣總把他當孩子看待，秀信覺得討厭，再一聽他們那種以得意洋洋的神情提出的「安全第一戰術

論」，就覺得噁心。
「死守城池是冷血老人的戰法，我這樣的熱血男兒，不可如此！」
「但是，應當隨機應變。」
家老木造具正這麼一說，秀信激烈搖手。
「祖父如何？曾祖父又是如何？」
秀信扯開嗓子叫嚷著。事實如秀信所言，祖父織田信長和曾祖父織田信秀，從未採取過死守城池的戰術。談何死守城池，一旦交戰，肯定衝出領地，國外作戰，從不誘敵深入領地之內。
這是織田家的作戰原則。彈正忠信秀平素告誡兒子信長的是這樣的話：
「哪怕邁出一步，也要在國外作戰！」
信長恪守這一座右銘，在征討外國方面，他取得了獨步古今的天才性戰績。
「此乃織田家的家法！」
秀信說道。主公一提到家法，老臣們惟有服從了。

（真是個難對付的青嫩主公！）
木造具正以如此心情，回眸一顧同僚百百綱家。
總之，秀信憧憬奢華闊氣的行動，至於城外決戰有無勝利的希望？這種事關重要的問題，他不考慮，也不辨別。
（只是一味嗜好虛榮奢華，照此下去，織田家遲早會滅亡。）
木造具正覺得，奉如此大將為首領，老臣的輔弼已經到了盡頭。他思索著，織田家要滅亡就讓它滅亡吧！但我們須另謀出路，琢磨出保住自身的良策。
「意下如何？左衛門佐？」
年輕的城主喊著木造具正的官名。木造掃興奉令，平靜說道：
「遵命出戰城外，佈陣以待。」
「很曉事理。別忘了我是右大臣公的嫡孫！」
「沒忘。」
其後，木造具正僅與重臣們協商，按照中納言秀信的基本方針制定了作戰計畫，分別部署下去了。

這個作戰計畫，靠人稱「野戰築城名人」百百綱家的智慧，制定出來了。

這套部署恰如其分。首先，在距離河此岸三丁左右處，橫列一道戰線，設置鹿砦，阻止敵軍人馬。鹿砦內側配置火槍四百挺。

然後，在鹿砦外側，亦即河岸，配置火槍六百挺，待敵人渡河之際一齊開火，再迅速撤至鹿砦內側，下令前述的四百挺火槍依次射擊，騎兵、長槍隊、弓箭隊，側擊遊動鹿砦內外的敵軍人馬，一陣亂打之後，將其趕入河中。

「不錯。」

中納言秀信也表示贊成。

「我祖父右大臣，每戰必佇立陣地前頭，我也如此。」

秀信說完，下令備戰。

秀信不具備指揮戰鬥的才能，但是對甲冑、大本營的裝飾設計、行裝等卻苦心孤詣，甚有講究。他出馬來到城外川手（岐阜市川手町）的地藏堂大本營時，一身戎裝絢爛奪目；加之傳自信長、紅地印有金色家紋的十面旗幟，以及二百杆鑲有螺鈿的長柄槍立於秀信背後，那種氣派，就連敵軍斥候窺見之後也驚歎稟報：

「古往今來，沒有這般漂亮的大將！」

（雖說是敵人，中納言大人是信長公的嫡孫，非同小可，不可取其首級。）

福島正則等東軍諸將，聽到了來自河對岸的情報後，內心都這樣思忖。

慶長五年八月二十一日夜八時，東軍先鋒大將池田輝政走出了根據地尾張清洲城的城門。

此夜，天空陰暗。

只有火把的光焰照亮了北上大軍的腳下。池田輝政部隊後面跟隨的有淺野幸長、山內一豐、堀尾忠氏、有馬豐氏、一柳直盛、戶川達安、京極高知的部隊。這一路的總兵力一萬八千人。

他們在尾張領地內行進五里，天色未明的四時抵達木曾川畔，遙望河對岸的美濃。

全軍登上了木曾川長堤，將士們坐在右腳上，左膝頭豎起，等待黎明。

這時，

「便當來了，吃便當嘍！」

人們口中相繼高喊。隨之湧出一大堆人。監物（編註：掌管出納的官職）一柳直盛部隊中的某人，在長堤附近的黑田村有座豪宅，按照慣例，同僚諸將只要踏入自己的領地，就必須招待他們。

「監物做事俠義豪爽！」

諸將大驚。區區三萬石的經濟實力，一柳直盛不僅向同僚大名提供便當早餐，連大名身邊的家臣也一個不落，悉數分發了便當。

先鋒大將池田輝政吃完早餐，發現堤上有一間乞丐陋屋，就爬上了屋頂。

天已經亮了。

河面上霧氣繚繞。霧氣那邊的河對岸，依稀可望見敵軍旗幟晃動著。

「敵軍有多少呢？」

輝政一邊低語，一邊透視著霧氣對面。少刻，同僚諸將聚集到乞丐陋屋的周圍。

「哎，三左大人（輝政），站在那裡能望清楚嗎？」

遠州掛川六萬石的山內對馬守一豐，搖晃著肥胖的身體爬上屋頂。接著，尾張黑田三萬石的一柳監物直盛，也爬上來了。

「別上來了，屋脊承受不住啊。」

經輝政一說，後續的遠州須賀三萬石的有馬玄蕃頭豐氏斷念了，不再攀登，站在屋簷下，舉手搭涼棚遠眺。

「對州大人（山內一豐），足下老練精明，首先估計一下人數吧。」

「哎喲，有四五千人吧。」

話音剛落，比一豐年輕二十歲左右的一柳直盛說道：

「沒那麼多吧？」

直盛青年時代就跟隨秀吉野戰攻城，在估算敵軍人數方面頗有自信。

「三千五百人上下吧。」

（是的，有意思。）

旁邊的輝政這樣思忖。今年滿五十四歲的山內一豐思慮深沉，與年齡對稱。自然觀察事物的觀點慎重，雖非膽小，卻頗有膽小鬼傾向，過高評價敵方。卻說一柳直盛，年齡三十四歲，朝氣蓬勃，自然就氣吞大敵，癖性是低估敵人。

「總之，哪個數字都無所謂。」

輝政說道。無論兵力多少，己方都是敵方的數倍，渡河後廝打搏鬥不會太糾纏，不用消耗太多時間。

「我一馬當先，各位隨後！」

說完，輝政一身披掛，大喊一聲跳到草上，再一躍飛身上馬。擔任這場大戰的先鋒，時年三十五歲的輝政身心興奮，情緒高昂。

輝政一回到自己軍營，就下令吹響了進軍螺號，命令麾下四千五百士兵一齊渡河。輝政身先士卒，坐騎走進河水裡。

這一帶的木曾川河面最寬，水很淺，水深處也沒打濕馬肚帶。

對岸不斷射擊，士兵相繼中彈，倒在河裡。但是，渡河大軍速度不變，擁動前進，終於登上了對岸。

織田軍火槍猛烈射擊。未久，按預定部署，開始後撤到米野村。

這時，一柳直盛的家臣、名聞遐邇的勇將大塚權大夫採取了異常行動。他蔑視畏怯敵軍射擊的友軍，一登上對岸，就拍馬奮進，勇往直前。

（在這場前所未有的大戰中，我要獨攬「最先衝入敵陣」和「最先砍下敵人首級」兩項殊榮！）

此乃大塚權大夫最絢麗的虛榮。這願望促動他奮勇地一騎當先，以踢飛田埂的氣勢躍過敵軍陣地的鹿砦，最後衝進了集結在米野村的敵軍中。

「老子是一柳監物的家臣大塚權大夫！人稱『不好惹』，快快持槍與老子交戰！」

織田家一個名曰武市善兵衛的家臣衝上前來，躍下戰馬。

權大夫也下馬，兩杆槍糾纏一起。打了兩三個回合，權大夫刺倒善兵衛，割下首級。權大夫如願以償，作為東軍將士拿下了第一個敵軍首級。

權大夫要將首級繫在鞍上，此刻，好似武市善兵衛的同族武市忠左衛門撲了過來。

權大夫拔刀砍倒忠左衛門，「砍下敵人第二個首級」的榮譽也被他獨攬了。

（該回營了！）

權大夫這樣思量，飛身上馬。這是戰場上的精明人。若不及早回營，就須授首敵軍了。他足踢馬腹剛要回營，一名身穿燃燒般火紅戎裝的人，從織田軍的陣地上遙遙飛馳過來，大叫道：

「我方首級，焉能交給無名之輩！」

權大夫仔細一瞧，這滿身紅的武將，鎧甲外邊由紅絲線縫就，披著紅色防箭袋，韁繩也是紅色，朱漆長槍揮舞在頭頂上。他在馬上扯開嗓子自報姓名：

「老子是織田中納言的家臣飯沼小勘平！」

飯沼小勘平翻身下馬，槍纓滑動在草叢裡朝權大夫刺去。

（是小勘平啊？）

其武勇大名，大塚權大夫早有耳聞。慌忙拽韁繩調轉馬頭之際，他的坐騎前腿遭受猛擊，權大夫滾落下來。

「站起來！老子在等著！」

小勘平收回長槍，權大夫略有疏忽。權大夫倏地將站起之際，被小勘平抓住機會，腋下吃了一槍，悲慘殞命。
飯沼小勘平割下權大夫首級，喚來兵丁。
「我最先砍下敵人首級！快跑，收兵回營！」
小勘平下令。他要騎馬，馬卻不見了。
（連馬也要騎權大夫的馬呀。）
小勘平想牽過適才殺死的敵將的戰馬，然而，此馬十分悍烈，不停暴跳，討厭小勘平。
此間，大堤上幾面旗幟映入了小勘平的視野。那旗幟牽引眾多騎馬武士，悠然奔向戰場。
（這證明我方武運宏豐！）
小勘平歡欣雀躍，離開戰馬，徒步奔去。
「那裡前簇後擁的人好像是一員大將。老子是織田中納言家的家臣飯沼小勘平，定要讓他吃老子一槍！」
小勘平快跑如飛，靠近了對方。
那位武將是池田輝政的胞弟、備中守長能。一見有武士悍猛奔來，長能的家臣伊藤與兵衛欲上前保護主公，長能卻斥退了他。
「那紅武士志氣可嘉，我親自與他一決勝負！」
長能腳踢馬腹，與步將飯沼小勘平交手，立刻宛如戳芋頭般刺倒了小勘平。人稱小勘平是「使槍高手」，但戰場上命運難測。
此間，兼松又四郎縱橫馳騁，在戰場另一處衝殺。兼松是德川家的直屬家臣，奉家康之命，現任一柳直盛的「目付」（編註：監察官）。
（可有勁敵？）
他馳突沙場，對雜兵不屑一顧，少刻，遇到了一個看似有名的騎馬武士，身披紅色防箭袋。
「喝！看槍！」
名也沒報，槍就刺了過去。敵將攏起馬頭迎戰，騎馬轉圈兒，蹄聲咯噔咯噔。當戰馬轉到有利位置後，敵將開始攻擊兼松又四郎。
兼松也是擅長馬上交戰的沙場武將，他巧妙躲開攻勢，尋隙反擊，紅色防箭袋與黃色防箭袋擦肩錯過，纏鬥了好一陣。

「此人不是津田藤三郎嗎！」

兼松驚詫。此前一直全神貫注交手，沒看清對方，這才見著了對方的鼻子眼睛。提起織田家的津田藤三郎，太平年代，兩人是在伏見城下對酌的朋友，還聯袂去京都的醍醐賞櫻呢。

「真稀奇，這不正是兼松又四郎嗎？」

「沒遇上好對手。」

兼松笑著收回長槍。津田藤三郎也收槍，勒馬後退。

「後會有期！」

他留下了笑臉，縱馬馳入亂軍之中。

渡口的戰鬥持續了約三小時，太陽升高時，織田一方敗北的傾向漸趨明顯了。少頃，前述的津田藤三郎元房任殿軍之將，全軍退卻。

渡口交戰失敗，織田一方的戰術，按照預定，轉為死守城池。家老們簇擁著上陣來到川手村的中納言秀信，退入岐阜城裡，緊閉城門，等待敵軍。

奇妙之人

卻說福島正則。他從下游尾越村渡口渡木曾川，並不知道上游池田輝政的捷報。

總之，正則的軍隊乘夜陰順利渡河，全軍集結河漫灘上。正則心中推敲攻打策略。眼前就是可謂岐阜城分城的竹鼻要塞。

（要透過外交手段攻陷它。）

正則這樣思量。為攻打岐阜主城，正則已和池田輝政構成競爭，他不想為途中小城浪費時間。

「久之丞，你來謀劃一下！」

正則命令老臣山路久之丞。正則知道，竹鼻要塞的副將毛利掃部助和梶川三十郎，都是山路久之丞的老友。

「主公，現在臣來謀劃已不可能了。正值即將開戰的關鍵時刻，策反守城武將，結果如何，臣無把握。」

「先做看看！」

正則焦躁，揮動麾令旗咆哮著。此人最厭惡家臣訴苦發牢騷。

然而，事態比深思熟慮的山路久之丞所想的簡單。鎮守二丸的毛利和梶川，輕鬆接受了久之丞的

勸降，將福島軍隊帶進二丸。

「兩位都是明白人。兩位的前途，有敝人保證。」

正則對敵軍的兩員副將說道。事後，此二將如正則所云，世代服侍德川家。毛利家歸屬尾張德川家；梶川家成為德川家的幕臣。

正則後來一心攻打本丸。慎重起見，遣使者勸說本丸主將杉浦五左衛門投降。

「你錯看武士了！」

杉浦將勸降使粗暴轟了出去。他加固城門和柵欄，開始戰鬥。毫不停息激戰了八個鐘頭。黃昏四時剛過，杉浦自己點燃了城樓，與倖存的三十餘名家臣同時在烈火中自殺了。

就這樣，竹鼻要塞陷落了。

攻克之後，正則馬上撤兵，集結於附近的太郎堤，決定在此野營。

細川忠興

加藤嘉明

黑田長政

田中吉政

藤堂高虎

等人，也都如此。

他們擁戴正則為議長，召開了軍事會議。

「天已黑了。待黎明時分，再向岐阜城進發。」

這樣做出決定時，上游渡河大軍先鋒池田輝政派出的身披黃色防箭袋的聯絡官，策馬抵達。

「報告！」

聯絡官在帳幔外喊道。正則讓他進帳內說明來意。竟是傳送池田輝政的捷報，言稱已攻克米野村敵軍陣地，獲敵首級二百七十個，剛剛向江戶的家康派出了報捷使者。

「啐！三左衛門（輝政）這混蛋！」

正則咬牙大怒。應當說，池田輝政的舉動明顯違反約定。

當初約定是，輝政在占地理優勢的上游渡河後，決不可隨意發起戰鬥，必須等與下游的正則軍會師後再開戰。正是附帶這個約束條件，正則才將上游讓給了輝政。

然而，池田輝政豈止發起戰鬥，還將捷報送達家康處取悅討好。

「那麼，三左現在何處？」

「此事剛才就應稟報，輝政目前在新加納，宿營該處。預定明天破曉前攻城，已經萬事具備。」

「荒、荒唐！」

正則名副其實地暴跳如雷了。輝政竟敢違約進駐新加納。新加納距離目標岐阜城不到十公里，而正則等人駐紮的太郎堤，距岐阜城三十公里開外。

縱然此刻順勢決定「以破曉為期，同時攻城」，也構不成競爭。終於讓輝政捷足先登了。

「事到如今，不可寬恕！與敵軍相比，應當先討伐三左衛門池田輝政！」

正則持刀要跑出去，細川忠興竭力拉住他。於是

二人在草地上揪成一團。諸將聚上來總算拉開了。

「市松，冷靜點！」

伊予十萬石的領主左馬助加藤嘉明，直呼正則幼名。他當秀吉的兒小姓時，就與正則是同僚了。

「說什麼呢，孫六！」

正則也直呼加藤嘉明的幼名。

「市松，這時要做出權衡分辨。輝政任意進駐新加納，我軍今夜子時（零點）開拔，奔向岐阜，時間正好來得及吧。」

「是說不睡覺就出發嗎？」

「正是。不睡覺就出發。」

「就這麼定了！」

正則跑出會場，返回自己軍營。他全不按照與嘉藤約定的子時開拔，而是命令即刻進軍岐阜。

福島部隊從早晨就展開戰鬥，人困馬乏，卻又不敢違抗正則的命令，糧草後勤部隊棄置於宿營地，士卒帶足一晝夜的口糧，傍晚八點便朝桑木原方向

行進。

其他將領得知福島部隊驟然開拔，大驚，分別慌忙著手準備進發。畢竟事出突然，部隊集結不暢。就連隨後動身的黑田長政部隊，也是在正則出發兩小時後，才總算開拔了。

翌晨六時剛過，福島部隊近逼靫屋町總木戶口。

「三左還沒到吧？」

正則這個競爭精神異常強烈的猛將，此刻關心的與其說是敵人，莫如說是友軍池田輝政。他朝南遙望，看見飛揚塵土中無數旗幟晃動，池田輝政的部隊由新加納開來了。

「來了呀！」

言訖，正則中止攻城，下令火燒大堤一側民房。恰巧起風，吹起濃煙，飄向擁來的池田軍隊，一時間人馬不前，隊伍大亂。

輝政曾一度擔任過岐阜城主，諳熟這一帶地理。少刻，他改變進軍路線，奔往桑木原方向，由此沿長良川行進，攻打岐阜城水手口。

正則又派出使者，提出申請：

「足下撕毀了在清洲城立下的約定，太骯髒。眼下暫且中止攻城，先和敝人一決勝負吧！」

終於，輝政也對正則的執拗感到異常棘手，謙恭回覆：

「昨晨渡河時突然開戰，並非敝人本意，敵軍先開槍，無奈只得被迫應戰。此外，攻打岐阜城，敝人也不想攻大手門，大手門由足下攻打，敝人打算奔向水手口。」

於是，正則的情緒略微鎮靜下來。

「三左這小子，已向我屈服了。」

正則仰天大笑，搖動麾令旗，大軍迴旋奔向大手門。正則可說是性格奇妙；他總瞧不起自己人，對同僚友軍的憎惡與競爭心，才是他的行動基準。他加盟東軍只因憎恨三成；作為東軍最強猛將，如今

要發揮悍勇威力，本意不是為了家康，而是出自與同行的先鋒大將池田輝政的競爭心。望著這個奇妙的人，

（主上好運氣呀。）

家康的代理官井伊直政在軍中一直如此暗思。直政認為，倘若正則不在東軍，事態會大不一樣。畢竟東軍諸將悉數是深蒙豐臣家恩澤的大名，隨著越來越接觸西軍，他們必然心情沉重。直政感到他們之中存在著喪失鬥志甚至倒戈的危險。然而，正則的競爭心像暴風一樣，吹散了直政這種自然的感傷。諸將在正則的氣勢煽動下，開始義無反顧地衝向敵陣。東軍諸將的鬥志之所以能提高到這程度，應當說歸功於正則的性格。故此，直政覺得：

——主上好運氣呀。

岐阜城天守閣聳立在稻葉山上。山巔巨岩壁立，山腰遍佈密林，山坡陡峭，群峰連綿的瑞龍寺山上坐落兩座支城，自齋藤道三以來即為遠近聞名的天下堅固之城。

通往山巔有三個登山口：

七曲口

百曲口

水手口

池田輝政沿長良川行進，奔向從西条谷攀登的水手口；福島正則奔向通往七曲口的大手門。

城裡織田軍的人數，由於二十二日野戰失敗，許多士兵逃跑了，剩下不過千餘人，而包圍攻城的大軍有三萬五千人。福島軍和細川軍以熾烈的氣勢猛攻，大約二三十分鐘就破了大手門，吶喊著攀登山坡。

把守七曲口的是家老木造具正。木造原本就是加盟東軍的提倡者，並且暗通黑田長政。雖然如此，其奮戰氣概也絕不懈怠。若懈怠，將影響到這位老練戰鬥指揮者的名聲。木造為名譽而戰，屢屢踹落、

擊潰福島軍和細川軍。

（已無望獲勝，只想打一場漂亮仗，令天下人記住我的名字！）

這大概是木造具正的本意。

他命令弓箭高手奧田喜太郎佔據山坡上一座小高地，安排了四人才能拉開的強弓，狙擊上攻的敵軍。中箭倒下者就有十餘人。

木造具正又選拔二十名火槍手，親自指揮。在弓箭和火槍掩護下，木造具正衝下山坡追擊敵人，有時竟追出百餘公尺。

正則在山坡下仰望這場面。

「木造打得真漂亮呀！」

他好像將木造當作自己人，反覆高聲讚揚。與此相反，正則叱喝己方攻勢遲鈍。因此，福島部隊怒氣沖沖猛攻，終於在過午時分衝破了山腰的上格子門，奔向本丸。

於此前後，淺野幸長攻打瑞龍寺山的分城，激戰的結果，馬標高舉在搦手門上。堀尾忠氏部隊殺死了逃跑敵軍守備兵二百人許；京極高知部隊從主城百曲口攻入；山內一豐、一柳直盛部隊攻克淨土寺口，登上山頂；池田輝政部隊摧毀了水手門的城門，開始攀爬陡峭急坡。每支部隊都力求能拔頭籌衝進本丸，這點完全一樣。

其中，福島部隊的氣勢尤其驚人，最先登上了本丸郭內。但敵軍抵抗激烈，難以登上最終的目標天守。

正則冥思苦索。

「久之丞在嗎？」

他再次叫來了山路久之丞。

「你去勸木造左衛門佐（具正）投降！」

「哎呀，那人能接受嗎？」

久之丞心存疑問。但是，懷疑性的異論在正則面前是無用的。最後，久之丞一人奔馳彈雨之中，接近本丸石牆下，大聲叫喊：

「我是大夫（正則）帳下的山路久之丞，木造左衛門佐可在？若在，有事稟報！」

俄頃，城牆上的射擊一齊停息下來。木造具正露臉向下探問：

「何事？」

久之丞回答：

「織田家武道之高，已經充分領教了。再戰下去，只是徒損士卒性命，別無任何價值。此戰講和，如何？」

木造具正聞之頷首，逕自退下，進入天守閣，勸說城主織田秀信投降，讓出城池。

「已經無法進行保衛戰了。」

「何故？」

「我方將士已經逃光死盡，僅剩三十八人了。」

「打了一場漂亮的仗。」

年輕的秀信對此感到滿意，坦率決定開城投降。

隨後他走進大廣間，盤腿而坐，讓人拿來紙筆。

（主公要切腹嗎？）

左右都這麼揣度。

「我要寫戰功狀。」

秀信說道。

所謂戰功狀，就是武士的武勇證明書。織田家滅亡後，麾下武士服侍其他主家時，要根據戰功狀內容決定俸祿額。

「主公，都到這時候了……」

左右驚愕，好似睜眼了似地看著這位織田信長的嫡孫、二十一歲的城主。在城池陷落的緊要關頭，他卻選擇為家臣的前程寫戰功狀，這可不是誰都能做到的事啊。

（也許不只是個嗜好虛榮奢華的人。）

就連輔弼秀信長大成人的家老木造具正，也好似從這位任性主公身上發現了意外的一面，凝視著他的筆端。

（歸根結柢，還是繼承了名將的血統。）

木造具正思忖之間，秀信焦急了。

「快說！」

秀信對木造說道。秀信的意思是趕快陳述倖存武士的武勇功績。

木造開始陳述。秀信不借祐筆之手，親自將諸兵將的武勇功績述之以文，流暢書寫，這點也是眾人頗覺意外的才氣。

此刻，池田輝政的士兵已經出現在天守閣背面，沿著便道偷偷摸摸攀上石牆，將大旗扔進城裡，同時歡呼：

「池田三左衛門輝政最先攻克天守閣！」

正則盛怒，向輝政派去使者，想再度發起爭鬥。但是城池攻陷後，經井伊直政和本多忠勝仲裁，判定是福島、池田兩家同時攻陷，總算塵埃落定了。

開城之後，關於城主織田秀信的處置問題，有大名主張：

「令他切腹！」

但是正則搖頭反對。

「中納言（秀信）是已故右大臣的嫡孫，焉能逼他短壽?!敝人深蒙太閤隆恩，沒直接蒙受右大臣家恩澤，但我想用我的戰功，換取秀信的性命。」

正則這樣強調。終於感情激奮，眼裡溢出了淚水。

看著正則異常亢奮的樣子，

（此人不久也會對秀賴公表現出這樣的態度吧？）

德川家的井伊直政頗感驚駭。不過，對正則的觀點本身，井伊直政不持異議。縱然結果了年輕織田中納言秀信的性命，也不會對戰局帶來什麼積極影響。

秀信豁免一死，帶領十四名小姓出城，進了城外上加納的寺院淨泉坊。秀信在此落髮為僧，其後又去了高野山。

翌年，秀信病故。

從江戶出發

家康還待在江戶。他藏身城中，連城外也不去。

來自尾張和美濃前線「請儘早上陣」的請求，每天都通過東海道送進江戶，然而家康老人好似腳下生根似的，一動不動。

前線軍監井伊直政和本多忠勝，

「主上若遲遲不出馬，諸將的心理將會發生何種變化，不得而知。」

派人送來了含有埋怨的信函。儘管如此，家康依然不動彈。

——不動如山。

這是家康喜歡的武田信玄酷好吟詠的中國軍事家孫子的話。沒有比此言更能表達此間家康的動靜意識了。

戰爭已經西從九州、東到奧州全面鋪開了，家康不可能只關注美濃、尾張戰線。戰略指揮總部設在江戶城，與坐鎮雲煙遙距一百四十里許的大坂城西軍總司令毛利輝元，兩大陣營對峙。

家康的日常，忙忙碌碌。

每天，他像著述家一樣終日執筆，向西面八方的豐臣家大名寫親筆信，忙得焦頭爛額。最有才能的

祐筆，也沒像這時期的家康寫出大量的文字。

譬如，對九州的加藤清正，他這樣寫道：

「戰勝之後，肥後和築後兩國全送給你。」

他用「利」來誘引加藤清正。清正一想自己目前領地是肥後半國二十五萬石，這可是接近原來三倍的加封呀。

這個時期，家康最擔心有倒戈傾向、而費心籠絡的人物是：

加藤清正

福島正則

伊達政宗

三人。

特別是對奧州伊達政宗的警惕異乎尋常。從在小山的時候開始，家康就殫精竭慮，多次派出使者，要把伊達政宗的行動柔和捆綁到家康的戰略上。

在家康看來，既然決心在西線（美濃、尾張）決戰，東線（對上杉的包圍戰）的活動必須休止。若東西兩線同時動起來，家康必會忙得不可開交，這樣一來，正好陷入三成的圈套，只有敗亡。

要想東線休止，絕對不能刺激會津盆地裡的上杉軍防禦陣地。不刺激，僅包圍，上杉軍就不會動。按照家康判斷，上杉軍沒有發動襲擊進而湧入關東平原的意圖。對於家康的戰略方針，政宗顯然不滿。

政宗的領地與會津上杉的國境接壤。如果可能，趁亂闖入會津上杉領地，擴張領土，以應付戰後的形勢，這是政宗貪婪的企圖。

——難以對付的滑頭。

家康這樣看待政宗。就連太閤統一天下時，對政宗的貪婪野心都十分棘手。

果然，家康還在下野小山的時候，政宗就在天下動亂前派兵越境，攻陷了上杉方的白石城。

上杉方果然緊張起來，意圖大舉反攻。後方的家康派去使者拚命勸說政宗，讓他撤回自己領土內。家康對戰國倖存者政宗的本心瞭若指掌。他早已看透，政宗積極盡力並非出自對家康的好意，完全是出自個人領土擴張的野心。故此，家康明明白白告訴政宗：

——現在你不戰就是立功，即便不戰，惟對你，也會格外多有賞賜，我甚至想到，可將會津上杉領地全部賞賜於你。

家康動用此約，才好不容易令政宗兵撤回國境。然而，戰後家康毀棄了這個約定。

出羽山形二十四萬石的最上義光與政宗一起，在會津上杉的後方擔任牽制任務。家康也向最上義光多次去信。美濃戰線剛剛起動的八月中旬，家康就對前哨戰的戰況進行塗飾，誇大宣傳：

「戰鬥形勢大大有利於我方，已將三成趕回了他的居城佐和山城，兩三天內，佐和山城大概就會陷落。」

家康對最上義光這樣說。不言而喻，此時三成在美濃前線指揮所大垣城裡，尚無關原決戰的氣氛。

出羽山形的領地屬於遠國，不諳天下大勢，家康利用了這一點。

家康依舊安然不動。

其間，家康派往尾張清洲城的使者村越茂助，往返用了九天時間，八月二十二日返回江戶。

他立即登城，向家康回稟了前線大名的動靜。家康最想聽的是福島正則的言行。

「大夫（正則）如何？是精神抖擻，還是灰頭土臉無精打采？」

「哎呀，好似春季原野上的悍勇駿馬一般，眼望河對岸敵軍陣地，前蹄直刨地呢。」

「再說詳細些！」

家康要求正則的隻言片語也要稟報。家康深知村越茂助是個拙誠的實在人，故選他擔任這種資訊搜索者。村越將耳聞目睹之事，不摻雜任何主觀因素，向家康做了如實彙報。

其後，過了四天，池田輝政向家康送來報告，說是前線部隊已進入美濃，渡過木曾川大獲全勝，同時還將取得的首級也送來了。

「大夫該當如何？」

家康思慮之間，正則也送來了報告，言及木曾川下游渡河成功與攻克竹鼻要塞之事。

「大夫這下子動起來了。」

家康覺得肩頭的淤凝霎時間全都化散開去。他顧盼侍臣，低語道：

「照如此趨勢，可以勝出。」

「可喜可賀！」

侍臣們小聲回應。家康這個戰略構想能否成功，取決於單純剛烈的福島正則的向背。他渡過木曾川，攻陷敵城，總之，如今不妨認定他是鐵心跟隨家康了。

翌日，前線所有大名接連不斷送來快報：岐阜城陷落，織田中納言秀信投降了。這一天是八月二十七日。

家康當即執筆，給十九位大名一一回信。盛讚其戰功。接著，他以安排公務似的語言和神情對侍臣們說：

「現在，該從江戶出發了。」

是呀，形勢已發展到出發並非冒險，而是前往執行公務。前線諸將的本心，因此一清二楚，首戰告捷也確認了諸將的本心。得到這些事實之前，不欲動身。針對此事，家康周密和慎重的性格發揮得淋漓盡致。這個討厭冒險的老人，等待良機，將事情運作到徹底消除風險，勝利幾乎等於公務的必然結果了。達到這個火候，家康才能動身。

慶長五年九月一日，家康走出了江戶城城門。

留守江戶城的諸將，以家康的弟弟松平因幡守康元為首，乃下總關宿四萬石的領主。此外還有松平備後守清成、諏訪安藝守賴忠、石川日向守家成、菅沼織部定盈、武田萬千代信吉、松平源七郎康忠等。留下諸將除了一兩名外，其餘皆非野戰型將領。

出發之前，留守將軍之一的石川日向守家成，說出了吻合老人性格的事情：

「九月一日，日子不吉利。」

「是何凶日？」

「西塞之日。」（編註：陰陽道信仰中，凶神「大將軍」所在方位或干支搭配之日期為萬事不宜。）

出陣選擇吉日，這是慣例，然而家康付諸一笑。

「西塞的習俗，出發後就打開了。何須掛慮。」

家康出陣，並不戴盔穿甲。他頭戴茶色縐綢法祿頭巾，怎麼看都像是茶人去游山的打扮。

家康通過櫻田門時，恰好遇見了軍監的使者從美濃前線飛馳歸來。

「何事？」

家康讓人問了一聲。使者回答：在美濃取下敵人二十個首級，請主上過目。

「看一看。將首級桶擺在增上寺門前！」

言訖，家康前行而去。

位於芝的增上寺與家康的緣分很深。

寺院原在今日東京都麴町紀尾井坂上（武藏國豐島郡貝塚），後來遷至日比谷，進而又移至辰口。

辰口時期的住持是名學問僧，法號存應，相當世俗。為了寺院的興隆煞費苦心。

天正十八年（一五九〇）八月，家康被秀吉封為關東八州守入江戶，當時江戶還是一片荒蕪之地。

——德川大人的宗派屬於哪一派？

存應預先做了調查，偶然發現是與增上寺相同的淨土宗。存應認為，這是可資利用的奇貨，便努力接近家康。存應揣想，如果增上寺被指定為關東八州守的菩提寺（編註：一家世世代代皈依的寺院），未來的興隆不可估量。

於是家康的入駐隊伍進江戶時，存應一身盛裝，帶領弟子和同宗僧侶，佇立山門前唸佛，場面引人注目。果然引起家康注意，命令側近：

「那位僧人法名何稱?問一下！」

側近跑上前去詢問。

「貧僧法名存應，承繼與貴府同宗的佛法傳統。」

存應回答。他以爽颯宜人的話語祝賀家康入境。家康大悅，停下隊伍，進這座寺院休息吃茶。

存應談吐圓滑流利，

「大人在三河的時候，菩提寺該是感應寺吧？」

存應得體自然地談到預先所做的調查結果。家康頗感驚訝，不啻在毫不熟悉的異鄉關東意外遇到故知，大喜過望。未久雙方結了寺僧與施主間的緣份，增上寺定為德川家在江戶的菩提寺，寺領漸增，寺院也於前年遷移到芝這個地方來了。

「將首級桶擺在增上寺門前！」

家康想到三萬二千七百人的德川大軍要通過山門前的大道，如此做旨在鼓舞士氣。

少刻，家康主力大軍一接近增上寺山門，家康下令行軍暫停，眺望一整排首級桶說道：

「這是出發的吉兆！」

家康興高采烈進入山門，等待已任關東第一大寺院增上寺住持的存應出迎。

家康參拜本堂，向祖先靈位行出師之禮，然後小憩。存應來到家康近前，祝賀出師。

「值出師之際，貧僧準備行驅散怨敵的祈禱儀式，不知向那座寺院和神社祈禱為宜？」

精於世故的存應問道。以法然為開山鼻祖的淨土宗，與天臺宗或真言宗不同，並沒有祈禱現世利益的思想。若勉強為之，將與宗祖法然的教義有所抵觸。但眼下這場合，存應覺得寧可歪曲宗義，也須迎合家康的心意。

「貴府屬於源氏流脈，應該向源氏的守護神八幡宮祈禱吧？」

「八幡大菩薩也可以呀。」

家康欣悅回答。欣悅是欣悅，但他並不迷信祈禱的效果。

「關於八幡大菩薩，我年輕時就朝夕祈禱過，現在用不著再祈禱了。所幸我八州裡的常陸有武神鹿島大明神。我可命令這座神社的別當（編註：神社總理庶務者）祈禱。貴寺也向鹿島大明神祈禱吧。佛寺方面，惟有淺草的觀世音挺合適吧。從前已有吉祥先例，鎌倉右幕下（源賴朝）討伐平家之際，就向這一社一寺祈禱過。」

家康故意提到「鎌倉右幕下」這武家政治創始者的名字，是因為不想再隱瞞自己的意圖：消滅三成後，奪取豐臣家政權，開創幕府。

略事休息後，家康從增上寺山門前出發了。

在神奈川（金川）的驛站休息時，西邊來了幾名身穿黑袈裟的僧人，要求拜謁家康。

近臣想趕走他們，但一聽僧人報上的名字十分詫異，便向家康傳達。

此僧法名教如，年紀四十二、三歲。雖然旅途勞頓，卻仍具貴族格調風貌。

教如俗名光壽，是本願寺門跡（編註：本願寺住持的俗稱）顯如（光佐）的長子。天正年間，當時坐落在攝津石山（大坂）的本願寺，曾與織田信長交戰數年，最後因正親町帝的敕令而和解。這時，長子教如對這項屈辱的和解頗感不悅，與抗戰派的僧侶和俗眾一起逃離寺院。其後織田軍到處追捕教如，他因而流浪諸國。

不久，進入秀吉時代，按照秀吉的意願，本願寺遷至京都，教如返回寺院，繼任本願寺十二世門跡。

然而，不久在秀吉的秘令下，教如不情願地將佛統繼承權讓給了異母弟准如（光昭），年紀輕輕就隱居起來了。

此間內情，世間是這樣議論的：

——好像是太閤好色的結果。

前代顯如的後妻是名聞世間的美人，秀吉暗中招之愛之。事後，她生下准如，於是秀吉令教如隱居，讓准如繼任十三世門跡。

這種傳言家康已有耳聞。

（當然，教如對太閤與豐臣家懷恨在心，為此有事來求吧？）

家康這樣揣度，接見了教如。教如果然說道：

「主上這次出師，貧僧願盡微力。所幸我們的門徒大多分佈在此次的戰場美濃、近江附近，貧僧想動員他們起義，從背後捅治部少輔一刀。不知尊意如何？」

家康臉上露出苦笑，說道：

「我根本沒必要借助僧人力量呀。」

但是家康早就對教如的處境寄予同情。他對教如說道：我早琢磨著，這場戰爭結束後，要讓你發跡，安安穩穩待在江戶吧。

自戰國以來，列位大名都對本願寺的勢力感到棘手，無可奈何。不消說，家康想借助教如，將本願寺的勢力分裂成兩派。

不久，到了戰後。家康允准在京都本願寺（編註：今日的西本願寺）的東側又建一座本願寺，任命教如為法主，這就是所謂東本願寺。本願寺在全國的下屬寺院分為兩派，西本願寺僅剩下一萬二千座；而家康創建的東本願寺擁有九千幾百座寺院。

接下來，家康夜宿藤澤。

美濃大垣

治部少輔在美濃大垣城眺望眼下風雲，此人可謂是強烈堅持自己信念的人。

——自己以外，再沒有神。

這一點，信長與秀吉亦然。三成也是這種極端者。

三成現今的處境，重要的是他的戰略。他在構築設想，在設想之上又高高構築了自己反抗家康的戰略。對此，三成自信十足。

「家康不會輕易來到戰場。」

三成首先設下這樣的前提。理由是家康背後有會津上杉。只要有剛愎的上杉景勝與睿智的直江兼續，總計一百二十萬石實力的軍隊對抗家康，家康就不能輕率離開關東。

——家康出馬之前，還有充分的時間。

故此，三成把諸將分散開去：攻打丹後田邊城的細川幽齋；包圍近江大津城的京極高次；另一路則攻打伊勢路的東軍諸城。然而，不久很可能成為決定命運的決戰之場——極其重要的美濃平原，駐屯的不過是餘下的部分兵力。

「兵力過於分散。」

當初制定這個大戰略，謀臣島左近就搖頭，消極

反對。對三成的構想，左近不具備積極反對的能力。

左近得心應手的強項是指揮區域型的戰鬥。若是率領三萬士兵與五萬敵軍交戰，再沒有像左近這般勇敢且充滿智謀的指揮官了。

然而天下勢力兩分，主導其中之一的大戰略構想，必須靠三成的才幹制定。畢竟三成自幼跟隨秀吉身邊，從方方面面見過秀吉如何制定並運作戰略。自然，在這次行動中，二人的任務分擔是三成制定戰略、左近指揮戰鬥。

「這樣很合適。」

三成對此堅信不移。根據三成的觀察和預測，到家康出馬之前，時間還非常充裕。這也是對不動情勢的觀測。在過於寬裕的等待時間裡，若讓諸將在陣地上遊樂，必然滋生惰氣，難保將遭敵軍施用謀略瓦解。

「原來如此。」

左近不得不這樣說。左近一直覺得，與其攻克丹後、近江、伊勢這些鄉野小城，不如儘量將兵力集結到日本列島中央平原的預定戰場，這才是當務之急。

「沒事的，家康短時間裡不會出馬的。」

三成的這番觀測始終是他的戰略基礎。

「雖說是鄉野小城，攻打之舉也可使烏合之眾化為合體一心。」

這是三成的意見。讓聚來的西軍諸將接受彈雨洗禮，以期激揚鬥志，加強團結，令興亡與共的命運感高漲起來。百場政治議論，不如一場交戰更能成為強化團結的契機。這是石田治部少輔的戰略理論。

「不過，倘若家康不如我們所想，提早出馬，又該當如何？」

「沒有的事！」

三成一口斷定。敵人是活物，作為一個戰略家，應當具備最機動靈活的思考力。三成如此斷定敵人動向，顯然過於固執己見。但這種頑固或許正是三成性格的一部份。若這一戰卓越告捷，三成堅定不移的信念和毫不動搖的觀測力必能博得好評，或許會被譽為日本史上最偉大的名將。左近認為，今後的一切或許就是賭博。

進駐美濃大垣城後，左近又提出了疑問：

「該如何決斷？」

木曾川對面的尾張清洲城裡集結著東軍諸將。家康的主力大軍確實沒來，縱然沒來，僅清洲城裡的東軍，比諸美濃各城裡的西軍也是大部隊。他們作為野戰軍，如果攻擊只有二千三百守備兵的美濃各城，勢必發揮巨大的破壞力。

「不必擔心。」

這是三成一貫的觀測。與其說是觀測，莫如說是信念；與其說是信念，莫如說他堅信自己的智慧。這就是三成的性格。三成敬慕的信長與秀吉，他倆的做法皆是先靈活計算整體的形勢與條件，得出最終結論後，再化為以信念支持的行動。三成卻是先有既定觀念，然後讓各種形式和條件吻合這想法，進而制定戰略。

當然，這種戰略不容懷疑與動搖。

（顛倒了……）

左近總覺得這樣很危險，但是他又不具備足以充分反駁的戰略感。歸根結柢，左近僅是一介傑出的區域型戰鬥家。

然而，事態驟變。

屯集在木曾川對岸尾張清洲城裡的東軍諸將，沒等家康出馬，擅自動了起來。

「他們渡河奔向了岐阜城！」

聽到這個消息，三成大為驚愕，誇張地說，簡直像天地顛倒了一般。

「真是如此嗎！」

三成反覆詢問信使。他覺得根本不可能。倘若屬實，這意味著三成的既定觀念瞬間雲消霧散，戰略構想也將徹底土崩瓦解了。

「是誤報吧?!」

三成直覺如此。應該是錯誤消息。在三成這個信奉自我的人看來，出現這種動向，是敵人怪異不正常。

——敵人錯了！

三成想這樣怒吼。但縱然按照他的想法，敵人「錯了」，他們也確實渡過木曾川了。

而且攻陷岐阜城。

此間，三成將自家軍隊——石田軍，分出一部，派去支援。如此程度的增援不啻杯水車薪。

兵力不足。

美濃平原兵力嚴重不足。原本兵力充足的西軍，如今分散各地，遠遠分佈於日本海岸、琵琶湖畔和伊勢海岸。

——向美濃集結！

三成慌忙下令。然而，想將所有兵力集結此處，需要足以令人昏厥的漫長時間。戰爭已經開始了。

敵人無知地（！）蔑視了三成的既定觀念。

「至少宇喜多中納言能來助我一臂之力吧？」

三成跺腳般地焦慮揣度著。宇喜多秀家有一萬七千人，是西軍最強大的野戰兵力，主將秀家是對三成最忠誠的同志，而且他率領的軍隊是戰國時代戰場經驗最豐富的備前士卒。惟有這支宇喜多軍能對敵人發揮最大的破壞力。但對三成而言，不幸的是，岐阜城陷落前後，這支軍隊正悠閒沿著伊勢路南下呢。

三成從美濃大垣城發令：

「要疾馳如閃電！跑到馬腹破裂！」

三成心裡有些慌亂了，親自對三騎傳令兵下令。用一種依賴的心情鼓勵他們。三成的願望催促傳令兵疾速奔馳，只想儘早在伊勢路上發現宇喜多軍。哪怕他們只晚半天抵達美濃平原，三成戰略構想的破綻恐怕就縫合不上了。

戰鬥閃電般開始了。

岐阜城攻防戰的急報傳到三成耳中。

——接二連三。

這時的形勢，正如這古老成語所形容的，犬山城被敵軍包圍，接著，竹鼻要塞告急的消息傳入了大垣城。

「嘖！」

三成牙縫間多次習慣性地發出了細小的啐斥聲。以極少兵力守衛美濃各城的西軍諸將，已開始心生動搖。不消說，三成是不知道的。

主戰場美濃平原上西軍兵力太少。加盟西軍的諸將原初對此就心緒彷徨，一直懷有動物式的恐懼。

——西軍會失敗吧？

這就是他們的不安。他們這些小大名不曉得三成的「戰略」。與「戰略」相比，他們更需要的是兵力人數。至於前線要塞竹鼻，只有數百守備兵，他們必定遭受數萬敵兵蹂躪，與犬山城的命運相同。

犬山城的主將石川光吉是個剛毅的男子漢。但是援將之一的加藤貞泰早就動搖了，他派密使去江戶拜見（已經開始西進的）家康，稟報意旨如下：

「在下表面屬於敵軍，心志早在大人一方。東軍兵臨城下時，我們不戰，率先讓出城池投降，然後準備加入東軍。」

家康接受了這要求。加藤貞泰又勸誘同僚守將竹中重門和關一政，拉他們下水，成了叛徒的同夥。加藤貞泰是時年二十一歲的青年，其父光泰文祿二年（一五九三）在朝鮮戰場上戰鬥病歿，貞泰從父親俸祿中繼承了四萬石。他因倒向家康之功，進入德川時代後成了伊予大洲六萬石的藩國之主。加藤家在大洲這塊風景名地繼承了城池與領主之位，持續到明治時代。

竹中重門此時是豐臣家五千石的旗本。其父竹中半兵衛重治是秀吉的參謀，名聲頗高。竹中重門的領地在父親的出生地美濃，與軍事相比，他的文學造詣尤深。這名時年二十八歲的青年，接受了加藤貞泰的勸誘，得以受賜前朝領地，後來成為幕臣，繼承家業。關一政原本是蒲生氏鄉的家老，後得秀吉關照而自立，受封信州飯山三萬石，入大名之列。因為犬山的行動，後來俸祿額增至五萬石。但在德川時代初期，家門被幕府摧毀了。

總而言之，犬山城不待敵軍猛力攻打，由於守將們的憂懼，自然崩潰了。

三成焦慮不安。

令他失去冷靜的並非來自敵軍的攻擊，而是自己建立的戰略構想崩潰。

（不久，敵人就會來到這座大垣城。）

三成這樣猜測。從岐阜到大垣，距離只有二十公里。

三成的悲劇成因，一方面是源自全盤的戰略領導失誤，也可說是一開戰就手忙腳亂，無法專心於防衛大本營。而且防衛兵力實在太少了。

競爭之心支配著渡過木曾川、闖入美濃西軍圈內的東軍諸將。

他們沒有戰略思想，戰略全出自坐鎮江戶的家康一人。揚鞭過河的東軍諸將只不過是奮勇向前的競爭者。可以說，先鋒福島正則近乎瘋癲的猛烈進擊觸發了諸將的競勝心，全軍將士甚至忘記要區分敵我了。

「不可敗給某某！」

這種心理是推動大軍不斷前進的唯一動力。東軍諸將的腦子裡已經沒有什麼豐臣家與德川家了。

木曾川下游渡河大軍的後續部隊，跟不上提前出發的先鋒福島軍的行軍速度，抵達岐阜城時，激戰似乎已過高潮。事實上，當派出斥候偵測軍情時，福島軍的激烈攻擊已讓整座城池籠罩在黑煙之中。

（是來撿別人的殘渣。）

後續部隊諸將這樣認為。

而且在通往岐阜城的路上，或許是先鋒福島正則意圖阻攔後續部隊以搶功，他將滿載軍糧、彈藥、軍營用具的車輛散亂停放在城下路上，後續部隊難以接近城池。

後續部隊諸將有：

黑田長政

田中吉政

藤堂高虎

這些都是跟隨家康的武將中戰鬥力最強旺的人。

黑田長政頭戴家康在小山賞賜的西班牙風格頭盔，盔前配以羊齒飾物，他一登上木曾川的美濃側的河岸就說道：

「已經來晚了。」

他望著城外米野、新加納村冒起的微弱煙火，立即改變心意。現在縱使直直穿過混亂的陣勢，緊逼城池山麓，也只能空虛地旁觀正則獲取功勞而已。

因此黑田長政當即決定，不如獨斷往攻並未列入作戰計畫的西邊大垣城。

「停止攻打岐阜！停止！」

黑田長政掉轉馬頭跑了起來，與後續諸將——田中吉政和藤堂高虎等人在路邊稍做商議。

「可以。」

其他諸將手拍鞍心，表示贊同。

大軍西行。

軍隊掉轉去向。新目標大垣城雖小，卻有西軍主謀石田三成坐鎮。與岐阜城裡的織田秀信不同，若逮住這個獵物，便可謀取天下最大功名。全軍開始沿著一條小路夜行軍。

途中有一條河，合渡川。

此河是墨股川的上游，水深流急，大軍渡河十分艱難。二十三日黎明時分，隊伍來到了河邊。

……

卻說大垣城裡的三成。他做出判斷：

「敵人進逼岐阜，遲早會來這裡。」

當夜他向宿營於大垣城周邊的西軍發出火速集合

的命令。

然而，沒有人馬。只有西側十公里處的中山道垂井驛站駐紮著島津惟新入道指揮的區區一千幾百名薩摩兵。

「火速趕來墨股！」

三成派出使者。島津大概覺還沒睡下就被喊起來了。

為了做好野外防衛，三成率領二千士兵來到城外的澤渡村。駐紮完畢之際，收到織田軍在岐阜城的米野、新加納大敗的急報。

三成必須改變戰術。原初制定的戰略構想宛如海市蜃樓般消失了。

三成為了眼前的對策忙得焦頭爛額。

「敵人肯定會從合渡村過合渡川。在堤壩上佈好火槍陣地，不許敵軍過河！」

三成撥給麾下赫赫有名的勇將舞兵庫，以及森九兵衛和杉江勘兵衛共一千士兵，令其急速奔往合渡川。這點兵力還沒有黑田長政等東軍的五分之一多。

三成待在澤渡村的野戰大本營裡，以稻草捆為枕頭躺著，感到非常窩囊。三成傾盡智力反覆推敲的戰略，卻因始料不及的東軍諸將的無知及其近似無聊的動物性亢奮心理，而搞得破綻百出，不可收拾了。

（為何沒預先察覺，沒多加考慮呢？）

三成並未這樣反省。在三成的心裡，都是敵人不好。面對這場將日本一分為二的大會戰，東軍諸將當然不知道什麼叫做「應當遵守的規則」。

但三成還抱著希望。若能在此暫且抵擋一陣，不久，來自伊勢的西軍主力部隊，就會如雲霞一般佈滿美濃平原。

合渡川

三成有錯覺。

「敵人要出動。」

他估計敵人將從尾張清洲壓來，於是急急出了美濃大垣城城門，在城外澤渡村佈下野戰陣地。澤渡村位於尾張清洲通往美濃大垣的途中。

然而三成判斷失誤。敵軍竟從遙遠的北方岐阜進攻大垣。聽到敵人要過合渡川的消息，三成慌忙撥出一千兵馬，責令家老舞兵庫指揮，在渡河地點打阻擊戰。

舞兵庫和左近都是三成引以為傲的家老，名聞天下的勇將。但是奔往防衛地點的舞兵庫心存疑問：

（千餘人果真抵擋得住嗎？）

出動小量兵力是作戰的大忌。僅是等著被各個擊破而已。

（我家的大將雖說是位戰略家……）

確實，除了三成，誰也不敢以德川內大臣家康為對手，制定決定天下成敗的宏大戰略。

（卻不是個戰術家。）

舞兵庫不免如此暗想。

深夜，舞兵庫和森九兵衛、杉江勘兵衛一起抵達

合渡川畔佈陣。森九兵衛和杉江勘兵衛將陣地設於距河最近之處，後面即是舞兵庫的陣地。

……

卻說東軍的黑田長政、田中吉政和藤堂高虎等，黎明前抵達合渡川畔。天一亮就尋找渡河地點，然而並不容易。

關於尋找渡河地點一事，田中吉政曾經兼任這一帶的豐臣領地代理官，算是具備有利條件。吉政名久兵衛，官至兵部大輔。他是近江農民出身，由步卒努力鍛鍊成長，終得秀吉青睞，現任三河岡崎十萬石大名。

吉政在合渡一帶認識某位僧侶，便將之從寺院帶出來，讓他指點合渡川何處水淺。

黑田長政部隊不諳地理，為找渡河地點找得有些厭煩了。

（可以跟著田中部隊走。）

黑田長政的侍大將後藤又兵衛心裡這樣琢磨。他壓低蹄聲，偷偷尾隨而行。又兵衛戴著飾以銀製前角飾物的頭盔，身披黑色防箭袋，插在背上銀光閃閃的大半月背旗高六尺、重十貫（編註：一貫為三．七五公斤），宛似小山向前移動。

太陽已經升起，但是一片濃霧，看不清前後。這場濃霧有益於東軍行動。

卻說河對岸。

守備最前線的森九兵衛、杉江勘兵衛等人，因為霧濃，沒發覺敵軍渡河，便讓士兵吃早飯。

倏然間槍聲大作，馬蹄聲喧，前方濃霧中無數旗幟宛如影子般移動著。對西軍而言，不幸的戰鬥開始了。

西軍倉促應戰，但為時已晚。而且東軍兵力大大超過西軍。舞兵庫令士兵恣意驅馳，殊死奮戰，然而戰況漸趨不利。不久後撤，又於梅野村再戰，力圖頂回敵人，但兵力失去三分之一，隊長之一的杉江勘兵衛也戰死了，最後全線崩潰，不得不向大垣城總退卻。
此時，三成還在敵人尚未到來的澤渡村，手下兵力不多。
他身邊的大名只有小西行長（肥後宇土二十四萬石）。本來薩摩的島津惟新入道也在，昨夜緊急派他前往把守墨股的渡河地點了，敵人卻沒去墨股。
當天黎明時分，三成醒來就遣人叫回島津惟新入道，八點左右召開了軍事會議。
說是軍事會議，但參加者僅有三成、惟新、行長三人。
（就這麼點人啊。）
的確就只有這幾個人。三成將大名分散到丹後、近江、伊勢各條戰線，四面出擊的淒慘結果，現在清楚顯現了。
但是始終深信自己能力的這人卻絕口不提：
「我失算了。」
軍事會議在澤渡村的寺院召開。此時，自遠國薩摩前來參戰的六十五歲老人島津惟新入道義弘，看著三成和行長的臉，心裡大概比他倆還沒有底吧。
在善戰這一點上，惟新入道恐怕可稱為日本第一了。這位老人青年時代在九州作戰，從不知何謂敗績。朝鮮的泗川之戰，以少量兵力與二十萬明軍交鋒，最終擊潰明軍，斬獲首級三萬有餘，幾乎是史無前例的大捷。
但是，這次因為戰爭發生在遠國，他只帶領了一千幾百名士卒，而且因為兵力太少，在西軍並未受到高度評價。
惟新入道的心思也不單純。當初他要跟隨家康，因故未果，才不情願地加入西軍。既然加盟西軍選擇了興亡與共的命運，為了進一步發揚薩摩的武勇，惟新入道不斷向領國派遣急使，再三要求增兵。領國對上方的形勢十分遲鈍，根本不予回應。
（這小子真的會打仗嗎？）
老人心懷憂慮。在重建島津家財政方面，三成曾表現出優秀的行政管理才能，連老人也給予很高評價，但三成作為武將的閱歷過於平淡。誠然，朝鮮戰爭時龐大複雜的兵站與運輸業務，全靠三成一人的頭腦卓越完成，但那與實戰指揮無關。

軍事會議開始了。

不，即將開始。恰在此刻，北方合渡川渡河地點慘敗的消息傳到會場。

三成臉色一變，再次確認：

「不是誤報吧？」

事到如今，三成的自信仍不動搖。他不相信慘敗的消息。但慘敗是事實。杉江勘兵衛已經戰死，眾人羨慕的實戰家舞兵庫正敗往大垣城。

（該如何是好？）

三成在軍事會議上應當這樣詢問。他卻沒問。他問自己的頭腦，急著做答。心無餘裕。

（敵人乘勢而來，即便在這裡擺下野戰陣地，也無望獲勝。暫且退回大垣城死守，等待宇喜多秀家大軍到來。待我方膨脹成大軍之後再決戰，一舉決定勝負吧。）

三成自忖。想來，這就是他當初自定的方針，因受敵軍動向牽制，終於佈下了無用的野戰陣地，未交戰卻已受傷了。

（現在應當回歸基本方針。）

三成如此思索時，這個甚無表演力的人掩飾不住自己的慌促。三成站了起來，疾步走出本堂，倏然回頭說道：

「惟新大人，敵人勝乘威勢，潮水般湧來。在此佈陣已不合適，火速撤出，回大垣城！」

惟新入道聞言頗感驚詫。

（這小子腦袋不正常吧！）

惟新入道尋思道。昨夜正是聽從這小子命令，島津軍從垂井驛站開拔，到墨股佈下了防衛陣地。現在又倏然撤兵，若是這樣，最前線的島津軍將置身於敵軍之中。

「治部少輔大人，現在還用不著這麼慌張。按目前形勢進行下去，完全可以取勝。大人的軍隊與我的軍隊同時出發，兩側夾擊，敵人必然潰逃。」

（或許如此。但目前即便小勝，也屬徒勞。不如靠將來的大決戰來決定勝敗。）

三成這樣認為。他一言否定了身經百戰的老將的提案。

「不可。」

三成態度冷漠地拒絕了。對於這點，他的朋友大谷吉繼覺得可怕，謀臣左近亦然。這可以說是三成生來的缺欠。

「還請暫等片刻。」

惟新入道強忍怒火。

「主力部隊撤走後，對尚在墨股的我家軍隊，只能是見死不救了。這不行，我現在就去墨股，必須將他們收攏來。」

「敝人也去。」

三成站在全軍主謀的立場，就算是作戲，也應該如此表態。但三成沒說這話。他置之不理，在門前飛身上馬。

「治部少輔大人！」

攔住三成坐騎的是島津家的家臣新納彌太右衛門和川上久右衛門。他倆出於憤怒，質問的聲音都有些顫抖了：

「想置我家主從於死地，獨自逃脫嗎！您不感到卑怯嗎！」

「我並非卑怯。」

三成沉痛地回言。但他並未解釋為何此非卑劣之舉。

三成策馬而去。

（並非卑怯。）

三成再度這麼想。信長也好，信玄也罷，無論哪位歷史名將，遇到這種場合都會採取與他相同的行動。為了救出我方區區千人，主將去與大軍廝殺，命殞小卒群中，沒有比這更蠢的事了。戰爭會因此結束。信長在越前敦賀拋下全軍，單騎逃離戰場，家康也在三方原之戰中將陷入潰亂的部下拋在戰場，一騎逃回居城。如果大將被殺，縱然我方有數萬人，也必然戰敗。

（大將必須保命。）

這應該說是起碼的軍事常識吧。但三成與上述的信長、家康不同，他缺了一個致命的條件。島津惟新入道並非石田家的部將，而是同級大名。若是家臣，此時理應不怕犧牲，為主上擔任殿後。不言而喻，他們將犧牲視為武士道的體面舉動，將欣喜滿懷。

三成的不幸在於，他不像現今的家康和過去的信長、秀吉那樣，擁有自養的大軍。三成不過是這場大事的發起人和主辦人，而且只是個財力非常匱乏的劇團團長。

然而，島津惟新不這麼理解。他認為三成懦弱，是個毫無友情之人。

「迫不得已。事到如今，只能自力救墨股了。」

惟新入道這樣決定。他先向墨股派出急使。墨股的守備隊長是相當於島津惟新孫子的島津中務大輔豐久。

出於警醒超群的作戰感覺，惟新入道義弘沒有親率兵馬前去解救。

他不去解救，而將手下三百兵丁派到澤渡村旁呂久川的堤防上，全軍人馬排成一列。惟新入道期盼，敵人可以遙遙望見這個陣勢，他自己則佇立橫列的中央。

果然，黑田長政從呂久川的對岸看見了。

「那不是島津嗎！」

黑田長政看見了白色長條旗印著家紋「⊕」，叫嚷起來。

堤防上的軍隊沐浴逆光，黑壓壓地排列著，一動不動，難以理解是何意圖。

「一定是為了讓墨股的己方軍隊便於逃脫！」

長政的侍大將之一後藤又兵衛首先看破了其中奧妙。

「開始攻擊吧！」

有人這樣提議。又兵衛趕緊阻攔。

「那些兵士都是亡命之徒，全軍有決死之相。隨隨便便攻擊，只會導致我方重大傷亡。」

又兵衛要求全軍切勿輕舉妄動。

不久，墨股的島津兵與主力會師，由澤渡村奔向大垣城，行軍五里。

三成已在大垣城裡。他從澤渡村歸城後，立即向正在北邊越前地方作戰的盟友大谷刑部少輔吉繼派去急使，這樣傳達：

「家康還沒來。但是美濃方面的敵軍突然猖獗起來，希望足下暫停戰鬥，急速馳援美濃。」

大谷吉繼手下有戶田重政、脇坂安治、小川祐忠、朽木元綱、赤座直保等人，都是小大名。三成想要的不是這些人，而是大谷吉繼的戰鬥力。

三成又向大坂城裡西軍統帥毛利輝元派去急使，傳達道：

「請火速出兵美濃路。」

輝元如果親率毛利大軍到來，西軍士氣必會大振。

三成運籌帷幄之際，城外漠漠沙塵飛揚。家臣來報：島津軍順利撤回。

「啊？」

三成抬頭，略做思考，立即擱筆，戴上頭盔。

（我去迎接。）

三成這樣決定。此前在澤渡村分別時的隔閡，三成回到大垣城後非常後悔。一後悔，他憋悶得幾乎都要窒息了。

（我或許失去了一個武將的心。島津惟新不會跑到東軍去吧？）

三成的焦躁，現在愈發病態。他戴上飾以水牛角的頭盔，穿上黑色鎧甲，一身正規戎裝，單騎出城，在大道途中迎向島津軍，祝賀惟新入道順利歸來。

（又有何打算？）

惟新入道只是苦笑，話語不多。三成自然也沉默起來，二人並轡，默默入城。

當天午後，對三成來說，有了一件值得狂喜的好事。他渴盼的宇喜多秀家一萬七千大軍進入了美濃路。

「來了呀！」

三成即刻為這位五十七萬餘石的大大名物色宿處，安排在城下建得最漂亮的町醫玄好家的宅邸。

黃昏時分，秀家一入住，三成就派家臣阿閉孫九郎為使者，饋贈茶葉，接著又派石尾某某送去了晚餐。

（治部少輔這小子，緣何狼狽不堪？）

中納言秀家覺得三成如此接待自己，簡直一如司茶僧。說起來，三成不過是十九萬餘石的低身分。如此低身分卻必須擔任如此大會戰的謀主，各種顧慮一定很多。

三成讓家臣阿閉孫九郎直接問納言秀家：

「有何不如意否？軍糧及其他等，無論何事，敬請儘管吩咐。」

秀家神情極度苦澀地回答：

「與這些相比，我最想談談交戰之事。我有必勝良策，轉告治部少輔儘速來此！」

愛知川

初芽人在京都。

她和三成不是夫妻關係，因此不能回主城佐和山城。當然，像初芽那樣並非妻子身分，卻與大名同住城內的例子，世間雖有，但不多見。處於初芽那樣地位的女性，如果正妻住城裡，便去伏見或大坂宅邸，也有與此相反的情況。

三成失去了大坂宅邸，初芽自然也沒了住處。於是她移居京都。

「來佐和山城吧！」

三成再三催促，但初芽就是不離開京都。到從未去過的佐和山城，接受素不相識的三成妻子指使，那種精神折磨與負擔，光想就心情沉重。

三成的家臣經常來看望初芽，尊稱她「阿局」（編註：在宮中服侍或武家的重要女官或女性）。既然是「局」，就應該從石田家正式領取與其身分相應的俸祿，然而初芽謝絕了。她既非石田家的僕傭，亦非三成的妾。

此可謂獨立自由的人格。用遙遠的後世語言表達，她與三成是地位平等的戀人。

初芽的生計費用來自京都經營和服店的商人茜屋

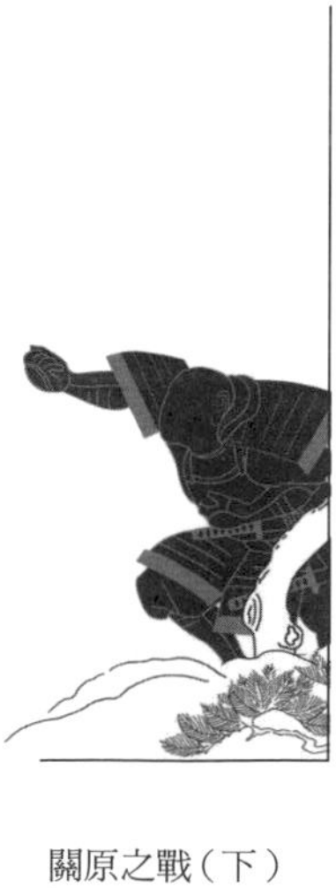

武左衛門。茜屋經常出入石田家，石田家處理伏見和大坂宅邸的財產時，便由武左衛門一手負責。結算餘額約合二千兩，三成將之存在武左衛門處，囑咐道：「就讓初芽隨意用吧。」

初芽住在神泉苑旁，與侍女志津和兩個雜工一起生活。聽到京都街裡的小道消息，原本想寫信往佐和山，又聽說三成出佐和山，進大垣城。個性沈穩的她也開始鬧心，想去看看三成。

此日恰巧是福島正則渡木曾川進逼岐阜之日，京都還沒聽到這消息。

初芽眺望住處旁邊王朝時代天子遊覽的遺址神泉苑，池水日益青綠，葦草抽長出白花花的大穗。置身平安無事的京都秋天，初芽很容易忘記圍繞著三成的戰爭風雲，

「我要去一趟大垣，哪怕只住上一夜。」

初芽像稚兒似地斷斷續續對侍女志津說道。志津是蒲生浪人的遺孀，亡夫生前換了三位主公，志津隨夫轉徙各地，習於外出旅行。

「一定去一趟！」

志津的態度很積極。其後，初芽好像被志津牽引著似地，整裝完畢，出了京都。突然說出「大垣」這詞的第三天，美濃岐阜城已經陷落了。

初芽在大津的茶館聽到慘敗的消息。東邊來的行商對西邊來的老僧高聲談論自己的見聞。不同於後世，當時的百姓習慣大聲說話。高聲議論政道，只要不是極特殊的場合，是不會遭到官員責難的。

行商的刺耳高聲怒罵著輕易便棄城投降的織田秀信：

「那等人還真行啊，這樣也配稱作右大臣大人（信長）的嫡孫！」

聽聞此言，連那枯瘦無力的行腳老僧都倏地笑出聲來，欣然啜茶。作為談資，有趣便好，管誰失敗誰背叛，他們不受任何利害影響，所以心情輕鬆。

（岐阜陷落了嗎？）

初芽不敢置信。說起岐阜城，世人的印象是難攻不破之城。信長的先人信秀，後半生都用在攻打當時稱為稻葉山城的岐阜城，但每次都遭擊退，打擊沈重，連護城河橋上的裝飾都沒摸著。就是這樣的一座城，現在卻兩天就陷落了。

（是訛傳吧？）

初芽這麼揣測，身體哆嗦得難以自制了。從岐阜到三成坐鎮的大垣城不過五里路。眼下那裡正進行著硝煙沙塵滾滾的野戰吧？

「哎呀，不知哪一方會勝出哪。」

東邊來的行商說道。庶民僅對這事感興趣。

「誰知道呢。但聽說連大坂豐臣家的奉行們都陽奉陰違，表面是治部少輔的夥伴，背地裡暗通內府。又有小道消息講說，統帥毛利中納言一直坐鎮大坂城，是因為擔心自己一旦不在城裡，奉行們會勾結關東哪。」

老僧拿起了麻藷碟子，瞇眼說道。初芽聽了這些話，覺得岐阜的消息或許不假。三成原本就過於相信自己的奉行同僚，無論是增田長盛或長束正家，他們是否確實真心實意想和三成興亡與共？值得懷疑。

「妳去何處呀？」

老僧向志津問道。

「回美濃大垣的娘家。」

志津回答。東邊來的行商瞪大眼睛，露出驚愕的神情。

「太危險啦！」

行商說道。此言有理。根據這行商的「見聞」，美濃的原野、山嶺與河流很可能都成戰場了。

儘管如此，還是要去。志津這樣表態。她對行商的驚詫置之不理。

「道路情況怎麼樣？」

志津詢問最想知道的事。行商搖手答道：根本走不通。又說，前方的野洲川、佐和山都設有西軍關卡，西軍懷疑往東的人可能是大坂大名派往家康處的密使，甚至連小孩的行李都須嚴格檢查。總之，斷念死心，返回為宜。

翌日來到野洲川，的確突然設置了關卡，旅人擁擠不堪。

志津心裡有譜，若被盤問就這樣回答：

「是治部少輔大人親密的初芽。若是到過大坂宅邸的人，應該都認識她。」

二人意外地沒被叫住盤查就過去了。並非她倆，大多數人也都順暢通過了。

（傳播小道消息的人，無論如何都會添枝加葉。岐阜的事說不定也是假的。）

接下來，她倆夜宿近江名曰愛知川的小驛站。河對面的湖東平原已成為三成的領地，興許是這個原因，初芽眺望原野的狀貌和山嶺的姿形，都覺得好像飄漾著三成的體味香氣。

進入驛站後院，幾乎將手都染紅了的殘照灑滿了稻埕。籬笆對面是一片原野，這一帶分佈著許多小池沼，映出紅灩灩的天空。池沼的彼方就是琵琶湖。

「這就是治部少輔大人的領國啊。」

初芽放眼遠眺，想把遼闊田疇上的稻穗及其盡頭的湖泊盡收眼底。三成就出生、成長在湖東平原上，現在正治理著家鄉的人民。

關於民治這點，大坂的殿上流行如下的評價：

「治部少輔的近江；主計頭的肥後。」

三成和加藤清正在各自領國的行政管理上都可謂明主。若論農業、土木工程技術，加藤清正成果卓越；至於租稅制度配套和交通管理，則是三成表現出色。二人的共同點是租稅低，沒有惡劣的下屬官吏。

這時，籬笆對面的田間小路走過一個看來蹊蹺的人。他肯定是這間旅館的住客，但穿著唐人衣裝。初芽一時搞不清他是何許人也。

這身奇裝異服，若出現在伏見和大坂的話便無人不曉了。初芽當然也認識，那就是藤原惺窩。

情不自禁大聲喊人，是因為在人地生疏的異鄉心生懷戀吧。初芽大聲喊出口後面紅耳熱，因為發覺對方根本不認識自己。

然而，藤原惺窩停下腳步。

初芽十分狼狽，心慌意亂，趕忙解釋：自己在大坂某宅邸當差，見過先生，所以不由自主高聲喊了先生，頗為失禮，非常害臊。

「大可不必。」

惺窩背著落照。由於逆光，看不清他的表情。

「我也住在這裡，請過來玩玩吧。」

惺窩的話令初芽頗感意外。這個自我中心的人很難接近，無論大名如何隆情邀請，他不如意便拒不前往。惺窩曾經冷淡拒絕了關白秀次的邀請；最近三成千方百計想聆聽高見，他到底也沒允諾。

惺窩是個與眾不同的性情古怪之人。所謂的學問，在日本這國家原本是公卿或僧侶的業餘愛好，是惺窩首創了學者這門職業。他的特異並不只表現在服裝上。

惺窩喜歡的大名有限。其中就有江戶的家康。家康與秀吉不同，他有從學問中追求治國平天下之道的姿態。家康不將惺窩的學問視為技藝，而著眼於其實用性。惺窩大概認同了家康的如此觀點。

惺窩好像冷笑靜觀這場戰爭風雲，不與任何大名接觸。恰在此時，他聽到一個求之不得的好消息——明朝某流亡學者來到了堺。為拜會異國學者，他走出寓居之所，在路上受阻於軍旅混亂。

其後，初芽讓志津帶著宇治茶，二人去了惺窩的房間。

「因為旅行，才有了這果報。有幸和如此美女同睡一個屋簷下。」

惺窩對送來的茶葉和美女初芽十分歡喜，直讓初芽不知所措。惺窩連「妳服侍誰家」的話都沒問。

二人聊了許多，延續下來話題也自然而然觸及當今世間。惺窩說，從江戶來此途中，沿路擠滿兵馬，交通堵塞嚴重。

「但這是迫不得已吧。」

學者說道。

惺窩的容貌和身軀頗有威嚴。這般形象當學者，有點可惜了。

「所謂迫不得已，是指戰爭一事。惡王之世到了盡頭，天命變革之際，必然發生戰爭。這在中國是很普通的事。」

「惡王？」

初芽不由得抬眼問道。聽惺窩的語氣，所謂「惡王」，只能認定指的是前年去世的秀吉吧。

「惡王指的是哪一位？」

「是誰呢。我可不知道。」

惺窩溫和地回答。

「我不知道是誰。但他興無用之師，渡海攻擊以禮樂治民的君子之國，最終將大明、大韓、本國這三國人民都推進了塗炭苦海。若非惡王，他又是什麼呢？」

「但是，」

初芽想反駁了。她話的意旨是，秀吉統一了亂世，對歷史有巨大貢獻。惺窩頷首說道：

「就僅是這些罷了。」

惺窩相當討厭對學問和學者不屑一顧的秀吉這號人物。

惺窩的性格憎惡心烈，證據是他一旦討厭秀吉，就連與豐臣家關係親密的人他都討厭了。秀吉的外甥、當初被任命為豐臣政權接班人的關白豐臣秀次的其他性行，姑且不論，但他異常嗜好學問。然而惺窩厭惡秀吉之後，也就疏遠了秀次。對待三成也是如此。豐臣政權諸大名中，三成的教養出類拔萃，百忙中也嗜好讀書，頗多文人墨客知己。這些事惺窩應該是知道的。然而，去年三成派遣家臣戶田內記，想將惺窩接到佐和山時，惺窩極力躲避。所以只能認定他連秀吉的餘黨也討厭上了。

「秀吉呀，」

惺窩完全甩掉了敬稱。這是令人難以置信的膽量。眼下這世間還處於豐臣家的統治，而且此地是三成的領國。

初芽默默點頭。她被惺窩之大膽吸引住了，只能默默點頭。

「秀吉對人採取餌以利益的手段，誘惑天下英雄豪傑。於是天下人心汲汲僅思利，茫茫不思道。靠利得到的天下，利盡之時必將滅亡。看看現在，在美濃平原像狩獵助手一樣為內府到處奔走的，豈不都是秀吉施恩提拔的大名嗎？他們的精神關注點，不過是秀吉的遺產。」

惺窩的話語過於驚人，初芽愕然。

「對了，」

最後，惺窩問道。

「妳說以前曾在某宅邸當差，是那一家？」

「我現在也沒離開那一家。」

「這樣啊。是哪一家呢？」

（說出來，他會吃驚吧？）

初芽不想看到這位男子漢的驚愕之相，於是緘默了片刻。

但還是和盤托出了。

惺窩只撲哧一笑。他好像早就知道了。

「若見到治部少輔大人，就轉告惺窩這樣說了。這場戰亂的勝者，將會是改革天命之人。」

「那人是江戶內大臣嗎？」

「不，還不知曉。也許是石田治部少輔。治部少輔若有改革惡王之世的意識，諸侯人民都會站到三成一邊。若無的話，天意就落到內府一邊了。」

惺窩好像預言了家康的勝利。

翌晨，惺窩也許擔心自身安危或有萬一，破曉前就離開了旅宿。

焦躁

來到大垣城下的西軍首領宇喜多中納言秀家，雄心勃勃。來大垣的途中，他和家臣商量，

——發動突襲，大破東軍。

制定了作戰計畫。不消說，宇喜多秀家對此抱著期待，進了大垣城。

然而三成派家臣前往旅館，詢問要軍糧否？要茶否？好像司茶僧在從事接待，他本身卻根本不來協商作戰問題。

（那傢伙，說到底不過是一介文官。）

秀家精神抖擻，對三成的拖泥帶水很感焦躁。

事逼無奈，秀家對三成派到旅館當接待者的孫九郎不快說道：

「今晚我將獨力夜襲。將這意旨轉告治部少輔！」

孫九郎立即退出，跑回去向三成傳達此意。三成沒做回答。

三成的身邊有左近。左近剛剛制定了夜襲計畫，恰正向三成進言。在左近看來，宇喜多的一萬七千大軍進了大垣，西軍人數達敵方一半了。敵軍雖有三四萬，但從凌晨就廝殺奔波，早已精疲力竭了。

三成反對左近的觀點，當然，也反對秀家的提案。

三成避免觸怒對方，

「敝人不反對，但待與島津和小西商量之後，再做決斷。」

他這樣答覆秀家。

孫九郎將這回覆送到旅館。宇喜多秀家覺得愚蠢過甚，說道：

「這樣的密談也能洩露給他人，只令人感到不可理喻。總之你轉告一聲，我獨自夜襲！」

這話馬上傳到三成耳中，他慌慌張張出了城。

（倘若今天就發動夜襲，那可糟了！）

三成這樣思量。他始終是個完美主義者，連大會戰也拘於形式，不想在大戰前透過小戰獲取勝利。

（關鍵是要砍下家康的腦袋。敵軍的前線大軍悉數是豐臣家將領，縱然將他們打散，也無關大局。）

三成這樣思考，進了宇喜多秀家下榻的旅館。

三成坐在下座，以誠懇的語言慰問秀家行軍的勞頓。秀家只是點頭，他心中只將三成視為家臣。秀家只有二十八歲，但若論及實戰，他卻是已在朝鮮戰場備嘗艱辛了。

「發動夜襲吧！」

秀家再次提議。

「我的部隊今日行軍七里（編註：約等於二十八公里），都已人困馬乏了，何況敵軍在岐阜、合渡作戰，其疲勞遠勝我方。恐怕今夜敵軍士卒都累得爬不起身了。」

秀家所云，確有道理。眼下敵我雙方的狀況，酷似秀吉就要一統江山前，與柴田勝家對峙於北近江山中之時。秀吉得知柴田方的前線指揮官佐久間盛政繼續行進，便從這座大垣城夜間急行軍，以夜戰和拂曉進攻擊潰敵軍，最終打得柴田軍全軍崩退了。現在若原封不動套用此一先例，輕而易舉就可獲勝。

但是，三成搖頭。

「敵軍四萬，我軍不過兩萬。以現今這些兵力與敵軍爭奪勝負是危險的。」

「夜戰屬於奇襲，奇襲的關鍵不在人數。」

「首先還是……」

三成像要滅了篝火似地將手一揮，意思是停止議論吧。三成不太敬佩秀家的才幹。

（勇氣可嘉，但這是青年大將的勇氣，雖說在朝鮮戰場從箭林彈雨中穿過，但秀家畢竟不過是心血來潮吟詠的歌人。這場會戰靠的也是家老們獻計獻策吧。）

「現在，連大坂的輝元卿，敝人都在督促他出馬。等輝元卿到來後再說吧。」

「治部少輔，你是將作戰當成往飯桌上擺飯菜嗎？輝元卿蒞臨之時，敵軍和家康也會到來呀！」

「今夜，還是請先休息吧。」

說完，三成就走出了秀家的旅館。回到城裡，見眾人一片聒噪，西天邊上不斷騰起煙火。三成急匆匆登上了天守閣。

（果然如此！）

方向是西邊，從中山道垂井到關原一片黑煙，已是薄暮時分，可以望見熊熊火焰。實際情況是，東軍的藤堂高虎長時間駐紮該地，為防備襲來的敵軍，他將民房當作防備的堡壘，正放火燒之。

對此，三成卻別有反應。

（佐和山危險。）

他這麼判斷。確實，美濃通往近江佐和山的道路即垂井至關原的中山道。三成猜測敵軍大概要從美濃一舉奔襲他的居城佐和山城，便急驟走下臺階，喚來左近道：

「我要回一趟佐和山！」

左近詫異，一聽理由，是因為西方大火。左近已經望見了，知道此事。但他不認為敵人有急襲佐和山的意圖。

（想像力太不一般。）

左近奇妙地感到佩服。有想像力是好事，但三成由想像而產生的反射總是被動性的。譬如，想像敵人的疲勞時，並未積極反應，不立即決定發動夜襲。望見敵人放火，產生的是消極反射，立即決定保衛自己的居城。按照這種思維，主將的反應越敏銳，軍事上越被動，最終必將被敵人趕進窘境。

（雖說頭腦敏銳，到頭來對軍事還是外行。）

左近這樣思量。戰爭靠的是頭腦、勇氣和機敏，但縱然具備了這三項要素也還不夠。就三要素而言，三成較之信長、秀吉，可說是不相上下。但有一點致命的差異是承載著這三要素的資質。也就是那被動的反應。左近如此推度，因此認定三成是軍事外行。

「關於那場大火，我不那麼認為。東軍若攻打佐和山城，對我軍而言才叫因禍得福。我們可以和宇喜多軍聯手，從背後追擊之，與佐和山城的留守部隊遙相呼應，夾擊敵軍。」

「不行，我心中掛慮，必須回去看看。」

「在這深更半夜，主公果真要拋棄陣地？」

左近詫愕。他不由得覺得，三成因這場大規模戰爭勞心過度，神智不清。

「若如此擔憂，敝人跑一趟吧。」

「不，我去。我會重新強化城防部署，命令他們死守。」

「主公！」

左近抓緊裙褲。

「賭局已經開始了。佐和山那樣的城池，就捨棄它一兩個吧！」

三成斷然拒絕，下令打點行裝。要穿過敵陣必須變裝。他從家臣那裡借來髒兮兮的窄袖便服和伊賀裙褲，穿上後率三個隨從，偷偷出了大垣城，遇見己方人士也一聲不吭。

（哎呀呀，太急躁了。）

左近覺得脖頸都僵硬痠疼了。雖說三成的身分低，卻是西軍主謀、事實上的大將呀。

三成奔馳在暗夜大道上，也覺得此舉有些悲傷。

（這可還是個西軍主謀嗎？）

三成這樣反省。家康不會這麼做吧？這是沒有正式指揮權的低身分者的悲哀。

此日午後起，東軍停止了一切戰鬥行為，駐紮在大垣西北十公里的赤坂驛站一帶，旨在恭候家康到來。

佈陣之際，他們首先必須選定家康大本營的地理位置。

「那座山丘可否？」

有人提議。諸將望去，是水田中隆起的小丘陵。家康派遣的軍監本多忠勝和井伊直政當即走田埂小道過去，登上山丘一看，果然是個合適的陣地。

從此地到西軍根據地大垣之間是一整片遼闊水田，雜有四五個小聚落，但不妨礙眺望。

「山丘何名？」

問了一下當地人，名叫岡山，可謂普通的地名。

以岡山為中心點，在劃定的直徑三公里範圍內，佈下諸將陣地，分派各人所據區域。

然而，畢竟是水田，騎馬奔走不便。便用柴薪、稻草緊急鋪出一條臨時道路。

沒遭西軍夜襲，平安迎來了黎明。東軍步卒從背後的金生山砍來樹木和青竹，開始構築直徑三公里的大規模陣寨防衛線，或用竹竿編結籬笆，或將樹杈插進地裡，建成鹿砦。

這一切，左近從大垣城的天守閣遙望。少刻，他悟出了敵軍用意，似在做長期駐紮的準備。

（為了等待家康吧？）

左近這樣判斷。家康究竟何時到來呢？按照三成的觀測，家康不會輕易前來。但是戰爭常常不容許預斷。從東海道到江戶，沿途佈滿了左近的間諜。由於街道全在敵軍掌控區域內，諜報活動難以靈活進行。

提起間諜，三成向位於大坂的總帥毛利輝元發去的催促出兵密信，被敵人扣留了。不消說，三成沒有察覺。久無回音，三成又發去一封同樣意旨的請求信。這一次順利送達。

翌日夜裡，三成騎馬從佐和山返回大垣，越過近江、美濃國境。為避開敵軍陣地，不走中山道，走養老街道。在這一帶，三成看見有人影走在前面。

「那是村民嗎？」

主從在馬上推開刀鞘口，策馬靠上前去，看樣子有點像女人。

二人結伴而行。

三成等人逕自策馬而去。初芽並未察覺是三成，她沒這個運氣吧。

初芽走的是岔道，因而沿途沒有旅館，一直踏黑行路。

天亮之前，三成進了大垣城。這時左近已經起身了。

「一覺睡到中午吧。」

左近心疼地說道。三成歷盡艱辛，前往佐和山城下達警告，敵軍卻無那種動向，倒是在大垣城外十公里處構築野戰陣地，擺出長期紮寨的架勢。

（三成此行，毫無意義。）

左近這樣斷定。但他若能因此安穩心神，就不能說全無意義。佐和山城的士氣如何？左近錯開主題，裝做無意問道。

「個個精神抖擻。」

「那好極了。」

「我有點兒乏了。到黎明之前，想在這裡打個盹。」

「真吝嗇。」

左近笑了。

「別那麼小氣說睡到黎明，請充分在被窩裡睡到中午吧。大將須心裡有數，儘量不要搞到精疲力竭。疲勞時出的主意，總是看敵人巨大，看自己微小，容易導致逐漸萎縮下去。」

「睡覺時若敵人動了起來，該當如何？」

「我來叫醒主公。敵人不會動的，家康到來之前，他們準備原地不動。」

「哎，哎。」

三成從角樓的射箭口瞭望夜景。天空無月，星斗繁密。星光下，敵人燃起數千篝火，爍爍明亮，宛如夢境。

「那些火不像在赤坂附近，應該是更近一些吧？」

「主公，別那麼焦慮。晴空之夜，火望著挺近的。」

左近喚來三成的側近，將這位過度疲憊的主公攙扶到寢間。

早晨，宿營於大垣西南郊名曰綾部的村落裡的宇喜多家一支部隊，逮住了兩個旅途女人。她們是初芽和侍女志津。

（什麼人？）

一經盤查，答道：我是石田家家老島左近的親戚，名叫初芽。她故意不提三成的名字。宇喜多家向左近發去了書面通知。

（是初芽啊。）

左近對兩名女子的大膽感到驚訝。總之，先派人去交涉。未久，初芽在左近的一對足輕陪同下出現在軍營裡。

「哎呀！哎呀！」

左近站了起來，親自將初芽領進了鼓樓的房間裡，寒暄起來。

——何故來此？

左近沒這樣問。即使沒問，看一眼初芽沉重的嘴唇和求助的眼神，飽經世故的左近就什麼都明白了。

「再等兩刻（編註：四個鐘頭）吧。」

言訖，左近命令在城裡幹活的附近村婦照料初芽和志津，自己到陣地巡視。

過了中午，左近估計三成睡醒了，稟告初芽到來之事。三成為難到令人覺得有些可憐。

「左近，如何是好？」

左近明白，三成此言含意是，主將領來一個女人，城裡必會議論紛紛。這個極其規矩嚴正的男人，若是自己一手破壞城裡的風氣，他會非常不快。

但是，在左近看來，要使三成近乎病態的焦躁心理鎮定下來，單靠左近的忠告和大道理是行不通的，最靈驗的惟有女人的肉體。

「不要想了。若在城裡憋得慌，就悄悄到城外去。」

「不可。其間敵人若有活動，我將遺恥後世。」

「哎呀，主公的性格太不瀟灑了啊。」

左近笑了。三成這種性格表現在外，就是去揭他人短處，而讓自己陷入樹立無用之敵的困境。

「左近，還是別見了。」

三成似乎下定決心了。他一言既出，左近的勸慰他便聽不進去的。三成回到自己房間，給初芽修書一封，連同一柄短刀遞給左近。僅此而已。

當日午後，初芽離開了大垣。

一咄齋

翌晨，霖雨澆濕了美濃的原野。午後雨停了，刮起風來。三成的舊識儼如乘著雨後清風似地來到了大垣城。

「堺的鵙屋宗安大人來訪。」

側近傳達之後，三成懷疑自己的耳朵。

「宗安大人」

難以置信。以商人之身，穿過佈滿兵馬的原野，來到美濃大垣城，這行動本身就需要相當的勇氣和機智。

「確實是鵙屋宗安大人嗎？」

「是的，說要來看望陣中的主公。」

傳達者回答。三成大喜過望，站起來迎客。可能的話，他甚至想跑步出到門口，拉住宗安的手。

「妙齋在嗎？」

三成喚來茶頭，吩咐準備茶室和浴室。不消說，三成是且走且安排的。他繼續且走且命令為宗安及其隨從們安排歇息房間。

三成慌忙通過走廊，來到門口。恰好行旅裝扮的宗安正從樟樹綠蔭中向這邊走來，領了十四五人，像是臨時隨從。

(他們好像還沒發覺我。)

這情形,三成愉快得像孩提時代玩遊戲。三成叫來隨從,命令先將來客領進更衣間。三成不愧出身於主管行政事務的官僚,下達指令總是細緻入微。

少刻,宗安一人緩緩走來,站在門口。

「啊,治部少輔大人!」

三成親自到門口迎接,宗安驚愕。

「客套話暫且擱下,先沐浴吧。」

三成搖手,以幾近輕忽的態度接待這位稀客。

然後,三成慌忙進入後屋,喚來茶頭妙齋,細細叮囑讓他備好茶。最後命令道:

「將芳野拿出來!」

所謂「芳野」,是三成珍藏的知名茶器中特別令茶人們羨慕的銘品——口沿稜角明顯的茶罐。

所有指示告一段落,三成長舒了一口氣,雙肩鬆弛,感到疲頓了。這種疲頓含有滿足感。

「一咄齋」。

宗安以這名號,名聲遠播。不,宗安喜歡的某種形狀的茶釜,稱「鴟屋釜」,應該說因為這稱呼,宗安的名字才廣為後世茶人熟知。宗安在堺是首屈一指的富商,跟隨千利休學習茶道,娶利休女兒為妻。

宗安與三成同庚。

因為年紀相仿,三成很早就和這位富商之子來往親密。宗安繼承家業後,三成給予一些關照,並以茶會友。可以說,宗安乃時下三成在這世間的唯一良友,關係近密,推心置腹。

堺的富商很多,但最大的是今井和鴟屋。今井家的老闆宗薰,很早以前就與家康往來,為家康提供各種便利。鴟屋宗安則延續老關係,始終願為三成效力。

茶室準備停妥。

三成在茶爐前迎來鴟屋宗安。

「路上如何?」

三成問道。宗安孩子氣的圓臉上浮現溫厚的微笑。

「首先，路上沒遇到大雨。」
他答了這麼一句，就低下頭。三成詢問的意思是，途中是否遇上軍隊，是否一路艱難。宗安卻輕輕帶過。大概是要避開戰爭殺伐的話題吧。
話題以茶器、故秀吉為中心，三成也儘量避開這次交戰的內容。軍需品的籌備，現階段沒必要借助宗安之手。過了一刻鐘左右，三成拿出適才命令茶頭取出的茶罐芳野，連同從中國進口的金襴袋，一起置於鵙屋宗安的膝前。
「這個呀。」
宗安歪頭思索。他知道這袋子裡裝的是什麼。
「是芳野吧？」
宗安臉頰通紅，那年輕聲調彷如不期邂逅了舊情人。緣何如此？因為這拳頭大小的茶罐，原本屬於宗安的珍藏，是三成出三百枚黃金，從他手中強買過來了。
「哎呀呀……」

宗安笑了。
「治部少輔大人心術不正啊。讓敝人重睹此物，用意在於要讓敝人覺得懊悔可惜吧？」
「非、非也。」
三成出現了少見的結巴，緘默了片刻。
「那又當如何？」
「並非那用意。是否能收下？」
「此話怎講？」
「最近我要發動討奸會戰。屆時，敝人若武運不佳，戰死，這般名器必定化作戰場瓦礫。」
（說些啥話。）
宗安詫異地看著三成。他的憔悴令宗安心痛。宗安不由得錯開了眼神。
「到那時，將是天下一大損失。故此，若聽到我三成戰死的噩耗，能否請用這茶罐點茶，為死者祈冥福？」
「那、那我不能接受。有摩利支天王和毘沙門天王保佑，勝利就在眼前！」

「哎呀，勝敗乃兵家常事。如果敝人幸運獲勝，再將其買回，如何？」

「若是那樣……」

宗安終於舒展眉頭，拿起膝前的茶罐，愉快接受了。——此處為冗筆。不幸的是，關原大戰落幕後，這茶罐並未重返三成手中。宗安逃離堺，去向不明。次年歲末，宗安出現在筑前博多的街頭。筑前國主黑田長政恰巧發現了茫然自失佇立街頭的宗安。

「那不是一咄齋嗎？」

黑田長政差人跑上前去，將宗安請到城裡，閒聊之間，長政發現宗安脖子垂著一根帶子。一問緣由，原來是宗安隨身帶著三成轉讓的芳野。

「悼念故人，事到如今只有如此了。」

說完，宗安將其取下，獻給長政。長政受之，不忍私藏，拿到江戶獻給家康，收藏於德川家的珍寶庫裡。

然而，此時的三成尚不知自己與茶罐將來的命運。二人談完茶罐之事，又快樂談了一陣，茶事結束了。

走出茶室，為送宗安，三成踩著庭院裡的踏腳石前行。忽然，宗安說：

「治部少輔大人的失物，敝人在前來大垣的途中拾獲了。如何處理？」

「失物？」

「已安置在為敝人安排的客舍裡，能否勞步一趟？」

（何故趁夜陰？）

三成傾頭思索。但之後未再追問，因為宗安打的啞謎，答案他已猜得八九不離十了。

「我去。」

三成小聲說道。所謂「失物」，恐怕指的就是初芽。

夜裡，三成去了城內宗安的宿處。宗安不在。但有位接待者。手持蠟燭引三成至深處一室。這是三成為宗安提供的獨棟屋子，宗安不在，只留下了接待者。此人款款移步送來煎茶。作為商人的隨從，顯得風格獨異。

舉止身姿像是兒小姓。放下茶後，就勢跪拜，肩頭顫抖。剛才隨著行過走廊時，三成就發覺此人是初芽。宗安顧忌城裡的風言風語，才讓初芽這身打扮。

「為何來見我?」

三成沒這麼問。

「來這邊。」

三成只說了這句，其餘什麼也沒再說了。三成拉著初芽的手，拽到自己的膝頭上。這以後，不再需要語言了。

將近黎明時分，三成慢慢穿上衣服。

「還能再見。如果勝利的話。不過……」

三成低聲說道。

「一定能勝利！」

「但願如此。」

三成頷首，臉上浮出一絲令人擔憂的微笑。初芽覺得，三成開始放棄對勝利的執著了。彷彿正作為此事證明，三成最後說了這樣一句話：

「初芽，我有點老了。但是，不會更老了。」

九月七日，新到達的部隊使大垣城下擁擠而熱鬧。走伊勢路抵達的毛利秀元、吉川廣家兩萬人構成的主力，其他還有土佐的長曾我部盛親六千六百人，長束正家一千五百人，安國寺惠瓊一千八百人，都到了城下。

（大約三萬人。）

三成在城外一一接待諸將，計算著兵力。加上此前到達的宇喜多秀家、大谷吉繼和三成的部隊，集結於美濃的野戰部隊已有五、六萬人。

（駐紮赤坂的敵軍有四萬人，我方兵力已經超過了。）

現在開戰，也許可以輕鬆戰勝。是否該開戰？三成思謀著。但是，家康尚未來到敵陣，縱然獲勝也是白搭。發動這場大規模會戰的關鍵，就是為了誘出家康，取其首級，斬斷豐臣家的禍根，並非為了殺死赤坂的福島正則那類人。

（是否等待家康？）

關於此事，三成必須召集諸將進行合議。

三成在城外迎接毛利秀元時，並轡徐行，他和秀元商議了此事。

「是麼？」

秀元露出了稚嫩的微笑。年僅十九歲的毛利家的養嗣子，一切聽憑伯父吉川廣家。

「請去問出雲侍從（廣家）吧。」

秀元說道。

三成策馬奔向出雲富田城十四萬二千石的吉川廣家身旁，並馬前行。

「今夜，想召開軍事會議，意下如何？」

三成問道。

廣家四十歲。他向三成非常鄭重地點頭回禮，只是微笑，一言不發。

「尊意如何？」

「是呀，軍事會議應當大開特開，但我的人馬從伊勢安濃津剛抵達這裡，途中沒有休息。總之，先休息一下再說吧。」

「何時召開為宜？」

三成繼續徵求意見。「哎。」廣家直搖頭，不答話。

（莫名其妙。）

三成對這樣的廣家多少有些不快，但無其他疑問。

三成返回大垣城裡。到達的幾路大軍在大垣城吃了午飯，繼續行軍，開始向西挺進。

（去向何方？）

三成佇立城頭，眺望兩萬大軍行動的景觀，有些茫然了。面對隨心所欲移動軍隊的他們，三成不掌握可以制止的強權。

敵軍駐紮赤坂，己方的幾路大軍卻走到赤坂西邊高聳入雲的南宮山，開始攀登。

「左近，左近在嗎！」

三成喊著左近。俄頃，左近來到，三成指著遠山：

「他們要登山。」

「啊？」

左近驚詫。他們俯視眼底的敵陣，要登上敵陣附近最高峻的大山。從南宮山的山麓街道至山頂，綿延著二十丁長令人膽寒的坡路。決戰是平原大會戰，部隊上山的話，一旦開戰豈非來不及？但另一方面，駐紮在高峻山上，可保自身安全。

「你看他們究竟有何圖謀？」

三成難以猜透廣家的本心。

「哎呀。」

連左近也從未聽聞古來有此種佈陣先例。

「觀察到明天再說吧。」

翌日，左近全副武裝，率十餘個近習，去了南宮山。

摩天的山巔，佈有毛利和吉川兩家兩萬人的陣地。其他各家佈陣如下：山腰是長曾我部盛親；再往下是安國寺惠瓊；山麓（栗原山）是長束正家。

左近返回大垣，拜見三成，說道：

「吉川廣家大人與許暗通家康。」

史實上，吉川廣家向黑田長政約定倒戈，進而向江戶的家康派去密使，徹底敲定。

廣家倒戈的方法，並非簡單地突然變成叛軍，他採取的倒是巧妙做法：按兵不動，就等於倒戈。大軍置於山巔，俯視山下的長曾我部、長束、安國寺三支部隊，一旦到了關鍵時刻，下山重創己方三支部隊背後。既然三支部隊皆對山巔的己方大軍心存懷疑，就不可能輕易開往戰場。

「這是按兵不動的背叛啊。那樣持續下去，山下的長曾我部、長束、安國寺無論怎樣效忠豐臣家，一想到山巔的己方大軍背叛之事，就不能離開陣地。而且，」

左近接著說：

「廣家大人的巧妙之處是，那般在山頂按兵不動，若己方獲勝，則可辯解沒加盟敵方的德川軍。換言之，這麼一來，就等於還沒和敵人刀兵交戰，我方就驟減了兩萬人。」

三成不得不點頭。

信州上田城

德川軍分成兩個軍團西上。

家康走東海道。

嫡子中納言秀忠走中山道，率領三萬八千大軍，八月二十四日從宇都宮開拔。

（秀忠真的有那種才幹嗎？）

對這一點，家康持懷疑態度。秀忠此年二十一歲，不曾有戰場經驗，也沒指揮過軍隊。而且資性平凡，無任何才氣。秀忠的可取之處，表現在有儒士的認真與農夫的質樸這兩點。因此，作為家康開創的德川家家風繼承者，秀忠是理想人物。

然而，秀忠器量甚小。

對此，家康並不傷腦筋。事到如今，家康準備江山由自己這一代打下，他從沒打算留下未竟之業讓第二代接手完成。秀忠只要擁有能珍重繼承家康成果的性格就足夠了。

家康就是這樣想的。他對秀忠感到滿意。但眼下秀忠會如何？親率三萬八千人的德川第二軍團，能否順利抵達美濃？

家康因為有此掛念，便將自己最器重的謀臣本多正信配給秀忠，任顧問官。

又令德川家數第一的作戰高人榊原康政任軍事參謀，然後大軍開拔。

九月一日，秀忠到達輕井澤。

九月二日，到達小諸。

小諸是仙石秀久五萬石的小城。仙石秀久是秀吉青年時代提拔的武士，他身為一介騎士時，名曰仙石權兵衛，戰場上英勇善戰，出類拔群。秀吉取得天下後，一度賜他讚岐一國。然而征伐九州時，仙石秀久在戰術上出現過失，領地被沒收了，自己到高野山閉門反省。之後，經家康說情再度當上大名，俸祿降低，任小諸城主。仙石秀久自然認為家康是自己唯一無二的恩人。

這次出師，他領家康之命，跟隨秀忠軍。他騰出了小諸城給秀忠當宿營地。

問題是距離小諸二十公里的西北方有一座上田城，城主是真田昌幸。昌幸已與三成聯合，他固守上田城，反德川的大旗迎風飄揚。

——如何對待真田昌幸？

九月二日，為此事在小諸城召開了軍事會議。仙石秀久湊上前去，說道：

「安房守（昌幸）生於信濃，在信濃擁有城池，他只於這一帶活動，度過半生，可謂鄉間老人，難怪他不曉天下大事。如果諄諄開導，會倒向我方的。」

滿座鴉雀無聲。說是「鄉間老人」，德川家的將士比秀久更知道這位「鄉間老人」如何厲害。早在天正年間，正是那個真田昌幸，在闖入信州的德川大軍中縱馬馳突攪擾，令德川軍大傷腦筋，最終陷入了敗軍的慘局。

但滿座人對仙石秀久提出的勸說歸順方針，沒有異議。

於是，遣使火速前往上田城。

一到城裡，就被領到本丸。使者在此勸說歸順。

「這樣最合適。」

使者勸道。他指出，畢竟城外二十公里的前方駐紮三萬八千德川大軍，近兩千人的區區兵力與這支大軍為敵，怎麼反抗也都是白費力氣。使者進而揭露了西軍內幕，他說：就連大坂城內的奉行們，都不精誠團結，這種狀態，西軍焉能取勝。

「意下如何？」

「勞您費心，但我拒絕。」

使者話音剛落，真田昌幸就這樣回答。

「大人這是見識短。聽一聽吧，表美濃的西軍所憑賴的岐阜城，已經陷落了。」

「啊。」

真田昌幸不知此事。或許是三成發出的資訊太慢吧。

（小小岐阜城，與大局有何干係。）

在昌幸的戰略眼光看來，即將到來的外美濃的大決戰，並不屬於要塞戰，而是野外決戰。若是這樣，類似岐阜這樣的城池奪取幾個或丟失幾個，並不值得傷神。

「你想以得失成敗的預料來說服敝人。但敝人的想法不在於計算得失。」

（啊？）

這次輪到使者驚愕了。通常情況下，沒有比昌幸更敏於計算得失的人了。昌幸的半生為得失絞盡腦汁，他雄心勃勃奮鬥著，卻說這不是在計算得失。

「那麼，何以跟隨西軍？」

「以『義』。」

昌幸回答。使者似乎理解不了此言，搖頭思量。「義」這個儒學的倫理觀念，當時還不像後世那樣普及，一般言談中很少有人使用這觀念。

「敝人的立場不朦朧，很明快。只為秀賴公盡力，這就是義。既然是義，有失也不可罷止。不可因為己方危險，就投身不義之軍。」

「可憎的語言。」

使者怒形於色。

「可憎吧？」

鄉間老人笑了。

「大憎敝人吧！若感到憎惡，就請疾速歸去，準備攻城吧！我以子彈刀槍做回禮。」

昌幸的這場戰鬥動亂，與其說在做交易，毋寧說是賭博。他是生來的名將幹才，活動的舞臺卻限定於信州小天地裡，無論如何奮鬥，最終還是跳不出小大名的圈子。現在昌幸跟隨三成，心裡是這樣想的：作為自己一生的回憶，要大賭一場，或者因此一舉晉升為與自己才幹相稱的擁有領國的大名；或者趁西軍勝利後可能出現的混亂奪取天下。老人壯著膽子對待此事，無論如何，既然已經擲了骰子，就不容許躊躇動搖了。

（西軍能贏。）

昌幸這樣揣度。西軍獲勝的唯一戰略，就是在上田城阻止眼前秀忠率領的三萬八千大軍，不讓他們奔赴美濃戰場。

（這也是可能的。）

正因為老人這樣認定，才像一腳踢飛了似地驅逐來使。昌幸只怕東軍三萬八千人對自己的小城置之不理，逕自急速奔向美濃。他必須刺激對方交戰。

（為此，必須激怒對手。所幸秀忠是個年輕小伙子。恐怕聽了使者的稟報會大怒吧。）

果然，秀忠大怒。

「豈能稱為不義！」

秀忠怒從心頭起。他立即再度遣使奔赴上田城，這樣說道：

「說我方不義，深感意外。不義者，石田三成也。證據是，豐臣家施恩提拔的大名，大多數都倒向了德川方。」

（傻瓜上鉤了。）

昌幸這樣認定。年輕的秀忠心思熱衷於無聊的「義」與「不義」論爭，導致東軍的行軍長時間拖延，停滯不前。這正是昌幸的目的。

昌幸繼續論爭。

「高論錯了。豐臣家施恩提拔的大名跟隨內府，便證明『義』在內府，此論不能成立。中納言大人（秀忠）有點發瘋昏了頭吧？」

此言傳到秀忠耳朵裡，他忍無可忍了。

「事到如今，給我攻城！」

秀忠大喊。家康派遣的軍監本多正信起身勸止年輕的秀忠。

「切勿短視，我們必須儘早抵達美濃。攻城耗費時日，非同小可。」

接著正信闡述了對策。為了說服這個小頑固，只好再駐紮兩日。正信也中了昌幸的計謀。

東軍使者頻繁奔走於小諸城與上田城之間，開始了一場毫無意義的外交談判。

跟隨德川一方的昌幸之子信幸，向上田城派去了使者，靠鄰城之誼，仙石秀久的使者也去了上田城。

昌幸並不一味激怒他們。

「熱情勸解，十分感謝。等我和家臣商量之後，再做回答。」

昌幸這樣表面應付，以爭取時間。

此間，昌幸積極準備死守城池。見此，秀忠大怒，派出了若干次詰問使。昌幸在城裡接見來使，卻加以嘲弄。

「我想打仗，當然要備戰。自古及今，可有因備戰而遭敵將斥責的先例？」

昌幸笑了。

秀忠聽了這報告，愈發激憤，召開了軍事會議。

「我們被耍弄了！」

諸將情緒亢奮說道，已激起立即攻城的氣氛了。

惟有文官正信老人明白昌幸的計謀。

「那是昌幸玩弄的伎倆。」

正信這樣說道，想穩住同袍們。然而秀忠失去了平素的溫和，順口吐出激烈言辭。武官不聽正信制止，已是氣勢洶洶怒不可遏了。

最終決定攻城，力主一走了之的正信失敗了。

（到底還是家康偉大呀。）

正信內心不禁這樣思量。家康不在上頭，素以統制力自豪的德川軍也是這種結果。不管正信如何力主家康的基本方針「儘快會師美濃」，武官們也置若罔聞。

攻城開始了。

九月五日。主帥秀忠來到可以眺望上田城的染屋平，坐在折凳上。

與此同時，昌幸說道：

——今日天氣不錯，我去窺探一番。

昌幸帶領兒子幸村外加四、五十個騎兵隨從，開始慢吞吞騎馬行進在預定的戰場附近。

從秀忠所在的臺地可以看見這一切。

「馬標雖然藏起來了，但那大腦袋小個子的老頭，千真萬確就是安房守！」

榊原康政這樣斷定。

「是在愚弄我！」

那一堆人悠閒的馬蹄聲，似乎都能聽得見了。他們悠然歡暢，宛似出門遠遊。

「火槍射擊！」

秀忠下令。倏然，槍聲充滿了天地之間。這正是昌幸所期望的。這架勢是真打起來了。

然而，槍彈打不中昌幸。昌幸一開始就巧妙地騎馬行進在槍彈射程（一百五十公尺左右）之外。而且昌幸儘管聽見了槍聲，卻不著急不著慌，悠閒在秀忠的視野中漸行漸遠。

「追擊！」

秀忠下令。正信制止了這道命令。

但為時已晚。佈陣於臺地下的牧野康成、牧野忠成父子倆，率兵驅馳原野，尾追昌幸。

追擊途中有一片長滿了雜樹與灌木叢的丘陵。在德川家的世襲武將中，牧野康成不愧以身經百戰而名播遠近。

「這樣地方，必有伏兵！」

牧野康成停止進兵，並下令齊聲高喊。

果然如此。真田軍從丘陵的四面八方成群站起，衝下來攻擊牧野部隊。牧野部隊拚死激戰，寡不敵眾。

秀忠在臺地上看見這場面，命大本營的將士前去救援。只見馬蹄刨起田裡泥土，將士個個飛速突進，好不容易到達這片狹隘的戰場，丘陵上真田的生力軍一邊開槍射擊，同時一致舉起長槍，往下衝刺。

德川軍殊死奮戰，成了名副其實的血戰。

其他地方的大久保忠鄰（治部大輔，相模小田原城主）部隊和本多忠政聽到了這情況，踏破野山，馳援而至，這是大部隊。

丘陵上的真田軍不過三百人左右，立即按預定轉而退卻。德川軍追擊，但真田軍諳熟地理，抄近道急速進城了。

德川軍追到城下時，大手門立即打開，幸村等約百騎策馬衝了出來。

德川軍開始苦戰。不幸不止於此，德川一方背後的虛空藏山倏然槍聲大作，伏兵悉數站起，從背後攻擊，德川軍倏地崩潰了。這時，昌幸率領少數人馬出城，衝入潰散的德川軍中舞槍刺殺。對方招架不住，撤退一公里許。昌幸並不深追。

與幸村撥回馬頭，回城途中且高吟歌謠。

對於己方的舉動，臺地上秀忠身旁的正信盛怒，氣得渾身發抖。

「成何體統！不聽軍令，各自隨意出戰，竟讓敵人高唱凱歌！」

正信怒吼。不言而喻，這話是說給秀忠聽的。此時，正信認為，若不行使家康授予他的領導權，武將們的狂奔必然導致全軍自己崩潰了。

正信立即召集諸將，直言不諱：

「敗軍之罪，尚可寬恕。最大的罪過是不聽軍令，隨意出戰，這種現象必須糾正！」

翌日，正信發表了處罰決定。

受處罰者都是有功之將，譬如牧野康成部隊在丘陵因遭伏擊而苦戰之際，前往救援的秀忠的大本營將士，都被趕回上州吾妻城。

就連一軍大將的大久保忠鄰，正信也要將其趕回後方，但因大久保家的家臣杉浦安左衛門將罪過攬於一身，切腹謝罪，總算饒了他。對最先衝上陣去的牧野康成判罪最重，令他在上州吾妻城閉門反省。

對這一連串嚴肅處罰，全軍憤慨。

「那個老頭不想讓我們在戰場上奮力衝殺嗎？越奮戰越成犯罪，是何道理！」

如此這般，對正信的譴責聲一片囂雜。

牧野家和大久保家的部分家臣，怒氣沖沖聲稱：

「宰了佐州（正信）！」

士氣頓時大落。

（我現在相當於三成在豐臣家的位置。三成當年在朝鮮戰場處罰違犯軍令的清正，得罪了他，終於演變成今天的狀態。我家恐怕也不會長存下去的。）

正信倏然這樣思前想後，感慨萬端，對敵將三成寄予了某種同情。

昌幸的作戰大奏奇功。秀忠的三萬八千大軍被鉗制在信州達十日之久，最終沒趕上參加關原戰場的大決戰。

密信

赤坂和大垣。

兩軍依舊駐紮不動。家康不來，硝煙不起。美濃的天空陰暗，一日之內多次降下霖雨，夜裡特別冷。

「赤坂的東軍在等待家康到來。」

三成一日數次這樣嘟囔著。東軍若攻來，立即就會變成大戰。赤坂的東軍不動，大垣的三成也不動。

三成也在繼續等待坐鎮大坂的西軍統帥毛利輝元到來。毛利的主力不到，三成在兵力上就沒有把握。

另外，統帥不到前線，對己方士氣多有影響。

「毛利的主力軍不到，我方將敗亡吧？」

這種疑慮和恐懼在西軍將士中擴散著。美濃前方後方的西軍大名中，開始出現暗通東軍者，歸納看來，可以說原因正在這裡。

不消說，三成多次催促大坂，信使有的在途中遭敵軍斬首，也有的平安到達了。

輝元本人並無惡意。

「那麼，我動身吧。」

他也曾想過要動身。但有人忠告他：

「不可，不可，打消這念頭為宜。毛利大人若讓大坂成了一座空城，城裡暗通家康者不知擁戴秀賴公

會做出何種事來。家康的間諜中，有一個就是西軍的首腦增田長盛。增田大人非常可疑。」

於是，好不容易起身的毛利又坐了下去。不知忠告者都是何人，恐怕他們都是家康的間諜。巧妙利用間諜擾亂敵軍內部，這是從亂世中艱辛生存下來的家康的特長。不太諳熟亂世的三成，在治世過程中學習過如何感知世間，但他缺乏家康的那種才能。

「再給大坂發去一封催促信看看。」

九月十日黃昏，三成有些焦躁，對謀臣左近說道。

（這可不好。）

左近這麼認定，原因不在於毛利不來，而是三成的焦躁。三成若過度焦急，失去了爭勝的自信，那麼，只要毛利不來，他這種心理對戰爭形勢勢必影響極大。

「主公，不可再指望毛利了！」

左近建議道。事到如今，應當考慮在毛利主力大軍不來的前提下，如何制訂戰術，將戰爭引向勝利。否則，指望的毛利軍若不到來，將會陷入失去戰機的窘境。

「但那樣能勝出嗎？」

「必須琢磨勝出的手段。若竭盡全力仍未勝出，那就只能將勝負置之度外，奮勇苦戰，死而後已。」

「左近的武士根性還沒消失呀。」

三成微微一笑。按照三成的說法，「奮勇苦戰，死而後已」並非戰略，只不過是武德。將道德摻入戰略中通盤考慮，這並非大將的思想。

（有道理，確實如此。）

左近佩服三成明確的邏輯思維。但這種思維未必完全適用於實戰。戰略這種政治性或計算性的結構中，惟有再融入戰士非合理性的敢死氣概，交戰才能生氣勃勃。左近這麼自忖，但沒反駁三成。

當天從早晨到過午，左近一直陪同三成，到處視察各部隊的佈陣情況。老實說，左近心裡有一件細緻考慮的大事。

即南宮山問題。
這座山的北麓有一條中山道，山的西北麓鋪展著關原。在其反面或恐與交戰毫不相干的東南山中，儼如潛伏似地，隨意駐紮著長束正家和安國寺惠瓊的軍隊。這地方無論戰況如何變化，槍彈也飛不來的，同時，他們也不會開一槍。
「請下山，往平原再靠近一些。」
三成忍無可忍這樣要求過。但兩個文官強調各種理由，不想離開這個絕好的隱蔽場所。提起長束正家，他是豐臣家的理財官，頭腦聰明，被提拔為奉行。安國寺惠瓊是僧侶，早於信長健在時他就被讚為外交能力無與倫比的人物，而且惠瓊是禪僧，平素在豐臣家的殿上，他一直得意洋洋為諸將講解生死的禪理。
「何其膽怯呀。」
左近辭別他們的陣地時，他對三成心懷顧慮，卻不得不唾棄似地這樣說道。
（畢竟是文官。）
左近這樣思量。文官的心理結構與武將不同，武將縱然再膽小，但一被拖到戰場也會壯起膽子穩如泰山。文官大名無論平時怎樣口若懸河，一上了戰場就驚怯失色。
（文官和武官有這種區別。）
若是這樣，自己的主公三成又如何？三成青年時代馳騁沙場，二十歲前後作為獨當一面的武將，圍攻過關東城池，但他的主業始終是文官。在左近看來，三成雖是文官，但與長束、安國寺、增田相比，他的風格帶有武斷傾向。三成也相信自己和文官相比，更偏於武將。
（雖然如此，畢竟還是文官吧？）
左近根據三成對毛利的態度這樣認定。毛利不可指望，三成卻指望毛利率軍到來。事到如今還將毛利計算在內，制訂戰略，這本身就是危險的。儘管如此，三成仍像文官核對帳尾一樣，現在還對毛利主力大軍的兵力戀戀不捨，到了這樣緊要關頭，仍想將其納入戰略計算當中。

當夜，三成在大垣城內一室，給增田長盛寫了一封長信。

一提筆，想到對方是自己推心置腹的盟友，不知不覺發起了牢騷。盟友雖和三成共同起事，現在卻不相信能夠獲勝，暗中向家康派去了密使，內應準備工作都做好了。三成卻毫不知曉。

「除了足下，再無別人願聽我關於悲痛現實的牢騷了。」

他用宛如對話般的綿綿文體寫著寫著，表達更加柔軟了，字裡行間流淌著哀愁，舉出的素材全都是悲觀的。

（有點太過了。）

擱筆之時，三成畢竟察覺到這點。他轉念一想，聽到了這般哀傷的前線報告，大坂興許會振奮起來。

他封上了信，用蠟粘固。

（大坂歷來如此。）

三成說給自己聽。他相信此函的效果。三成猜想，大坂遠離戰雲，殿上極盡太平安樂，增田長盛等人認定此戰必勝，所以毛利不派大軍來。三成希望此函能促動他們惰氣清醒，精神振作。

當夜，三成就派出了信使。

但發生了意外情況。信使在近江路被捕，信件落入經東海道正在西進的家康手中，三成並未察覺。缺乏諜報意識的三成，當初就沒想到會有這種危險性。總之，接到信的不是增田長盛，而是家康。

家康收到信，對信中的哀傷感到詫異。

「好啊，收到了這封信。」

家康感到挺有意思。如果原本該收信的增田長政讀了這封極其哀切的書信情辭，必會因恐懼而失去鬥志，依戀家康，會為取得內應之功而更加賣力的。

——嘿，竟是讓我收到這封信。

因為此事，家康稀奇地語帶詼諧。

首先，信的開頭涉及戰線景狀。

三成寫道：

「佈陣於赤坂的敵軍，現在尚無活動跡象。似在等待什麼。」

三成信中的「等待什麼」，指的是敵軍等待家康上陣一事。

「長束、安國寺過於自重，他們佈陣的地勢，敝人真想讓大人瞧上一眼。本是我方主謀的這兩人，其怯懦形象敵人若不知曉，那或許該說敵人也夠粗心了。敵人粗心，我方膽小，可哀也。

「前線軍費軍糧不足，我自己的錢物能拿出的全拿出來了，現在手頭拮据，何事也做不了，望火速送來軍費和米錢。

「提起軍糧，美濃方面的水稻已經成熟，若收割可充軍糧，但恐遭敵襲擊，輕易不敢收割。近來我方士氣似趨萎縮。」

接著，三成再度筆及共同舉事的同僚長束、安國寺的怯懦形象。

「我去了那二人的軍營，詢問關於交戰有何打算。二人一味擁兵自重，看那種膽小的樣子，即便敵人開始退卻，想必也不敢追擊。他倆在垂井的高山（南宮山）安營紮寨，山上沒有人馬的飲用水，他們卻緊守大山不離。一旦開戰，人馬上下很不方便，何故安營該處，己方感到蹊蹺，敵方也莫名其妙吧。

「但是，我軍宇喜多秀家的奮鬥氣勢與精神準備，非常卓越，島津惟新和小西行長亦然。

「關鍵是人心。諸將萬眾一心，擊潰眼前敵人不用二十日，但看目前樣子，最終大概要從我方的內部開始崩潰。」

（哈哈，是嗎？）

家康終於有了必勝的信心。三成自己這麼說，西軍實況肯定如此。再進一步作敵人內部工作瓦解之，東軍就愈發穩操勝券了。

家康向前線的井伊、本多兩位軍監派去急使，命令他們：

「加緊瓦解敵軍！」

尤其對西軍猛將宇喜多秀家和大谷吉繼，要打進去勸誘內應的使者。這個戰略的要點，即通過外交與懷柔使敵軍兵力減半，再動刀兵。

家康在三成信中還看到一條自己十分喜歡的消息。即毛利輝元不可能上陣這一條。為了將輝元和毛利大軍困在大坂，家康及其幕僚不知耗費了多少苦心。幸虧相當於毛利軍參謀長的吉川廣家與德川方裡應外合，利用廣家去做了毛利家的內部工作，收到了一定效果，三成的信已經證明了這一點。

三成似乎還不知道家康已經離開了江戶。

從信上看，開頭寫有一句「似在等待什麼」，這說明三成認為家康上陣的可能性是模糊的。但信的中段有這樣語氣的文字：

「輝元大人現在還沒出馬，連百姓都百思不解。不過，家康若不來，輝元大人繼續留在大坂也無妨……」

這段話的真意想說什麼呢？此前往來書信的內容家康不知，他有點難以破譯，但沒關係。家康從此信中得到的資訊是：三成不知道家康是否要來美濃。

（三成確實不曉。）

三萬人以上的德川直屬大軍從江戶開拔了，家康在軍中，這一切三成好像一無所知。

（何其粗心大意呀。）

雖是敵人，家康卻從心情上覺得三成挺可憐。這麼多人馬從江戶出發，佈滿東海道，若在江戶和東海道各地撒下間諜，馬上就會清楚敵情。就連這樣的事，三成好像也沒做。

（總而言之，我知道了一件好事。）

家康有了自信。他過了三島驛站後，開始採取隱秘行動，讓人覺得家康不在這支大軍中。譬如證明家康所在的馬標，已裝進箱子裡秘藏起來。行進路上坐的轎子，儘量使用外觀素淡的。這些安排與努力都有了回報。

這種場合，若是秀吉，必然特意將外出的裝飾搞得富麗堂皇，沿途散播誇大的消息，以挫傷敵軍鬥志。這是秀吉的慣技。家康相反，這個老人好似潛行一般。此乃家康的愛好，但也不僅僅是愛好。

——家康來了！

家康擔憂敵方聽到這消息後，大坂的毛利輝元會理所當然地來到美濃。

（總算萬事盡隨人意。）

家康讀著三成的信，心裡感到滿足。

致增田長盛的信函發出後，三成一直在等待反應。

（讀了那封信，長盛也能察覺到美濃的危機，定會勸說毛利輝元大人出馬。）

「純是白費心思。」

某日，針對此事，左近這樣說道。

根據毛利家的家風與傳統來看，輝元及其幕僚不可能採取積極策略。振興毛利家的是毛利元就，元就的臨終遺言是採取保守策略。爾來三十載，毛利家對侵犯山陰和山陽的敵人皆投以防衛對策，從未嘗試踏出領地爭奪天下。

「歸根結柢，輝元大人不會出馬。」

左近這樣判斷。

在左近看來，毛利家的輝元雖被推舉為西軍統帥，但他只考慮無論哪方勝出都要設法保住自家和領土，並以此來決定行動，他絕不可能賭博。

「果真如此，沒有比這更荒謬的事了。」

三成說道。西軍若失敗，家康無論如何都要處理毛利家及其領土，若不沒收鋪展在山陰和山陽的廣大領土，家康再無領地可封給東軍諸將。

「計算一下全日本的土地，就會明白了。」

三成這位計算專家說道。

他確實言中了。

戰後，毛利家的領土遭家康沒收。毛利哭泣哀求，總算得到長門、周防（山口縣）二州，但很難養活龐大的家臣團，德川時代三百年中，毛利家一直處於窮困狀態。後及幕府末期，這個長州藩總算拋棄了傳統的保守主義，開始瘋狂地挑戰德川家。

家康上陣

家康西進。

東海道沿途驛站，全都擠滿了人馬。家康直轄的三萬二千大軍旌旗招展，一直向西進軍。對此，西軍卻未獲得任何情報。

九日，抵達三河岡崎。

十日，抵達尾張熱田。

大軍已經進入濃尾平原，西軍仍毫無察覺。十一日，家康進入福島正則的居城尾張清洲城。

從尾張清洲到三成的大本營美濃大垣，直線距離不過二十五公里。儘管如此，西軍還沒發覺。

「總算成功了！」

到達清洲之夜，家康在清洲城聽取敵軍情報，同時感到心滿意足。自己進入了尾張，敵軍卻一無所知。

「治部少輔等西軍諸將，好像全是傻瓜。」

按家康的觀察，以美濃大垣城為中心佈下的西軍陣地，其注意力悉數被前面赤坂東軍陣地吸引住了，竟沒發覺來到背後的家康及其大軍。

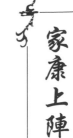

（這也太馬虎大意了。）

家康終於瞭解了西軍的體質。從諜報這一點看頗有缺欠，幾乎可謂殘疾了。

家康故意不穿戴盔甲，便裝進了清洲城。少刻，赤坂前線的藤堂高虎來訪，謀劃議論到夜半。高虎擔任家康的諜報官。謀劃的內容是駐紮赤坂的己方諸將可靠與否。

「福島正則如何？」

此事家康問了好多遍。針對這一點，高虎鉅細靡遺調查過正則的言行，他斷定：

「總之，他不會倒戈。」

聽了這句話，家康放下心來。只要福島正則跟隨東軍，勝利就確信無疑，這是家康當初的戰略觀。

接下來，參謀本多忠勝和井伊直政從赤坂趕來，軍事會議開到了半夜。

「竊以為，主上在清洲等候走中山道來此的中納言大人（秀忠）為宜。」

二人這樣說道。此言在理。走中山道的秀忠引三萬八千大軍，不等到他們抵達，難以統籌全局。

「不必等了。」

家康說道。他怎麼也沒想到秀忠大軍會被鉗制在信州上田城，而判斷能隨後就到。若此，駐紮清洲空無意義，來到尾張就應早一天渡過木曾川，進軍美濃赤坂的陣前。

「明天到達岐阜，後天到達赤坂。照此安排！」

家康下令。

然而，事實上發生了一點臨時變動。當夜家康偶患感冒發燒。

家康慎重起來。一旦開戰，感冒有導致思慮判斷模糊不清之虞。發燒只是輕微低燒，十二日家康用於休養，滯留清洲城裡。

「服藥後，痊癒。」

侍醫板坂卜齋這樣記錄。感冒並不嚴重，一日療養是家康出於謹慎起見。

十三日早晨，家康從清洲出發，當日黃昏進入岐阜，夜宿城下。

家康在岐阜向大垣派去間諜打探，得知大垣的西軍陣地情況仍無變化。大軍都到達此地了，西軍卻沒發覺家康已來到距離自己約二十公里的地方。

（這般粗心，令人驚訝。）

家康這樣思忖。透過這件事，家康領略了三成的力量。與家康過去的盟主織田信長相比，或者與小牧長久手之戰中家康的敵人秀吉相比，三成的頭腦顯得何其簡單呀。

家康為了繼續隱秘行動，將標明家康所在的馬標、旗幟、戰鼓、傳令團隊、近衛隊等，趁夜從岐阜提前運走或派出，令其早一步到達赤坂前線。

十四日天一亮，家康就離別岐阜，奔赴赤坂。途中，西軍倒戈的稻葉貞通、加藤貞泰前來迎接，並任嚮導。

長良川上架起了臨時浮橋，集中了約七十艘放鵜捕魚的小舟，上面鋪好木板。家康及三萬大軍輕鬆過了長良川。

家康坐轎前行。途中來了一名和尚，獻上一個大柿子。

「這麼快，大垣（編註：日語「垣」「柿」同音）就到手了。」

家康稀奇地開起玩笑來。他在轎裡滾玩著大柿子，

「這就是大垣，奪取它！」

他對轎旁的小姓幽默而言。

途中經過南宮山旁，家康拉開轎子小門，要望一眼高山。

（這是一座有問題的山。）

家康覺得饒有趣味。

西軍的毛利秀元、安國寺惠瓊、長束正家、長曾我部盛親等武將，在這座無益戰爭的高峻大山上安營紮寨，行動如謎。他們恐怕打算在這座山上觀望戰場勝負，直到最後也不開一槍吧。

「這就是南宮山。」

從赤坂前來迎接家康的柳生宗嚴在轎旁講解。家康剛才已經知道了。

毛利秀元的兩萬大軍紮寨山巔。將其捆綁在山巔的是毛利軍參謀長吉川廣家，他與家康裡應外合。

（如此佈陣，動彈不得。）

家康放下心來。他還想往山頂遙望，命令上揚轎子，傾斜起來。

「沒事兒，再傾斜一點！」

家康又命令道。他想清楚望見山脊和陣形。

俄頃，家康滿足了，令轎子恢復原狀，奔向赤坂。

九月十四日的中午，家康終於抵達赤坂前線。七月下旬接到三成舉兵的消息，爾後從小山返回江戶，從那時至今，四十餘日的時光流逝。

家康登上指揮所岡山，進入山丘上緊急建造的二層樓主帥營部。

二樓是一個大廣間。

「呵，大垣城清清楚楚，盡收眼底。」

家康手扶欄杆，探出上身，眺望聳立在美濃平原彼方十公里遠的大垣城，這樣說道。

「現在可以了，馬標和大旗都豎起來！」

家康命令道。

負責此事的指揮是渡邊半藏。他立即開始安排，面對敵軍大垣城，高高豎起二十杆白旗、七杆葵形家紋旗，外加七杆扇骨鍍金的家康馬標。

「內府已到赤坂！」

沒有比這訊息更能震撼大垣西軍諸陣了。那些西軍將士迄今聽到的都是家康不離江戶，他們深信有上杉氏在會津牽制，家康當然來不了美濃。

主謀三成本人，

「焉有這等事？」

一開始也不相信。他立即登上大垣城天守閣想遙望赤坂方向，然而霧靄飄浮，望不見遠處。

西軍陣地中，部署在最突出接近敵軍的是三成的家老蒲生鄉舍部隊。從這裡能夠清楚望見岡山頂上豎起的一長排白旗。

「那不是內府嗎？」

士卒叫嚷起來，陣營動搖了。這種動搖伴隨著戰慄。家康是群雄中武略出眾之人物，給人一種畏懼感；家康來到陣前，其直屬部隊四、五萬人必然參戰，數量上構成一種恐怖感。這種畏懼感與恐怖感，存在於西軍所有將士腦海中。

這個緊急報告傳達給蒲生鄉舍時，鄉舍怕將士鬥志動搖，說道：

「那個呀，那些旗幟嗎？那是金森法印父子的旗幟。」

鄉舍撒了一個立即就會暴露的謊，想盡力讓將士們暫時鎮定下來。

鄉舍又對士卒們說道：

「內府時下正鏖戰奧州，焉能來到美濃這裡。」

就連鬥志最熾旺的石田部隊，也心懷恐懼，其他諸將陣中的動搖情緒就更滲透了。

大垣城的三成為確認事實真偽，派出石田部隊裡的水野庄次郎、宇喜多部隊裡的稻葉助之丞、小西部隊裡的赤星左近這些老練武士，前去偵探敵情。

此三騎馬首並列奔馳，靠近敵陣，不久返回，稟報道：

「內府已抵達陣地，千真萬確。」

「我們認識渡邊半藏插在鎧甲上的小旗。那傢伙是內府的近衛隊長，必須認定內府已經到了。」

陣中愈發動搖起來。

（如此這般，真是無可奈何。）

左近這樣思量。為了偵察，左近策馬來到了城外池尻口，觀察東軍陣地的動向，順便撥馬跑過己方各個陣地。己方動搖之大，令左近詫愕。己方動搖，可謂是對總指揮官三成的評價，也是全體將士認為三成不及家康的證據。

（這是真實的。）

既然這種人物評價是現實的，就不能斥責將士了。不過，若對這種動搖聽之任之，己方大概開戰前就被敵方氣勢所壓倒而失敗了。

（手段只有一種。）

左近返回大垣城，甩開坐騎，來到了三成面前。

「照此下去，連交戰的勝負都難以測定了。我現在率人誘敵出擊，然後將其各個擊破。以此來恢復我方士氣！」

左近引五百兵馬出城了。見此，宇喜多秀家命令部將明石掃部助和長船吉兵衛率兵八百，後隨左近而去。

杭瀨川。

一條蘆葦茂密叢生的河流，從東西兩軍的邊界上流過。

河畔有池尻、木戶、笠縫等村落，樹林和灌木叢頗多。左近利用這些地形，佈下伏兵，然後率主力部隊渡過大河。

河對岸敵軍領地裡，水稻已成熟了。左近令足輕隊手執銀鐮收割水稻。毫無疑問，此舉旨在挑釁敵人。

（敵人會上鉤吧。）

左近認出前方敵軍是豐臣家三中老之一、駿府十七萬五千石的中村一氏陣地。中村一氏於七月十七日病歿，其子中村一忠任戰場指揮官。一忠是個十一歲的少年，由老臣們輔佐監護之。

（應該上鉤的。）

中村家的老臣們經常意識到，背後岡山上有家康的眼睛。即便是不願打的仗，恐怕他們也一定要打的。

左近的預測成真。

中村部隊緊靠柵欄，火槍開始射擊。左近下令還擊，槍戰開始了。

——哎呀，小戰開始了。

在岡山營中樓上吃晚飯的家康，聽見槍聲，停下了手中的筷子。

「哎哎，出去了。」

家康舉著筷子，欣賞眼下這場前哨戰。家康說的

「出去了」，指的是中村部隊的騎馬武士打開自家陣地柵欄，衝出去了。

「看那陣勢！故式部少輔（中村一氏）不愧是一代英雄。他死後，其家忠實繼承了他的遺令，習慣了作戰規矩。那種追擊敵人的勇猛，就是證據。」

家康嚼飯，鼓著腮幫子，喋喋不休。

另一方面，左近命足輕們巧妙退卻，最終退到杭瀨川的堤壩上。左近又令他們跳進河裡。

中村部隊繼續追擊，戰馬一齊跑進河裡，踢著水流，開始過河。

「呀，不妙！敵人是島左近吧？中了那人奸計了！稱中村家精通兵法，這說法錯了。」

家康的預言果然應驗了。

中村部隊的前半截登上對岸，後半截剛想上岸的瞬間，左近的伏兵同時站起，開槍射擊，轉眼間打死了數十人。馬隊出現，截斷了退路。

眼見中村部隊惡戰苦鬥，近鄰陣地的有馬豐氏部隊也打開柵欄衝出，欲渡河解救友軍。

此刻，西軍也倏然出現宇喜多秀家的三百兵，側面痛擊有馬豐氏部隊。

「這一下要全軍覆滅了！」

家康扔了筷子。

何故如此？因為左近部隊雖然勝利，卻再次後撤。中村、有馬兩支部隊如同被牽引著似地尾追，終於在日落前遇上四面八方湧來的伏兵，幾乎陷入了潰滅狀態。

這時，中村部隊的指揮官野一色賴母下令：

「撤！」

他縱橫馳騁在黃昏戰場上收拾殘兵。野一色是諸家共知的豪傑，此日，他的鎧甲上披著白色僧衣，背插金色絹旗，頭戴有鹿角飾物並附五片護頸的頭盔。宇喜多秀家的家臣淺香三左衛門最後縱馬靠近野一色，將其拖落，砍下了首級。

與野一色共同指揮中村部隊的甘利備前也被殺

死，群龍無首了。

暮色逼近。家康為收拾敗軍，不得不派出德川家赫赫有名的作戰高手本多忠勝。

忠勝率少數部下，從遙遠的後方飛馬穿過東軍陣地，一進入戰場就左衝右突，巧妙收攏敗兵，送往後方，關緊了柵欄。

左近避免深追，以杭瀨川為界，集結全軍，撤回大垣城。

斬獲敵人軍官首級九十二個，士卒首級一百五十四個，作為局部戰鬥，這是罕見的勝利。

「我部下的沙場神威，總是這樣！」

為鼓舞士氣，三成向全軍通報了這一捷報。

捷報也傳到了不可思議紮寨在南宮山上的軍團諸將耳中，卻沒能將他們從沉滯中解救出來。家康上陣這項事實，致命性地挫傷了南宮山軍團的鬥志，山巔毛利秀元軍的謀將吉川廣家，得知杭瀨川之戰獲勝的快報後，當即將人質送到家康處，堅決保證做好內應。

然而，三成全然不知此事。大垣城裡士氣昂揚沸騰。

（戰之能勝。）

主謀三成本人也恢復了自信。

奔赴關原

太陽落了，杭瀨川的前哨戰大致結束了。在岡山營中二樓，家康放下了筷子，

「有生以來，沒吃過這麼可口的晚飯。」

對伺候吃飯的小姓說道。家康一邊欣賞無關大局的小戰鬥，一邊吃著晚飯。家康說，這雖說是東軍中村部隊的戰術失敗，卻像觀看能狂言劇一樣妙趣橫生。

家康的感想傳到了擠在樓下的東軍諸將耳中。

「不愧是內府呀！」

福島正則誇張地拍膝讚歎。巧舌如簧，將敗仗說成了一場舞劇，若非久經沙場的大將，焉有這般感想。戰爭伊始，家康大概害怕這場算不上戰爭緣起的敗北影響士氣。

飯後，家康喚來了黑田長政。

「斥候還沒回來？」

「馬上就能回來。」

長政也在等待斥候歸來。說實話，西軍究竟有多少兵馬，還沒掌握準確數字。

不消說，若干份諜報已送達家康手中。某位武將派來的斥候報告說：

「有十四五萬人。」

家康也認為，這或許是實數，但此時他變了臉色，說道：

「膽小鬼看敵軍，數量才顯得眾多！」

家康說這話，是力避己方軍心動搖吧。接著，田中吉政的斥候回來報告：

「大約十萬人。」

田中吉政身經百戰，是深得秀吉青睞的武將。吉政認為這個數字可信。家康不悅。

「哪一份報告都是商人計算的數字。甲州，從你手下再派出斥候！」

家康直接對黑田長政下令。長政為煽動豐臣家的大名倒向家康，一直在總結經驗，是一個有政治敏感度的人。家康預見到他這一特點。

「所幸我家有個高手，名叫毛谷主水。」

長政這樣說，是因為黑田家的傳令官毛谷主水有個癖性，在任何戰場都低估敵軍兵馬數量。

毛谷主水於家康吃晚飯前就出發了。他身穿黑色鎧甲，懷抱一杆長槍，騎一匹名曰「薄野」、引以為豪的駿馬，從大垣到南宮山，再到松尾山，跑遍了敵陣周邊。不言而喻，對毛谷主水而言，用不著現在來觀察敵陣形勢，他幾乎每天都跑到這一帶閒晃，對敵軍形勢瞭若指掌。

未久，主水進入中山道，返回了佈陣於赤坂村西端的黑田家軍營。主水繼續策馬奔馳，主公長政正在家康營中，必須趕到那裡。

途中，遇上了黑田家的侍大將後藤又兵衛。又兵衛打馬靠到近前，與主水並列，問道：

「主水，去觀察敵陣了嗎？」

主水頷首。又兵衛再問：

「備前中納言（宇喜多秀家）的人馬好像頻繁活動，你看了嗎？」

「看了。」

「對其下何判斷？」

「並非交戰的準備，只是換防。證據是未時（午後兩點）剛過，人馬始動。」

主水說，午後兩點剛過，人馬好似在活動，要想晝戰，時間已經來不及了；而認定並非準備夜戰，是因為人馬活動的範圍太廣。

「主水，說得有理呀。」

又兵衛對主水的戰術眼光表示滿意，拍拍他的肩膀跑開了。主水快馬加鞭，來到家康營帳所在地岡山之下，將馬拴在松樹上。他撥開茂密的萱草，走小路登上丘頂，報告主公長政自己歸來。

長政在二樓，與家康一起。

「上這裡來！」

長政朝樓下大喊。主水開始登樓梯。人稱樓梯為「繩梯」，是用繩索將木頭捆綁起來做成的粗簡樓梯。這種營帳十分符合性喜樸素的家康的要求。

主水登了一半樓梯，站住了，沒進二樓。未經特別許可，內大臣家康這樣身分的貴人房間，不可靠近。

「主水，沒事兒，把臉露出來吧！」

家康語調輕鬆說道。主水略微露出了被太陽曬得黝黑的絡腮鬍子臉。

「說吧！」

長政命令道。

「報告！上方軍（西軍）大約有一萬八千人。」

諸將面面相覷，最高出現過十四五萬的數字，這一萬八千人是怎麼回事？惟有主公長政舒一口氣，放心了。為了讓諸將都聽見，他故意大聲說道：

「說一說敵人為何那般狼狽！」

自然，主水也不得不大聲說話了，他用戰場上的大嗓門回答：

「確實，僅靠目視的數量，能有十四五萬吧。但仔細一看，上方軍幾乎都駐紮在上下艱難的大山上，連下山打水都令人擔心，這部分敵軍不叫武士，純粹等同木偶。減去這一部分，再看平原紮寨的敵軍，大致也就是一萬八千人左右。」

「說得好！有功之臣！」

家康大聲表揚，環視身邊，只有豆沙餅。即刻抓了一大把遞給近習，說道：「給他。」

其後，家康召開軍事會議。

「攻打大垣城！」

這種意見占壓倒多數。尤其是家康的謀臣井伊直政、雖屬旁系大名卻與家康有姻親關係的池田輝政，力主攻打大垣城，碾碎城池，取下石田三成和宇喜多秀家的首級。按照這種請戰氣勢，這個攻城方案應當落實為作戰。

但是，家康眼皮下垂，像睡覺似地聽著，不置可否。

（是不滿意呀。）

本多平八郎忠勝看透了其中奧妙。忠勝從少年時代到五十三歲的如今，一直跟隨家康，是名副其實久經沙場的武將。忠勝深知家康不擅長攻城。

世間沒有比擅長和不擅長更奇妙的事了。比誰都最擅長攻城的是秀吉，就連以性急著稱的信長，攻城也是其強項；家康卻不擅此道，一貫力避攻城，而嗜好野外決戰，這一直是他的強項。

此外，在目前政治形勢下，沒有比曠日費時的攻城戰更不利的事了。圍城日久，其間難保跟隨家康的諸將不會變心，而且不知九州和東北的形勢可能如何變化。對家康而言，現在可取的惟有野外會戰，一舉決定天下。

「諸位的話說得都很漂亮，但是，」

忠勝發表反對意見。

「諸將最掛慮的是大坂的人質。現在應當馬上攻打京城大坂，與毛利中納言決戰，奪回人質才能得到眾人心。這才是獲勝之路呀！」

「講得好！」

家康抬起了眼皮，微微點頭。家康想說的是，井伊直政雖是謀臣，畢竟太年輕；到底還是忠勝這樣的老練者絕對可靠，深通事理，能洞曉主將的強項與弱項。由攻大垣城改為攻大坂城，忠勝的意見表達得何其巧妙。

不消說，忠勝並非出自本心才這麼提議，大坂城可不是兩三年能攻陷的城池。

——奔赴大坂。

此計旨在誘敵出城，家康認為忠勝「深通事理」，是因為忠勝為了欺敵，首先在會議上欺騙了友軍。

「我想明天就撤出這赤坂陣地，開始西上。途中在近江有治部少輔的根據地佐和山城，以此作為交戰開端，殲滅敵軍。」

家康調整語氣，一字一板，口齒清楚，明確說道。如果在座有暗通西軍的大名，家康希望他仔細聽好。

家康深通謀略，軍事會議結束後，他叫來本多忠勝和井伊直政，命令道：

「遣人將剛才的軍事會議結果，散播到敵陣中。」

直政和忠勝已經籠絡了幾個美濃當地武士，送進大垣城加入了西軍，從事間諜活動。家康命令現在立刻和他們聯絡。

不必這般費事。西軍也有打入東軍陣地裡的密探，他們回來都稟報說：

「似乎要大破佐和山之後，再奔向大坂。」

聽斥候帶回的諜報，三成驚駭。畢竟東軍陣地連足輕都在議論此事，決不會有錯。

大垣城外前線陣地的左近，也派出了斥候，回饋給左近的情報也都只有一種：從佐和山去大坂。

（為何如此？）

按照常識，目前兩軍的位置，即赤坂與大垣之間，已成決戰態勢。家康卻欲避開此地西去，令人納悶。左近又對斥候說：「說一下剛到來的家康的本營陣地情況！」他們的回答完全一樣：

「只架起了一道竹籬笆，沒有挖戰壕的跡象。」

（該是一夜陣地吧？）

左近根據經驗，這樣猜測。這是僅在赤坂住一夜的防備工事。如此說來，紛至沓來的「家康西去」的說法，並非計謀，而是事實了。

左近到了大垣城裡，三成已和宇喜多秀家等人開始了軍事會議。上座坐的是宇喜多中納言秀家，三成坐在他身旁，左手持扇，時而換為右手持扇，手不停動著，但眼睛不動，一直大睜，向上凝視著。

「左近，有何高見？」

三成等不及左近入座，這樣問道。

「敵軍西去，千真萬確。」

左近如實回答。於是如何應對為宜？回答只有一個方法。

惟有先下手為強，在要害地方設伏，挑起決戰，一決雌雄。

位置就在大垣以西十二公里處的關原，惟有此處是絕好的戰場。

東軍西上，首先必經關原。於是，該地佈陣不會空等。

接著是地形問題。關原地形宛如一橢圓托盤，東西長四公里，南北寬二公里，可以充分容納敵我雙方數十萬大軍。

就像托盤有盤沿一樣，關原周圍環繞一圈小山。若搶先抵達群山腳下佈陣，就充分佔據了地利。加之，這裡驅馳兵馬的道路四通八達，原野中央，東西貫穿著中山道，北國街道北上通向北方，伊勢街道南下通往南方，關原相當於這些大道的交匯點。這種占交通之便的地形，古來兵法術語稱「衢地」，是適合大會戰的地點。左近說，六十餘州中，最具備衢地條件處惟有關原。

「赤坂的東軍出發前，恐怕會留下控制大垣城的兵力。我方應於敵軍部署尚未完備之際奔向關原，將大垣變成一座空城。」

「所言甚是。」

三成頷首。

剛才左近的提案，三成和秀家也都在思考，全體沒有異議。

城外開始下雨了。如果今夜雷厲風行奔赴關原，暗夜裡必須在雨水和泥濘中行軍。儘管如此，為了不被東軍察覺，還須行動隱秘，滅掉燈火，繩綁腿甲，馬匹銜枚，防止嘶鳴。

「明白，馬上出發吧。」

宇喜多秀家到底年輕，已經坐不住了。

「順序是，」

「中納言大人（秀家）是大軍，擔任殿後，我打先鋒。」

三成說道。從前頭數來，順序是石田三成、島津惟新入道、小西行長、宇喜多秀家。這支移動的部隊總數三萬二千人。其他部隊早已佈陣於關原周圍群山中，按兵不動。歸根結柢，恐怕僅有這些人馬奔赴關原，奮戰破敵。大垣城裡留下的福原、熊谷、垣見、相良、秋月、高橋等來自九州的小大名，擔任守備隊。

軍事會議結束，諸將走出城門，返回各自陣地。島津惟新人在城外陣地，也接獲了命令。

須臾，島津部隊副將島津豐久趕來，向三成建議：

「現在奔赴關原，莫不如今夜襲擊內府陣地為宜？如果大人同意，我島津部隊願打先鋒！」

三成回答：

「望服從軍事會議的決定！」

三成說，夜襲也是可以的，但古來夜襲都是小部隊攻擊大軍的戰法，今天的情況難以採用。於是，島津豐久也許對三成的意見感到不悅，沒鄭重施禮就歸陣了。

西軍開始隱秘行動。

赤坂村岡山營帳裡的家康卻毫無察覺。夜裡十點就寢，睡前命令諸將：

「夜間守備要戒備森嚴！」

為防備西軍夜襲，燃起了點點篝火，陣地前沿照得通明。

然而西軍的行動走漏了風聲。大垣城內東軍間諜久世助兵衛趁夜色逃出城，朝赤坂的軍事陣地跑去。福島正則派出的間諜也返回赤坂村，報告了情況。正則大驚，派遣重臣僧兵祖父江法齋為使者向家康報信。

家康聽到了消息，立時尖銳叫喊：

「三成出洞了！」

家康踢開枕頭，爬了起來。此刻是慶長五年九月十五日午前兩點。家康命令全軍開拔。

牧田街道

雨水濕了天地。

西軍先鋒偃旗息鼓出了大垣城，雨腳愈發繁密起來，大得敲打在地面上，黑暗都泛白了。

走在先鋒石田部隊前頭的是蒲生鄉舍。

「忍住！忍住！」

蒲生鄉舍一邊操縱韁繩，一邊命令向後傳達這一指令。遵守命令，全軍啞默悄聲。馬嘴含著稻草，為防止人的腿甲相觸發出金屬聲響，腰以下用繩子綁緊，而且不使用燈火。

天地一片漆黑。

在這伸手不見五指的暗夜裡，人人都緊緊跟住前邊的人，一直朝一個方向前進。

不，標誌僅有一個，那就是漂浮在前方黑暗中的篝火。

暗夜中的那個地點是栗原山，那山麓駐紮著西軍旁觀軍之一的長曾我部盛親部隊。為加強夜間防守，雨中燃起了熊熊篝火。

篝火望去又小又紅，儼如向命運之神祈禱的祭火，飄動在黑暗中。

「別迷失了那堆篝火，惟有它是標誌！」

出發之際，蒲生鄉舍對前導部隊的三名騎馬武士叮囑道。按照軍事會議規定的行軍路線，不走主幹道，從大垣城西渡杭瀨川，迂迴到野口村，再抵達栗原山的山腳栗原村，由此鑽入山間，走上通往關原的牧田路。

牧田路是一條好像縫合兩座山腳的山谷道路，路面窄得僅能通過一匹馬。走這條路從大垣到關原有十六公里，在這惡劣條件下，大約需要五、六個小時。

行軍艱難至極。

雨水打在頭盔和鎧甲上，流過了內衣，澆得身體濕嗒嗒的。東北風吹來，不時在隊伍頭頂捲起旋風，殘酷捲走了士卒們的體溫。

第二支部隊是島津部隊。

島津的陣地距東軍較近，擔心撤出營盤時被敵人發覺，營房的簷下栽植了無數竿青竹，中間夾著火繩，明滅閃爍，縱然敵軍間諜靠近了，也會以為這裡人馬俱在。島津部隊尾隨石田部隊。

三成於自家部隊的中軍按馬行進，經過野口村時，雨下得越來越大，敲打頭盔的雨點，順著盔簷不斷流淌下來。

三成順手壓了壓盔簷，前屈上身，好像保護腹部似地對抗著雨水。一個小小的不幸襲來了。

——腹痛。

三成原本就不是個體格強健的人，素來有痰，胃腸功能很弱。平時都很弱的胃腸，被這冷雨激著了，肚子持續著絞痛。實在受不了了，他就下馬解手再上馬。

「現在如何？」

左近的坐騎靠近，歪戴頭盔，詢問三成。三成對這種詢問都覺得不耐煩，他沉默不語。

「左近，抵達關原之前，由你來指揮。」

三成說道。

左近心裡咯噔一聲。他思忖三成為何偏在關鍵時刻發病呢？但左近想錯了。

「哎呀，我想前去朝那些膽小鬼的腰部狠勁踹上一腳，再回來。」

所謂膽小鬼們，即指紮寨南宮山的山巔、山腰、山麓（栗原山），按兵不動的毛利秀元、吉川廣家、安國寺惠瓊、長束正家、長曾我部盛親。怎麼估算，他們也有三萬兵馬。

（他們若不動，能打贏的戰爭也贏不了。）

三成思量著，一直這麼思量著。毫無疑問，三成並不知曉南宮山巔相當於毛利秀元參謀長的吉川廣家，已獨自與家康締結了秘密講和的約定。

「訪問完南宮山，還必須去松尾山，去小早川秀秋的軍營看看。」

三成在雨中凝眸，像幽魂附體似地嘟囔著。松尾山的山巔位於關原之南，西軍第二號大軍——小早川秀秋部隊安營山巔。此人也不打算下山，不想聽三成指揮，甚至還吃裡扒外，人們議論紛紛。

「敝人當使者，去跑一趟吧。」

左近在馬上不忍心看三成的形象，這樣說道。三成搖頭。這是理所當然的事。想說服上述那些豐臣家的顯貴，由左近那樣的陪臣前去不可能奏效。

「主公，不冷嗎？」

左近不覺吐出了關愛的話語。再關愛也不能讓雨停下來，這是無用的話。

「左近，別說廢話！」

三成悶悶不樂地回答。

少刻，隊伍到達了南宮山麓的栗原山旁。石田部隊朝南轉彎。

惟有三成北轉。他僅帶領三騎——近江人磯野平三郎和渡邊甚平、塩野清助。

途中，三成多次如廁，面容憔悴。徒步向紮寨山腰的安國寺惠瓊陣地走去時，如廁之後頭暈目眩，抓住野草倒了下去，立即又站了起來。身體像脫盡了水似地痠軟乏力。這種病體爬山坡，其艱難遠在痛苦之上。

「主公，我揹著您走吧。」

磯野平三郎在山坡上彎腰弓背。三成覺得這種關心反倒令人過意不去。

「不可如此！」

三成低聲說道。讓人揹著去己方諸將營地，他不願露出這般有失體面的形象。那些人平素都是膽小鬼，如今若看見主謀三成這副德性，還不知鬥志會如何動搖呢。

（就是爬，我也要自己爬去。）

三成喝著從頭盔上流下來的雨滴，心裡這樣想著。

「阿輕、阿英都在嗎？」

家康拋棄了溫暖的被窩，當即喊起了小妾的名字。

二女子是家康帶到陣中的小妾，家康讓她倆一路上照顧生活起居。

二女子出現了。

「將盔甲拿來！」

這是家康的要緊事。待命鄰室的兩個小姓已經消失了蹤影。他倆因驟然出師而驚訝，跑回自己營房披掛去了。

女子們將盔甲櫃抬過來了。讓女人碰盔甲，這對當時非常迷信的武士來說屬於禁忌。但家康並不介意。

「一聽說上陣，那些人（兩個小姓）就勁頭十足地跑出去了。妳倆來幫我穿征衣。」

「但是……」

女子面面相覷。

「這樣做合適嗎？」

「乾脆一點吧！什麼事都畏畏縮縮的這樣不好。」

首先，她倆必須重新給家康纏兜襠布。平日就做慣這件事，敏捷地很快做完了。

接下來是穿鎧甲。

此前，要先穿武士服和裙褲，還須綁上綁腿、戴上護臂具與護脛具。
家康搖手，
「不用，不用。」
心情暢快說道。
「『不用』是何意思？」
「從上面開始穿。」
家康揮舞著袖子。他的意思是，不必穿武士服，在平時穿的窄袖便服外面直接套上鎧甲即可。
兩個女子套不慣鎧甲，困惑得不知所措。
家康發出苦笑。恰在此時，家康覺得活動在鄰室的影子有點像司茶僧宗圓。
「和尚，來給我幫幫忙！」
家康以年輕的聲音說道。和尚宗圓膝行進了房門跪立著，俄頃，從盔甲櫃裡只拿出護胸甲。
少刻，家康著裝結束，那一身披掛看起來顯得有點古怪。
家康在平時穿的窄袖便服外只穿戴了護胸甲，再披上和服肥袖外褂。
他不戴頭盔，而替以一頂沿途慣戴的塗著砥石粉的斗笠，僅此而已。
「討伐治部少輔這小子，如此裝束就足夠了。」
俄頃，人馬聚齊了，家康下到一樓。此刻送來了報告：先鋒福島正則已經出發了。
「是嗎，大夫（正則）開拔了？」
家康沒帶表情，點了點頭。儘管現已到了最後關頭，家康掛慮的仍是福島正則的動向。一旦到了緊要時刻，他會有何舉動？連家康也做不出精準預測。
（那廝憎惡三成，僅因此而燃起了鬥志。他與黑田長政、細川忠興不同，並非為建立我的天下而戰。）
家康的側近武士漸次飛奔聚來。他們不知敵情，不曉得家康的決斷，只是跟隨家康東跑西竄。其中一人叩拜，大聲問道：
「主上欲奔向何方？」
問的是在這深更半夜，家康要去何處。

「奔向敵方。」

家康回答，面無笑容地向門口走去。屋簷外一片雨幕，雨中的篝火升騰著白濛濛蒸汽般的煙霧。白煙霧裡牽出一匹馬。家康搖頭，他小心謹慎，擔心遭雨打而傷風。

「坐轎為好。」

一聲令下，轎子抬到了門口迎賓臺上。

家康彎下胖嘟嘟身體，

「現今，」

上轎時故做吃力狀，說道：

「我原以為，現今沒有敢向我發起戰爭的混帳。唉，笨蛋真是好可怕呀。」

所謂笨蛋，是指不曉得交戰中家康實底可怕的那些人。說的肯定是石田三成、宇喜多秀家之流者。

少時，家康的轎子撥開草叢，走下岡山的山坡，進入原野，雨中行進，走上了中山道。家康出師行動神速，以致大本營必備的馬標、旗手、長槍隊、火槍隊在後頭疾跑追趕，到垂井驛站，他們才總算追上了家康轎子。

比家康先行一步、從赤坂出發的東軍先鋒福島部隊，暗夜中擁擠聒噪著西進。他們與西軍相反，不必在伸手不見五指裡行軍。

隊伍高舉火把前進，煙氣在雨中流動著。

走過了垂井，走過了經塚和上野。未久，要經過桃配山麓時，福島部隊的前鋒被輜重隊伍擋住了。

「躲開！別礙事！竟敢走在先鋒的前頭，汝等是誰家？」

福島部隊的士卒一怒吼，前邊人回答：「我等乃備前中納言部下！」

福島部隊眾人大驚，備前中納言即西軍將領宇喜多秀家！他們是西軍的殿軍宇喜多家的輜重隊伍。

夜色漆黑。

一方面是雨中，加之會戰在即，福島部隊認為此時與敵軍運輸隊進行小戰並不合適。他們佯裝沒聽見，故意放慢了步伐。

宇喜多部隊的運輸隊不曉得後面跟的是敵軍先鋒。由於不知道，他們慢吞吞地走去了。

卻說三成，他一座山坡一座山坡走著，訪問了安國寺和長曾我部的陣地，也訪問了長束正家的陣地。

安國寺惠瓊正在酣眠，不易喚醒。此話有點像安國寺讓人傳達謊言，這種與武將不相稱的舉措令三成十分焦躁。

（當初，此舉是我與惠瓊共同策劃的，惠瓊是主謀之一。一旦上了戰場，卻又這般膽怯。）

惠瓊總算起來了，穿上僧服，來到簷廊邊。三成進到庭院裡，佇立雨中。

三成解釋完作戰新階段之後，

「撤出此地，開赴關原吧。」

大聲說道。南宮山的前面就是關原盆地。

「明白了。」

惠瓊神色沮喪地回答。

「待和山巔的毛利、吉川大人協商之後，貧僧就開拔。」

「糊塗！」

三成已經不顧忌用什麼語言了。

「無論毛利、吉川如何，足下也應當儘早開赴關原！」

「這……」

惠瓊語塞。若非這個惠瓊平時總在大坂殿上得意洋洋講解關於人的生死精神結構，三成大概還不至於這麼生氣。

「看來足下相當怕死呀。」三成的壞毛病又犯了，終於講出了帶刺的話來。三成這種語言不知樹立了多少敵人。然而三成本人對此尚無深刻認識。

「如何這般講話！」

惠瓊似乎惱羞成怒了。三成聽了對方的語氣，感到狼狽，當場道歉。且道歉且覺得自己很可憐。

（難道我必須來哀求他出兵嗎？）

三成來到了長束正家的營地。正家是個小心的人，他已經起床了，穿好了鎧甲。

（歸根到底，此人是個刀筆吏。）

三成不由得打了個冷顫。正家身穿戎裝，看起來很不般配。青年時代他馳騁過沙場。自從秀吉任命他主管豐臣家財務以來，在殿上正家儼然成了一位大總管了。

三成將對惠瓊說過的話原原本本又對正家重複了一遍。正家老實點頭。

僅此而已。

三成走出了營盤大門，心裡幾乎一片絕望。

在他們當中，紮營於最下邊栗原村的長曾我部盛親，剛剛繼承了土佐國主的家，不諳世間政局。他遵從大坂的上陣命令後，從土佐浦戶揚帆起航，船帆巨大的軍艦滿載著六千六百人大軍，進入上方，才知道政局複雜，儘管如此，也不過略知一二。

土佐畢竟是個遠國，不諳上方情報。加之家老們與其他家沒有交往。可以說因此也沒有來自東軍的勸降。現今終於來到美濃。到達陣地後，尚未制定出自家方針的老臣們向盛親進言：

「一切全仰賴山巔的毛利大人吧。」

老臣們看到西軍不統一的狀態，開始認定己方不可能勝出。

「遵命。」

盛親這樣答覆三成。三成離去，老臣們插言，為在緊要關頭容易退卻，讓輜重部隊遠去伊勢街道。此家始終不離山，一旦確認己方失敗了，準備逃回土佐。

松尾山

夜色依然深沉。

夜裡一點過後，石田部隊抵達位於關原西北深處的笹尾山麓。雨下得有些小了，霧氣卻飄蕩起來。

士兵已經困乏了，但為了取勝，不能讓他們休息。

「立即動手，架起寨柵！」

三成向物頭（編註：下級武士首領）下令。全體將士成了民伕，有的搬運建材，有的揮鍬掘地。

須臾，寨柵架立起來了。

雖然簡單，卻也是野戰陣地。北國街道與河流相川之間架起了雙重寨柵。衝出這道寨柵，島左近與蒲生鄉舍分別佈陣於左右兩翼，恰呈雙角之勢。寨柵內側，背倚笹尾山麓，設有三成的營帳。這裡豎起了寫有「大一大萬大吉」六個大字的白旗。

在這旗幟飄揚的臺地上，關原盡收眼底，作為總指揮的陣地可謂絕佳。

卻說行軍的第二支隊伍島津部隊，凌晨三點抵達目的地。這支人稱日本最強的部隊佈陣於石田陣地的右翼。

「佈下弓弩陣！」

島津惟新入道下令。這是薩摩軍特色的陣形，不是橫擺而是縱擺，比喻說來，它呈利劍形。此陣弊端是缺乏防禦功能，長項是在衝擊敵人這一點，再無較此更高明的陣形。

島津部隊的主將營帳設在北國街道西側，惟新入道立在那裡上寫「一本杉」的馬標，曾經令朝鮮人懼怖不已。圓圈裡十字的島津家家紋旗豎在每一名物頭所在的位置上。島津部隊在西軍中人數最少，從大坂開拔時僅有八百人。

陣地上的島津部隊多次遣人回薩摩國要求增兵，領國始終採取不增兵方針。增加的全是隻身逃出領國的自願從軍者。他們三三五五帶著長槍和鎧甲，縱馬踏破一千二百多公里道路，趕到美濃。自願從軍者從前天開始陡增，兵力終於多出一倍。部隊到達關原後，還有數人拄長槍為手杖，找部隊來了。

「呀，來者姓啥名誰？」

主將惟新入道逐一接見，安慰沿路的勞苦，將他們派往陣地。

凌晨四點，第三支隊伍小西行長部隊開始佈陣。他們到達天滿山北側山崗，在崗頂燃起了熊熊篝火。這種大篝火照出了小西家的家紋旗「日章旗」。朝鮮戰爭中擔任先鋒的行長出師時用的太陽旗，如今當作陣旗。

然而行長的鬥志遠無中軍陣地的大篝火那般熾烈。他反對三成提出的關原決戰構想，在大垣城舉行的最後一次軍事會議上，

「此事令人驚愕，治部少輔要拋棄大垣城，逃往關原嗎？」

行長諷刺道。行長始終力主應以大垣城為據點，攻擊赤坂之敵。因為關原決戰的構想等於己方主動落入擅長野外決戰的家康之圈套。但三成沒有納諫，此事令行長對三成鬧彆扭，小西部隊會如何衝殺是個疑問。行長的部隊有六千人。

早晨五點過後，第四支隊伍宇喜多秀家部隊，一萬七千兵力是西軍最多數量，抵達關原的天滿山南

麓，樹起了印有圓鼓家紋的大旗。惟有這支部隊精神振奮，鬥志旺盛，向東軍派出斥候。

卻說這時的三成。

他還沒返回自己陣地。單騎歷訪諸將，訪問完松尾山巔的小早川秀秋陣地後，下山訪問盟友大谷刑部少輔吉繼擺在關原西側山中村的陣地。

「挺冷吧？」

吉繼將三成請進了有農家火爐的房間裡。

「在這大雨中，也太辛苦了。」

吉繼很同情三成的處境。

「喝點酒，暖暖身子呀？」

「不，我實在不會喝酒。」

三成謝絕了。他平時不太喝酒，現在連肚子都疼，哪敢喝呀。

「喝酒還不如往火爐裡給我多加些柴薪。」

「沒想到此事。我看不見火。」

吉繼令家臣往爐子裡添柴。爐灶裡填滿了細樹枝，一瞬，火苗熾旺起來。吉繼因病雙目失明，看不見。

「如何？火旺了嗎？」

「啊，身子漸漸暖了起來。」

其後，三成縷述諸將佈陣情況，將適才與諸將商議的事項毫無保留告訴了吉繼。三成對南宮山諸將和松尾山小早川秀秋，特別做出如此通告：「決戰至半，燃起烽火。以此為號，爾等攻擊敵軍腹背！」然而他們鬥志低下，能否果真踐行約定，三成不敢確信。

「有耳聞否？」

吉繼戴著白色遮臉布，口中問道。

「據傳言，金吾中納言（小早川秀秋）要叛變。」

「豈能有那種事，他可是故太閤的養子啊。」

「有這種想法，大人太天真了。」

吉繼的臉在遮臉布裡笑了。吉繼知道三成有明敏的頭腦，其中卻脫落了對人品的認識。

「金吾能背叛常理嗎?眼下正是他報答故太閤的時候呀!」

因為寒冷和憤怒,三成聲音顫抖地說道。三成的癖性是,理念總表現為批評,而非認識現實。

「大人責備的是他『應該』如何,但是,」

吉繼說道。

「那個混蛋有符合混蛋的邏輯。二者必選其一,現在比責備他更重要的,是必須預料到他果真叛變時,我們應採取何種手段。」

「呀,現在我就再去一次松尾山陣地,和金吾說一下。」

「他若已經背叛了,沒有比大人這樣做更徒勞無功的事了。」

吉繼的話不無道理。開戰前若還有充裕時間,努力一番或許能促動他悔悟,然而,俄頃天就亮了,天一亮,決戰就開始了。

「那樣做,他焉能悔悟,反倒會殺了大人。光靠說服徒勞無功。」

吉繼很現實地說道。

「我調換陣地。」

吉繼說道。他似乎已想好了這種情況下的陣形,對三成做了說明。

就是將山中村的陣地向前挪動。

「我將主陣地佈在關藤川。」

吉繼令家臣拿出地圖,指出該地點。位置在小早川秀秋主營松尾山前的山麓,縱然秀秋倒戈攻打己方,只要不衝破大谷陣地,他就翻不起大浪。

吉繼抽出六百兵士安排在松尾山西麓,架設了防備秀秋的寨柵。然後,吉繼又將屬下的薄祿大名脇坂安治、小川祐忠、朽木元綱、赤座直保四人也安排到防備秀秋方面。

然而吉繼根本不知道,由於東軍藤堂高虎私下運作,這四個小大名都已經約定叛變投敵了。

「這樣部署,縱然金吾倒戈,只要我部戰到全部陣亡，就不至於影響大局。」
吉繼召集自己的侍大將們，立即下達了變換陣地的指示。
三成離開大谷吉繼的軍營，又策馬奔跑在雨中街道上。奔走到這種程度，他還不想回自己的兵營。
（金吾中納言萬一倒戈，）
那麼，一切都土崩瓦解了。他擁有一萬五千大軍，戰鬥中他若突然衝下山來，重創己方背後，那可就不可收拾了。
（哎呀，無計可施。）
三成低聲嘟囔著，感覺自己在馬上哆嗦起來。三成突然發作似地拽住了韁繩。
「主公，有何事？」
身旁的塩野清助問道。
三成無言，立馬路上。從這條街道往右走，就是通往松尾山的岔道，往上走，山巔有秀秋的兵營。
（我去不去？）

三成勒馬轉圈兒。
家臣明白三成的心事，卻又擔憂他那馬上顛簸的身體。他們認為，三成已經沒有體力登上這座山了。
「臣代替主公前往，如何？」
行進在山坡途中，塩野清助問道。「不行，縱然爬，我也要爬上去！」三成怒氣衝衝地回答。他的心中全是不快。
事實上，坡道是一條險路。三成丟下馬，有的路段只好往上爬。坡道上雨水流淌，與其說是道，毋寧說變成了河。
這座松尾山頂有舊堡壘。從前織田信長反覆攻打近江淺井時，命令出生於美濃的部將不破河內守光治在山巔築起了城寨。現今只留下舊址。山巔殘留著石牆，秀秋的營帳就設在此處。
最熟悉秀秋的人，是血緣上相當於嬸母的北政所。秀秋尚在襁褓之中，北政所就開始養育他，當兒子對待，將來要招他為養子。
一時之間列位大名都認為：
「金吾興許會繼承豐臣家吧？」
異常尊敬秀秋。隨著秀秋長大成人，他那種昏庸愚昧，自大傲慢的可憎性格暴露出來了。北政所開始疏遠秀秋。但秀秋在豐臣家的地位很高，二度征討朝鮮時擔任主帥，帶領四十二個大名渡海作戰。在朝鮮戰場，秀秋多有不檢點的行為，凱旋後遭到秀吉嚴厲責難。
——都是由於三成的密報。
秀秋堅信，自己遭秀吉斥責，病根在此。
這次出師之際，秀秋去京都問候北政所，
「你惟有輔佐德川大人。」
竟然從這位太閤未亡人口中得到此暗示。
爾後，秀秋在西軍中的態度驟然變得詭異，但尚未達到投敵的程度，他以搖擺不定的姿態出現在美濃戰線上。

暗地裡秀秋異常機敏。為了密通家康，他緊急遣使前往江戶。使者趕到小田原，路遇西上的家康，說出希望暗通家康的意圖。
「小子之言，不可輕信！」
家康這樣表態，拒絕接見來使。家康走到白須賀，秀秋的使者又來了。這時家康還是沒接見，但為了不激怒秀秋，說了一些讚美秀秋才幹的話，便將來使打發走了。在家康看來，秀秋性格狂躁，能力近似魯鈍。家康不願將他的話信以為真，自己成了世間的笑料。
家康到了美濃赤坂，聽黑田長政講了關於秀秋某事的原委，這才略微放下心來。長政已著手做秀秋的工作，互換了人質。有長政擔保，家康多少可以相信秀秋了。
「此事全交給你處理。」
家康對長政說道。
「金吾中納言若真心做內應，將來賜他上方兩國。」

長政將家康賞賜的約定與家康側近本多忠勝、井伊直政的信函傳給了秀秋。秀秋大悅，十四日黃昏再遣密使，最後敲定了此事。

不言而喻，三成對此一無所知。他攀爬著，來到松尾山巔軍營大門前，要求秀秋：

「現下再晤一面。」

秀秋頗感困擾。一味拒絕，反招懷疑。於是召見了三成，當然，秀秋坐在上座。

「治部少輔，掉到河裡了嗎？」

三成引以自豪的黑色鎧甲不斷滴水，澆濕了地板，秀秋詫異。

「是淋到雨的。」

三成回答，然後閉目沉默少刻。腹痛病又犯了。迫不得已，只得如廁。

回來後，三成哀求似地再三勸說秀秋：盡忠秀賴公，現在為時不晚。

「明白了。」

秀秋皮笑肉不笑地點頭。三成又餌以重利。

「勝利後，我們豐臣家全體官員奏請朝廷，推舉金吾大人任關白，懇請輔弼秀賴公。」

一聽這話，秀秋的表情倏地活了起來。

「擔任關白？」

說來，秀吉、秀次之後，豐臣家尚無人繼任此職。按照世襲制，這個人選惟有秀吉的遺屬秀秋。

「治部少輔，我在認真聽著。此話當真？」

「千真萬確。」

三成也著急了，他以為有了效果。

事實上確實有了效果。在秀秋看來，雖然已約定為家康做內應，但他認為爽約也不是太難的事。

（我在山巔觀戰，可以倒向勝利在望的一方。）

秀秋忽然這樣思謀，連自己都覺得自己是個特聰明人，值得驕傲。因為東西兩軍無論何方勝利，空前的巨利都會滾向秀秋。

三成出了軍營。

走下坡山路時摔了好幾跤。三成被三個家臣攙扶起來，才將就著起身。

來到山腳騎上馬，三成連操轡的氣力都沒有了。他讓磯野平三郎牽馬而行。

渡過了藤川、寺谷川，從關明神經由北國街道北上，回到了笹尾山麓的自家陣地。

進了營帳，三成剛要換下溼透的內衣，左近來了。他想來聽一聽三成遊說諸將的結果。

「沒問題，戰必勝。」

三成打著寒顫說道。那幫人能否協同奮戰？三成並無自信。但如今縱使對左近和盤托出，也無濟於事了。

「金吾大人見到烽火便衝下山來一事，千真萬確嗎？」

左近追問道。按照左近的作戰感覺，他判斷只要秀秋參戰，西軍就能取勝。

「他究竟如何？」

「金吾與我們遙相呼應。」

說完，三成儼如說給自己聽似地，頻頻點頭。

霧中

天色終於逐漸泛白。盆地裡雨意濃濃，大霧瀰漫，人馬好似皮影戲偶移動。這時，東軍第一支大軍福島正則的六千兵力，基本進至盆地中央，背靠明神之森佈陣，白底畫著藍色山道紋的旗幟迎風招展。

午前七點左右，東軍部署完畢。

除了先鋒的福島部隊，後續還有加藤嘉明三千人，筒井定次兩千八百人，田中吉政三千人。這些兵馬與天滿山的西軍宇喜多秀家對峙。此外，藤堂高虎、京極高知在中山道略偏南，面對西軍小早川秀秋的松尾山，佈下了野戰陣地。

第二支大軍以細川忠興為主將，配以稻葉貞通、寺澤廣高、一柳直盛、戶川達安等武將。這支大軍面對石田三成陣地，橫向大面積鋪開。黑田長政部隊帶有一種游擊性質，位於第二支大軍最右側，擺出了衝擊石田三成陣地的架勢。

第三支大軍以德川麾下的本多忠勝為軍團長，佈於家康大本營前方。第四支大軍以池田輝政為中心，從者有淺野幸長、蜂須賀豐雄、山內一豐、有馬豐氏、中村一榮、小出吉辰、生駒一正、水野清忠。這支大軍控制西軍南宮山陣地，死死釘在此地。

家康大本營佈於桃配山上。從這裡到西北方向三成大本營的笹尾山，約有四公里距離。

午前七點剛過，家康緩慢登上山頂，坐在折凳上。折凳旁立著家康自少壯時代就一直使用的大將象徵——金扇大馬標。

這支金色七根扇骨大扇，中心處畫著一輪紅日，扇骨釘垂吊著銀穗。

馬標前並列插著昭示源氏血統的十二面雪白大旗。另外還有一面上寫「厭離穢土欣求淨土」的大旗，在大霧中飄揚，說明了德川軍的戰爭哲學。

那八個字出自淨土宗的理念：討厭現世（穢土），憧憬死境（淨土）。家康的佛教信仰屬淨土宗，他麾下之人也多是這一派。看這八個大字，自然就會產生武勇活躍不怕死的心情。四公里之外，笹尾山陣地迎風招展的三成大旗上寫著「大一大萬大吉」，呼喚勝利好運，飄漾著充滿現世利益的氣息。與之相比，家康的八個大字非常厭世。

早上七點半前後，東西兩軍的佈陣工作基本上結束了。

從人數看，西軍十餘萬，東軍七萬五千有餘，西軍略佔優勢。論及陣形，西軍絕對有利，對東軍幾乎構成了包圍的陣形。從紙上作戰來看，可以說開戰前就註定三成必勝。

家康一方佔有隱形優勢。家康用戰略彌補己方戰術之不利。不消說，家康不靠戰術而要靠戰略取勝。開戰前他就開始瓦解西軍，正在對半數敵軍內部採取間諜活動，而且他們幾乎都倒向了家康，達成或倒戈或不抵抗的逃亡等約定。若這些叛將所言為真，那麼對家康來說，戰爭已不過是一場野外劇，其進展與勝負都在劇本裡安排停妥了。

桃配山頂，家康坐折凳上打盹兒。可見交戰會走向勝利吧。在努力達到勝利之前，家康付出了不懈的努力。

然而家康到了桃配山頂，卻仍不能放下心來。

（果真能按照劇本的情節發展嗎？）

這是家康的擔憂。諸事在揭開蓋子觀看前都不知其真相。

證據是家康神情焦躁，旁觀都覺得非比尋常。他動輒無緣無故站起來在山頂走動著。

「這場大霧，讓人很無奈呀。」

家康嘟囔著毫無意義的話，似乎耐不住開戰前時間的沉重。霧很濃，不過數公尺外就什麼也看不見了，故而發生了一件稀奇事。

有個旗本名叫野野村四郎右衛門，因大霧迷失方向，騎馬一直走到了家康的折凳附近，馬屁股險些撞上家康的臉窩。

若是平時的家康，頂多苦笑一聲完事了，或者說句話讓他注意。

現今的家康卻像換了個人。

「啐！」

家康大喝一聲，拔刀猛地刺向身旁，要砍死野野村。野野村一看是家康，

「哇！」

喊叫著逃跑了。家康的刀沒碰著他的身體。這一下令家康更惱火了。

家康眼前，一個名曰門奈長三郎的小姓背後插的小旗搖搖晃動，不僅擋住了家康的視野，都快碰到家康的臉了。

「滾開！」

家康怒吼了。不僅如此，他揮起那柄出鞘卻沒砍著野野村的利刀，嚓！一刀砍斷了長三郎背後旗杆。但家康或許立即就後悔了，到此為止，沒再責備那二人。

濃霧奪走了二十萬人的視野，因為大霧無法活動，敵我雙方一槍也不能放，一直在等待濃霧淡散。

「敵軍如何？」

家康反覆追問，多次離開折凳站了起來，但他沒察覺自己的這種舉動。為了掩飾如此焦慮不被人發

現，他對左右像開玩笑似地說道：

「從前有個能人。」

所謂「能人」，譬如家康青年時代的下屬內藤四郎左衛門等即是。

「他在大霧裡也能看清東西。」家康說道。

「四郎左衛門已經老了，不能來參加這場戰役。」

此話是想說現在的人不行吧。家康環顧左右，眼神盯住了名曰渥美源吾的人。

「源吾在呀。」

家康高興地說。渥美源吾並非「使番」（編註：傳令使），但老於世故，讓他當間諜，會幹得出類拔萃。

「跑一趟，去觀察一下敵情！」

源吾當即抓過轡繩，策馬下山馳去。

他的右肩貼著鑲邊的紙，這是東軍記號。

源吾像霧中游泳般前進，途中一看見霧中人影，就問道：

「山之山？」

這是東軍的暗號。

「麾之麾。」

對方這樣回答，就是自己人。源吾僅跑了十五六分鐘，就立即折回桃配山，向家康彙報。

其實，源吾連一個敵人的影子都沒看見，卻回稟說看見了。

「敵軍形勢，時機正好。我方應當湧上去了。」

源吾大聲報告。意思是應當發起攻擊了。

家康頷首，令源吾退去。然後滿意地說：

「不愧是個老於世故的人。」

家康知道源吾的報告純是謊言，並非來自觀察敵情的結果。然而，所謂「應當湧上去」，說明形勢大好，對鼓勵開戰前的士氣大有效果。

「為何說謊？」

源吾回到陣地，同僚們這樣責備他。

「我心裡十分清楚，今天的交戰，主上不出馬是打不贏的。潮水已達高潮了，不看敵情，主上也該出馬了，而且越早越好。」
「但是，主上早出馬，若淪為敗軍，你做何辯解？」
「笨蛋！」
源吾嘲笑道，不再理睬他們。若淪為敗軍，自己死了，家康也死了。
死人和死人之間哪裡還有辯解?!這就是諳熟戰場機理的老油條的回答。但須謹慎，不可透露答案。
此時，東軍有的步兵部隊在濃霧中進逼敵軍。這是一支三百人許的小部隊，其一馬當先的行動，包括家康在內，東軍誰也不知曉。
部隊主將是松平忠吉。
家康的四兒子，為家康的側室阿愛所生。忠吉年少，卻任武藏忍十萬石的城主，現年二十一歲。因娶井伊直政的女兒為妻，家康命令直政擔任忠吉的輔佐官。
此日，直政來到忠吉陣地後，建議道：

「這是大將的初陣，若如此滯留後方，最終會未見戰鬥，交戰就已經落幕了。大將理應一馬當先，觀看打頭陣的將士們如何奮力衝殺。」
直政親率三十騎，一路陪同，開始霧中進軍。部隊宛似摸摸索索前進，一路上鴉雀無聲。
（迷路了吧？）
連直政這樣老練之士，瞬間都出了一身冷汗。此刻，一名虎背熊腰的騎馬武士衝破濃霧出現眼前，手持一柄鉤形長槍刺來，
「來者何人！」
以破裂嘶啞的嗓音大喝道。
直政一聽覺得聲音好熟，卻是福島正則的物頭、武名天下傳揚的可兒才藏。
（糟了，不妙！）
直政這樣思忖，肯定是碰上了己方先鋒福島正則部隊。這個可兒才藏大概在這裡負責監視可能溜到前線搶頭功的後方友軍。

「從他人關卡旁通過，是何道理？今日打頭陣者非福島左衛門大夫莫屬，難道想溜上前去搶頭功嗎？」

「非也。」

直政報上自己的軍監之名，言語謹慎，並高喊道：「馬上公子乃松平下野守忠吉大人。」

然而可兒才藏巍然不動。

「無論何人，軍法就是軍法！」

「不，我等並非想上前搶功，是根據主上命令，前去窺察敵情。」

直政撒謊了。

可兒才藏也是個身經百戰的老練武將，識破了謊言，在馬上大笑道：

「說是窺察敵情，這般威嚴龐大的隊伍，做何解釋？能騙過其他人，卻瞞不過我才藏的雙眼！」

「噢，覺得可疑，確有道理。」

言訖，直政將帶領的大部分步兵留在福島陣地上，率輕兵擺出宛如前去窺察敵情的架勢走過去了。

可兒才藏怒火中燒，嗓子眼兒呼隆呼隆直響，一口沫狠勁吐在地上。

直政和松平忠吉繼續前進，緊貼著敵軍宇喜多部隊前頭一同行進。這時，雨停了，風刮起來了。

風給戰場帶來了變化。霧氣開始流動，漸漸可以看見雙方人馬和一片旌旗了。

（這也太靠近了。）

直政慌了神。霧若不淡薄，還可以混在宇喜多部隊裡。

宇喜多部隊也發覺了這一群可疑人馬的影子。宇喜多部隊的前鋒指揮，是名播遠近的作戰高手明石掃部助全登。

「那些人影不是我方軍隊。」

他這樣判斷，試探著派去一哨人馬。直政火速做出反應，命令三名持火槍的足輕向前來的宇喜多部隊連續射擊。

這槍聲，成了關原戰場最早響起的槍聲。

其後，直政保護著女婿松平忠吉撤下來。聽見槍聲，東軍先鋒福島正則大怒。

正則將銀色芭蕉扇馬標插在地上，背向明神之森，拿出折凳。這時，他聽見了槍聲。

「被別人搶先了！」

正則大喊，命令擂響戰鼓，全軍開始戰鬥。不僅如此，正則還飛身上馬。

福島部隊的足輕在霧裡活動，朝宇喜多部隊猛烈射擊。

對方則以更大的規模還擊，從明神之森到天滿山南麓這一大片空間裡充滿了槍聲和硝煙。

當然，桃配山頂的家康也聽見了槍聲。

家康焦慮不安，因為霧中遙遠的槍聲倏然停了，僅是偵察部隊的衝突？還是先鋒部隊正式開戰了？家康不甚清楚。

「剛才槍聲確實響了，但又停了。有再聽見槍聲嗎？」

家康詢問左右，他不相信自己的耳朵了。然而，左右沉默，皆歪首猜度。

「緣何默不作聲？」

家康追問時，一個老人實在忍不住，開口講話了。他並非武士。

是家康的馬伕，老人名曰「縋り（sugari）」，字怎麼寫，連他本人也不知道。

老人的身分沒資格和家康說話，但目前情況緊急。長年跟隨家康馳騁戰場，他也養成了第六感。

「屬下認為，交戰已經開始了。主上趕快出馬吧。」

家康和左右都感意外，好像戰馬開口說話了。家康焦急了，問他何出此言？

「剛才聽到了火槍聲，槍聲停了，證明長槍拚殺開始了。」

理由如此。

家康當即採用了他的建議，

「既然如此，吹螺號，讓將士們齊聲吶喊！」

命令了軍營奉行。
緊接著，家康的命令化為螺號聲。強勁的號角聲幾乎吹散了霧氣，撲向眼底的關原，在空氣中迴盪，宣告開戰。
然後德川軍主力三萬人，站在草地上齊聲吶喊。
這波怒吼在橢圓形的關原上空轉圈飛馳，每轉一圈之際，霧裡的遠近各地敵我陣地中就飛出了回應的吶喊。螺號、吶喊、古鉦同時響起，巨聲飛天馳地，碰撞四周群山，回音激盪，一時鳴響不止。
「去看一下先鋒交戰的場面！」
家康向使番下令。家康身邊的使番有安藤直次、成瀨正成、城織部、初鹿伝右衛門、米津清右衛門、小栗忠政、牧野助右衛門、服部權大夫、阿部八右衛門、大塚平右衛門、大久保助左衛門、山本新五左衛門、橫田甚右衛門、鈴木友之助、小笠原治右衛門、山上鄉右衛門、加藤喜左衛門、島田治兵衛、西尾藤兵衛、中澤主稅、保坂金右衛門、直田隱岐守、門宮左衛門等。
這些都是精選出來的戰場菁英，總在家康身邊擔任傳令與偵察的差事。他們後背插的小旗統一在黑底上寫著一個「五」字。
其間有兩騎疾馳而出，是小栗忠政和米津清右衛門。
二人勢不可擋，來到了福島部隊的戰場，看完了概況，
「我方必勝！」
立即撥馬返回，向家康覆命，然而這並非事實。此時福島部隊被宇喜多部隊衝殺得漸漸退卻了數百公尺。
然而，家康並不知曉。
「策馬前進！」
家康下定決心。他捨棄了桃配山，要將指揮所前移至中原。

南宮山

桃配山。

海拔三百八十公尺。

這座可以俯視關原的小山頭，對家康來說未必是一個待著舒服的地方。

（背後南宮山上的敵人，會矛頭一致衝下山來吧？）

這憂慮一直不能離開家康的腦際。桃配山不是一座孤山，它背後高聳著南宮山。桃配山不過是南宮山西麓隆起的小山頭。從南宮山巔到東麓，西軍的毛利秀元、吉川廣家、安國寺惠瓊、長束正家、長曾我部盛親佈設著陣地。比喻說來，彼此好似隔著一道屏風，西側是家康，東側是西軍諸將。他們只要有心，越過屏風很容易刀砍家康後背。

然而，嚴密說來，他們不是敵人。

南宮山巔的毛利、吉川已向家康呈上了誓言書，發誓不戰，當中立主義者。山坡上的安國寺、長束、長曾我部雖未倒戈，但毛利、吉川的大軍壓頂，動彈不得。迫不得已，他們只好按兵不動，採取機會主義姿態，這種姿態還將保續下去。總體說來，家康是安全的。

但是家康並未洞徹他們的內心，說不準毛利、吉川覺得家康近在眼前，心動變卦，會倏地挺槍刺殺而來。

（沒問題吧？）

家康總甩不掉這個疑念，不無道理。

前線局部開戰後，家康一直坐立難安，終於從折凳起身。

「再向前靠近一步。」

這句話並非意味著家康多次嘟囔的「大本營前移」，而意味著家康親自上前去看一看。

「我去一下就回來，眾人都待在這裡！」

家康率近習十騎許，下了山坡，過十九女池畔，來到佈設於十九女池前的本多忠勝陣地。陣地上的人見家康倏然出現，驚異，即刻稟報主將。忠勝慌忙出迎，請入營帳。家康揮手叫來忠勝，表示就在這裡談一談。忠勝無奈，跪在茅草上。

「那裡沒問題吧？」

家康向後望去，嘴朝形似牛背的南宮山努了一努。

忠勝立刻會意，為讓家康放心，他深深點頭回答：

「絕對沒問題！」

家康的擔憂依舊沒有消散，即便讓他們寫百頁長的誓言書也還是保證不了的。

「光就吉川侍從（廣家）而言，沒問題！」

「對於人，不能用『光就』之類的詞。」

「哎呀，他們倘違約要攻打主上陣地，應該開始下山了。請看，他們依然紋風不動。」

（這倒是的。）

他們從山巔陣地進逼家康大本營，必須越過五道山脊，至少需要兩個鐘頭。假設他們至今尚未活動，千真萬確，他們正履行密約。

「那就好了。」

家康要離去了。忠勝歪頭納悶問道：

「就這些事嗎？」

家康沒回答，倏地轉過身去，少刻，走進了霧氣深處。

（看來主上相當焦慮。）

忠勝這樣猜測。若是這等問題，家康何必親自前來，派遣使番就足夠了。剛一開戰，總帥離開大本營，親自來追問，可見他心中懷有相當畏怯之事。

忠勝對家康感到擔心。

（原本就不是個大氣的人啊。）

雖然如此，家康可從未有過這等神色舉動啊。

——今日的交戰，難道會敗北？

忠勝一閃念，立即因這不吉利的妄念感到十分狼狽。為了轉換心情，他趕緊唸誦起自己所知的一切神佛之名：梵天王、帝釋天王、四大天王、日光菩薩、月光菩薩、大黑尊天福神、毘沙門天王、大弁財天女、祇園牛頭天王、十五童子、三十三番神、十二所權現神、九十九所權現神、鹿島大明神、富士大權現神……

此時，安營於四公里之外笹尾山麓的三成，也不由得隨口唸誦神佛之名：

「南無、弓矢八幡大神……」

三成認為自己已經獲勝了。斥候策馬穿過迷霧馳歸，回稟道：家康大本營確實設在桃配山上。

對家康來說，桃配山是最壞的位置。

當初，三成從各個角度推測家康大本營會設於何處。無論怎樣思考，他都認為除了利用關原北側菩提山山麓伊吹村的某個丘陵地帶，別無適當場所。

三成怎麼也沒料到會是桃配山。該處不正是己方佈陣的南宮山一側山坡嗎？

（那般作戰高手，焉能……）

三成難以置信。然而，確係事實。這對己方來說，是最大的意外幸運。三成用力拍膝。

「勝了！」

這是三成的癖習。頭腦這般明銳的三成，卻總是只看事物的一面。譬如，家康這久經沙場的老將，緣何特意選該處佈設大本營？對此，三成不去猜疑。

——莫非南宮山上的友軍已經叛變投敵了？

如果猜疑，必會生出這樣的疑問。但三成的性格總是阻遏這種思考能力，只計算於己有利、於己光明的那一面。很少有人能像三成這樣，缺乏同時解讀表裡的能力。

「朝南宮山，升騰狼煙為號！」

三成以極其明快的聲音高喊。要說明快，自抵達美濃以來，從未見三成流露過如同這一瞬間的明快神情。舉狼煙為號，已和南宮山諸將商定好了。狼煙升起，他們就下山衝向家康的大本營。

狼煙升騰了。

霧已半霽，南宮山上的己方不可能看漏了這股黑煙。

事實上，他們並沒有看漏。

山顛的吉川廣家，清楚看見籠罩西北笹尾山的霧氣被染黑了一個點，狼煙逐漸滲透擴大。

「治部少輔動起來了。」

廣家瞇著雙眼嘟囔。但他不想從山巔松樹根旁的折凳起身。

廣家是毛利家的分支，卻又是出雲富田城主身分，年祿十四萬二千石，官至從四位下侍從，受到故秀吉的特殊優待，受賜羽柴姓。這次作為大坂西軍總帥毛利輝元的代理人，出征美濃，輔佐輝元的養子秀元，紮寨山巔。山巔駐屯廣家直屬部隊四千人，秀元的主力軍一萬六千人，廣家任全權指揮。

山稜線呈南北走向，最北邊是廣家的兵營，南側山頂最高處佈設著毛利的大本營。再略往南稍靠下側，是毛利元政、毛利宍戶就宗、毛利福原廣俊三位家老的軍營。

毛利一方的各軍營使番相繼跑到廣家帳下，問道：

「那狼煙是何用意？」

廣家歪頭，簡短回答：

「沒什麼，只須按兵不動！」

然後將他們都打發回去了。

廣家的側近幾乎都不知廣家與東軍締結了密約，

「主公，現在機不可失。下西山坡，進攻內府陣地，我方肯定馬到成功！」

有人獻策，但廣家置若罔聞。

廣家始終將一切都賭在家康身上了。他想，只有家康可以支撐下一個時代。誠然，現在衝下山去，攻打家康背後，西軍必勝，無可置疑，自己的本家毛利輝元可以取得天下。

但輝元乃凡庸之輩，將導致天下大亂，重現元龜、天正年間的群雄割據，輝元最終必會為某人所殺。倘令家康勝出，戰後六十餘州的大名會放下弩弓歸順，天下可免干戈擾攘，進入大治。向這樣的家康賣人情，可保毛利家安泰。這是廣家的觀測，也是他堅定不移的態度。

——家康必勝。

就連廣家也不能這樣斷定。與其說家康有勝出的希望，廣家才鑽進其保護傘下，不如說廣家在幫助家康獲勝。這是廣家的想法。從這一點看，坐鎮山巔的廣家認為，這場交戰的主角既非家康，亦非三成，而是我吉川侍從廣家。

廣家依然不動。

霧氣快速流動，露出的晴空越來越遼闊了。未久，從三成的陣地可以清楚望見南宮山上的大片旌旗。然而，山巔旗幟一動不動。

（是何道理？）

三成令人再舉狼煙。山巔旌旗依然不動。事實已擺在眼前，三成卻仍不懷疑廣家叛變了。三成思維中不願疑人的念頭，甚至扭曲了他對事實的認識。

此時，左近足踢馬腹從前線歸來，進入三成帳內，氣喘吁吁詢問三成。

關於南宮山的事。拂曉時分，左近向三成認真詢問過此事，這是第二次認真詢問了。

「臣多次打探同一件事，主公切莫不悅。哎，南宮山無事吧？」

左近問道。戰略由三成負責；戰術由左近主導。在左近看來，必須根據戰略來改變戰術，所以這一點應當殷殷確認。

三成的回答依然堅定不移。

「無事！」

他儘管這樣斷言，但多少心懷隱憂，又補充道：

「廣家蒙故太閤鴻恩，受賜羽柴姓，現今應該盡忠故太閤吧。」

聽了三成補充的話語，左近在他沈厚的表情底下，頗覺得三成的個性帶來困擾。對戰術家而言，比吃飯更需要的是盡可能多的現實與事實，此外別無他物。在這耳聞槍聲的戰場上，「應該……吧」這種觀念論，毋寧說是有害的。三成觀察現實之眼受其觀念支配，總是只能看見歪曲的圖像。

「確實如此嗎？」

左近本想再追問，最後還是壓下了這句無禮之言，立即告辭，掀開帳簾走了。出來一望眼下，剛才還是白茫茫的戰場景象，現在開始流動鮮亮的色彩。霧靄的速度似乎越來越快了。

（必須抓緊時間。）

左近心急火燎，馬鞭甩得嘎嘎響。隨著霧氣的消散，敵軍也該開始動了。

在關明神這個地點，東軍福島正則部隊與西軍宇喜多秀家部隊之間的局部激戰依然持續著。

從實況看，福島部隊敗象偏濃。

宇喜多部隊打得非常漂亮，引誘福島部隊深入再痛擊之，擊潰後就跟蹤追擊，儼如貓玩老鼠一般。

宇喜多秀家的本營設在天滿山丘陵上，燕尾旗形的馬標迎風招展。全軍一萬七千人分成五段，鬥志熾烈，似火燃燒。秀家不以政治感覺操縱這一戰，由衷堅信這是一場擁護豐臣家的聖戰，他也向將士貫徹這一觀點。

加之，宇喜多部隊裡的幹將頗多，長船吉兵衛、浮田太郎右衛門、本多正重、延原土佐等侍大將都是名播世間的作戰高手，特別是擔任前衛的明石掃部助全登，可謂天下名人。

秀吉在世時，明石全登任家老，受秀吉青睞，兼任豐臣家的直屬家臣身分，官至從五位下，俸祿額十萬石，享大名級待遇。這一點與上杉家的直江兼續相似。

全登擅長活用火槍部隊。首先，當福島部隊靠近時，排槍反覆射退敵人後，看準時機派出長槍隊，抓住敵人的空隙，攻擊馬隊。如此緩急適度迴圈，毫不紊亂。

未久，霧散。全登立即斷然發動前衛部隊八千人的總攻，將福島部隊打得落花流水，最終退卻了四、五百公尺。

面對自家軍的不中用，正則盛怒，飛身上馬跑入亂軍中縱橫驅馳，手裡揮舞著銀色的芭蕉葉形馬標。

「給我死戰！給我死戰！」

正則大喊著，力圖扭轉潰退之勢。然而一旦出現潰退傾向的步伐，就難以停下來了。

「後退者，斬！」

正則大叫著。

「敵軍心虛膽怯，他們沒有預備隊！」

他大叫著，曉以利害。正則所云有理。東軍有德川主力軍為預備隊，西軍每個陣地都只有一層。

「殺回去！」

正則終於將馬標扔給了火槍隊長，挺槍要衝向敵軍。受正則激勵，跑出來幾個人。星野又八郎單騎從己方隊伍中衝出去，擔任頭領，掄起大薙刀砍殺追來的敵軍。轉瞬之間薙刀被打落，戰馬被刺倒，又八郎落馬，被砍下了首級。

此外，可兒才藏逆著潰退的己方大軍，朝敵軍衝殺而去，一直殺到握槍的手都因鮮血而打滑了。他終因精疲力竭，最後左右躲避著追來的敵人，跑進了己方隊伍。

才藏遁逃後，福島部隊的前鋒四散，中軍崩潰，後衛開始不停退卻。

此刻，若非加藤嘉明和筒井定次的兩群人馬前來側擊宇喜多部隊，福島部隊大概就全軍覆滅了。

加藤嘉明身穿紅線縫製的鎧甲，披著白色外褂，引兵八百，攻擊佇列極度分散的宇喜多部隊。明石全登當即停止追擊福島部隊，收縮隊伍，以應對新的局勢。

此刻，時間已過了上午九點。

混亂

雲彩還很低。

笹尾山頂融進了不知是雲還是霧的靉氣中。山麓的高臺視野開闊了起來，以此地為大本營的石田部隊的旗幟，一目了然。

一杆杆旗幟迎風呼呼作響，兵卒不動。不動是兵法之一，因為已占地利。憑此可以充分誘敵而擊之，擊潰之後，挺進中原。

西軍防衛部署次序如下：

第一隊

島左近、蒲生鄉舍

第二隊

舞兵庫、高野越中、樫原平吉

第三隊

三田村善七郎、大山伯耆、大場土佐

第四隊

牧野傳藏、高橋權大夫、喜多川平左衛門

東軍判斷石田部隊的鬥志最熾烈，便安排黑田長政與細川忠興與之抗衡。眾所周知，此二將在戰場上最勇猛，而且他倆比誰都更憎惡三成。黑田長政平時就常以福島正則式的說法揚言：

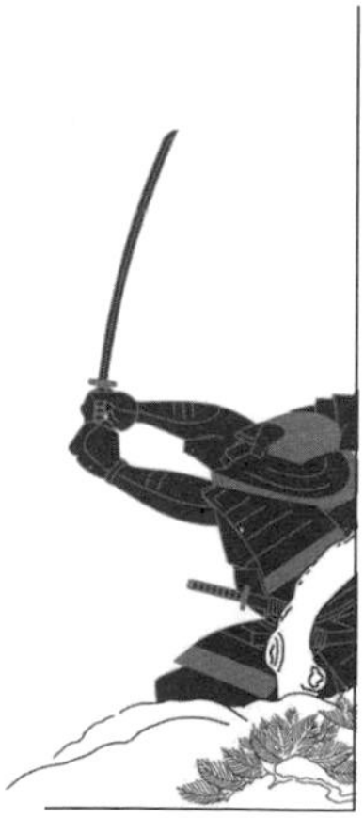

「我要生啖治部少輔的肉！」

特別是在開戰前運作各大名一事，長政戮力進行，甚至比家康還著力，幾乎都是他所完成的。攻擊石田部隊，沒有誰能比他倆更合適了。

此日，黑田長政想親手砍下三成的腦袋。頭一天夜裡，他從家臣裡選出十五名最頑強者，組成了特別戰鬥隊。他說：

「我要殺進治部少輔的營帳，與他一對一單挑決勝負。如果開戰了，各位不要離開我的鞍前馬後，不要搶先，與我的坐騎同時前進。若搶先，縱然取得了首級，也不算立功！」

以長政為首的整支黑田部隊，不諳熟戰場地理，只得趕緊依賴嚮導——竹中丹後守重門。

此人是竹中半兵衛重治的三子，秀吉的少壯時代，半兵衛任秀吉的軍師，赫赫有名，三十六歲病歿。父亡之際，竹中重門還是個幼兒，受到秀吉呵護，十六歲官至從五位下，任丹後守。可謂亡父留下的餘蔭。竹中重門是豐臣家的直屬家臣，領俸祿六千石，住在父親的故鄉美濃菩提山，領地在關原附近。

此年，重門二十七歲。

他是一個繼承了父親半兵衛血統的聰明人，只是沒繼承父親的軍事才幹。竹中重門富有文才學識，若將他的出生時代改換一下，他會度過另一種人生。晚年，他在江戶撰寫父子兩代服侍過的秀吉之傳記，未久，寫就《豐鑑》一書。此書的結構與行文皆模仿《增鏡》（編註：十四世紀的歷史故事，作者不明，主要描述承久、元弘年間的討伐幕府活動，以及鎌倉時代的宮廷生活，亦包含歌集和日記），以純日本文體寫就。其節制文風令此書可列入江戶初期的名文中。

關原決戰的前夜，重門屬於西軍，率援軍進入尾張犬山城。他對內部不統一的西軍感到絕望，恰在此時，他接受了同僚加藤貞泰的誘降，立即從尾張返回美濃，努力促動領國內諸將倒向東軍。

開戰之時，重門引兵百人，成為黑田長政手下的武士。他熟悉地理，擔任戰場嚮導。

長政到達關原陣地後，靠重門帶路，在小栗毛的河灘上佈設了防衛陣地。

陣地前流淌的河流叫相川，相川對岸是石田陣地的前沿高地。

少時，南邊霧氣裡傳來了福島部隊和宇喜多部隊激烈衝突的槍聲，其他東軍前線部隊尚無動靜。

「都怯陣了嗎？」

長政手抓膝蓋，心裡焦急，但也沒有出動。若僅有自家部隊衝去，友軍萬一不跟上來，那只是自取滅亡。與其說窺探敵人動靜，毋寧說長政更注意部署在自家部隊左邊的友軍動向。但他們旗幟一動不動。他們也都在觀望，左右友軍出動後，自己大概才能出動吧。

（都怯陣了。）

長政想打頭陣，忽然，他發覺了重門的存在。

重門應當打頭陣，這是作戰的慣例。自古以來，戰場地盤的所有者或者降將，都須在前頭衝鋒。重門兼備這兩種身分。

「丹州（重門）大人，」

長政讓使番去和重門打招呼。

「在思索何事？是想堅決打頭陣嗎？我們願恭聞其詳。」

重門聽得此言頗感困擾。與參加這場戰役的許多武將一樣，重門也打算儘量減少自家軍隊損失，並能寄身於勝方，更何況自己僅是剛達百人的小部隊。大部隊還好說，這麼點人帶頭渡相川衝入敵陣，獲得的惟有巨大損失而已。

然而，重門又不得不出動。

重門的小窄臉轉向了使番，解釋道：

「現在正在修馬蹄鐵。」

重門令眾人著手準備。俄頃，一切準備停當。

「牽馬來！」

重門搖動的麾令旗在空中呼呼作響。他下令擂起戰鼓，催動部隊出發。

兵卒不邁步，前面好似高聳著一堵牆壁。背後的戰鼓擂響，好不容易步伐才邁動起來。那行動宛如傾全身氣力一點點推動空氣的牆壁。

不久，隊伍渡過了大河。在東軍全體右翼諸將中，重門這支部隊一馬當先走在最前頭。

黑田部隊和細川部隊都動起來了。

隨之，加藤嘉明主力部隊兩千幾百人走出了霧氣，開始與黑田、細川兩支部隊齊頭並進。加藤部隊剛才馳援福島部隊，嘉明向北轉，來到這裡。

田中吉政的三千人部隊，當初也佈設在關原的中央位置，在霧中北進，來到了石田陣地前。生駒一正一千八百人的部隊尾隨其後，都希望與三成交戰。若能摧毀三成陣地，宰了三成，就立下這戰場上最大的功勞了。

嘉明轉向北進的理由，實際上帶有一點衝動。

嘉明發現福島部隊遭到宇喜多部隊慘重打擊，行將崩潰，下令馳援，大喊要側擊宇喜多部隊的鬆散薄弱處，救福島部隊於危機之中。然而，主將正則非但不感謝，還一邊縱馬驅散敵人，一邊大喊大叫：

「哎呀，孫六（嘉明的通稱）跑來了，戰功別讓這傢伙搶走了！惟有我們才是這方面的先鋒！」

聽此言，嘉明怒不可遏。

當年，左馬助加藤嘉明通稱孫六，左衛門大夫福島正則通稱市松的時候，二人就是同僚，同時當秀吉創業時代的兒小姓。二人還都是賤岳之戰中世間所稱的「七本槍」。其後，二人在秀吉殿上也屬同一團隊。正則性格急躁，嘉明有忍耐力，二人的關係並不壞。

儘管如此，眼下遭到正則劈頭蓋腦一頓非難，嘉明忍無可忍了。

「那好，就靠你市松一杆槍吧！」

言訖，嘉明收兵，移動在霧氣裡。而今出現在石田陣地前面。

望見加藤嘉明、田中吉政、生駒一正各部隊的旗幟逐漸靠近，黑田長政放下心來，但又覺得自己的獵場遭到別人踐踏。

「前進！」

長政拍打馬鞍，激勵自家軍隊，自己則跑出中軍，想衝到前衛處。因此士卒也加快了步伐。竹中重門的小部隊已經過河登上對岸了。

黑田部隊也渡河了，會合重門的小部隊，同時開始槍戰。

火槍隊衝在最前面，不斷裝槍藥擊退敵人。接著，比火槍射程短的弓弩派上了用場。弓弩隊代替火槍隊衝到前面，猛烈射箭。長槍隊看準時機出動，騎兵隊再一躍登場，成了戰場主角。

遭到攻擊而奮起反擊的石田軍左近部隊和蒲生部隊，戰法與黑田部隊一樣。終於短兵相接，左近縱馬於亂軍之中。

「衝啊！殺啊！」

左近以低沉而脆快透徹的沙啞聲叱吒己方。戰後，黑田家家臣們每逢夜談，左近的嗓聲必然成為話題。

「那種刺耳的聲音，現在還沒消失。」

許多人且講且毛骨悚然。

左近部隊的衝鋒勢不可擋，輕巧擊潰了兩倍於己的黑田部隊。黑田長政為自家軍殊死督戰，但無法穩住潰退的步伐，終於像大海退潮般退卻了。

接著，田中吉政的三千人部隊出現在左近部隊面前，不給左近部隊喘息的機會，立即攻打。左近巧妙地交替活用火槍與騎兵，發動衝鋒，打擊敵人，後來舞槍身先士卒，斷然發起騎兵隊的衝鋒。

這場衝鋒非比尋常，士卒的臉上都帶著即將癲狂的表情，無人怕死。

「表情都一樣。」

田中兵部大輔吉政在馬上毛骨悚然。吉政是近江人，與三成的關係不壞。他對三成的評價總是很冷靜的，與正則、長政不同。吉政熟知石田家的士卒對三成心悅誠服。其家風的統一特色，巍然遠超出其他家。

（治部少輔那傢伙，好像對全體足輕都貫徹決死的理念。）

吉政這樣判斷。這大概是觀念主義者三成的特徵吧。三成肯定是向士卒說明了這一戰的意義，令其滲入士卒心底，然後再部署隊伍。

（否則，不可能表情都一樣。）

吉政這樣推測。吉政少年時代抱一杆鏽槍，寄身近江小豪族宮部善祥房家。爾來三十餘年之間，他馳突過無數沙場，在審視敵我士氣方面，他比誰都老練。

（與這樣敵人正面交鋒，只會傷亡巨大。）

吉政這樣認定，對被打擊得不斷後退的手下士卒，一概不叱喝。他脫力了，順其自然。其間，吉政的部隊後退了二三百公尺。

卻說三成，他壓著攪勁疼痛的受涼肚子，從山上大本營瞭望戰況。

（無可置疑，我方必勝。）

他這樣堅信。

為了不讓置敵於死的良機流逝，三成向天滿山的宇喜多秀家升起了發動總攻擊的狼煙信號，又遣使番荻野鹿之助奔往島左近處，激勵鬥志。

三成拋棄了折凳。

跑下大本營的山丘，來到寨柵邊，在這裡指揮戰鬥。先鋒左近、蒲生兩支部隊遙遙離開了主力軍，不斷將敵軍驅往南方。指揮所幾乎都不得不南遷了。

（我方必勝。）

三成忘記了腹痛。

東軍各隊一片混亂，像遭人驅趕的雛群一樣，四散奔逃，後退者與原地不動者堆疊互撞，不可收拾。組長看不見組員，組員混雜到其他家的隊伍裡，事實上指揮已經消失了。

（這麼大規模的軍隊，如此狀態。）

田中吉政在儘量不損兵折將的情況下逐漸撤退。己方失去控制，令他覺得憫然可笑。東軍有鬥志，卻無統一指揮。列位大名急於立功，隨意進擊，潰敗時又任意退卻，然後就是各部隊你推我擠，亂作一團，不成戰鬥體統。

吉政之所以選擇跟隨東軍，因為他確信東軍能勝出，這個盆地裡的戰況證明了這一點。誠然，西軍現在佔優勢，但戰鬥的只有石田部隊、大谷部隊和宇喜多部隊。

余皆旁觀者。

（有兩萬人左右吧。）

吉政估算在這盆地裡奮戰的西軍實數就是這些。再看己方的東軍，總數七萬幾千人悉數出馬，握槍面對敵人。

（總之，東軍必勝，暫時不必勉強。）

這位戰場高人如此認定。脫力僅限於己方如此混亂的時刻。在觀察戰況推移的過程中，遲早會出現一座可以明快威武拚殺的舞臺。

在這一點，吉政是老練的強手。黑田長政和細川忠興都青嫩，心急如火，拚死想穩住陣腳。細川忠興不知不覺陷入敵群，他慌忙拔刀不斷撥開敵人長槍，縱馬跑回自己隊伍。

亂軍之中，黑田長政和細川忠興策馬擦肩跑過去了。

「越中！」

長政拉住韁繩，朝著忠興呼喊。

「咱們這麼做吧。我若目睹你如何廝殺，將來我向內府反映一下。反過來，你若目睹我如何心勞，將來也給我做個證人。如何？」

長政略從馬鞍起身，伸過頭來問道。忠興感到不快。眼下身處這等敗軍之中，長政還一味算計立功之事。現在應當做的惟有竭盡全力，重整敗軍。

「我不管那些事！」

忠興脫口說出。

「如大人所見，我還沒立下什麼戰功。大人究竟如何辛勞我也沒看到。在亂軍中互相確認戰場表現，沒意義。」

忠興轉過臉去，縱馬跑走了。

長政也踢著馬腹向東馳去，「呸！」吐了口吐沫。

（越中，你等著瞧，將來給你一點顏色看看！）

長政一邊這麼琢磨著，一邊在左近、蒲生部隊的進攻下，向後退去。

人和

這是後話。

……多年後，春季一個恬靜日子裡，在筑前福岡城裡某處所，黑田家年邁的武士們回憶遙遠已逝的關原決戰諸多往事。

自然，話題逐漸向一個主題集中。在石田軍面前，黑田長政部隊好像落網的鳥兒一樣，雙翅撲騰，陷入了幾近滅亡前的狀態。

「哎呀，島左近真可怕！」

一個人說道。這時他回憶說，「衝啊！殺啊！」當年島左近在馬上搖動麾令旗叱吒自家軍的那種聲音，至今還不絕於耳。這成了一個有名的故事。

眾人皆有同感。話題又轉到當時左近的戎裝上。

「一身漆黑鎧甲，頭盔上沒有裝飾物，後背沒插小旗，鎧甲外披的無袖外罩是土黃色的。」

一人這樣回憶。

「後背沒插小旗，但無袖外罩不是土黃色的，是灰色的。」

又一人提出了異議。還有人說：「哎呀，左近後背插著小旗。」無袖外罩的顏色也因每人的記憶不同，說法不一。

眾人同時想起來了，恰好黑田家有一個服侍過石田三成的武士，當年在左近手下。於是遣人將那人叫來，聽他講一講那日左近的戎裝。

結果是，除了後背沒插小旗一事，其他方面，老武士們全都記錯了。

首先，頭盔有飾物，朱紅色月牙形「天衝」足有三尺高。

鎧甲是紫檀色塗漆胸鎧「桶革胴」，細皮繩菱形交叉連接鎧甲片，外面套的是棉布無袖外罩，顏色是蔥心綠。

「哎呀，真是汗顏！」

老武士們凝視著未經沙場的青年武士說道。

「小夥子們啊，別笑我們膽怯。現在一想起那個緊張場面，還毛骨悚然呢。因為太可怕了，豈止是連敵將的鎧甲和顏色都沒看清，連頭都不敢抬呀，這就是證明。」

老武士們又說道。

這個故事載於古書《故鄉物語》。此外，此書還收入了一個人的談話。關於這段談話，引用其中文字如下：

各位可曾忘記？一聽到島左近，現在仍令人膽戰心驚。我們若不開槍射擊，我等的腦袋就被他拿走了，如同探囊取物。

在混戰與潰逃過程中，黑田長政決定以槍戰來對付左近，便組織一個狙擊部隊，匆忙出發了。

狙擊隊長是菅六之助（後稱和泉）。

他是自如水當家時就跟從黑田家的譜代家臣，少年便博得武勇大名。黑田家的後藤又兵衛與此人，名傳其他各家。

菅六之助的容貌奇特，臉上長著一個大痣，嘴唇缺了一半，牙齒凸露出來。朝鮮戰爭時期，中了明軍毒箭，傷了臉面，他引以為恥，嘴總是用白布捂著。

菅六之助轉到了左近的左翼，急速來到其附近的小丘上佈下火槍陣地，將百餘杆火槍一字排開，瞄準了左近。

一齊開火。

其中三顆子彈擊中了左近的左臂、腰左側和坐騎。

左近的坐騎前腿折了，俄頃倒地。左近棄馬，拄槍站了起來。

「別管我！衝啊！殺啊！」

左近想這樣喊，卻喊不出聲來了，只見他盔簷下一臉憤怒相，活像張口成「阿」字嘴型的仁王。少刻，左近和槍同時倒下了。

左近負傷，動搖了他部隊的軍心。騎馬近衛將他護送到寨柵之內。因此，陣形潰亂了。

加之，山丘上菅六之助的火槍隊瞄準左近部隊俯射，一刻不停。左近部隊有些將士向山丘上的火槍隊三次衝鋒，均遭到山麓的加藤嘉明部隊和新參戰的戶川達安部隊狙擊，未能奏效，最後陷入了極度苦戰。

…………

（這可不行！）

柵內的三成從折凳上起身，臉上的汗全消了。

「鳴金收兵！」

必須救出左近。失去主將的左近部隊一片大亂。若放任不管，勢必全線崩潰。

左近部隊的士卒爭先恐後撤到寨柵內。

石田部隊這道前衛的崩潰，倏然令敵軍威勢大振。附近東軍各部隊停止了退卻的步伐，重整陣形，少時，吹螺號，擂戰鼓，攻擊石田部隊。

此刻，蒲生鄉舍在寨內。田中吉政部隊想占尾追之利，最先追來，遭到蒲生鄉舍迎擊，頃刻間被擊退了四百多公尺。

（敵軍勢弱。）

三成坐回折凳上，一放下心來，又覺得己方必勝。

（必勝。——如果現在側擊敵人。）

他這麼認定，命令一支部隊迂迴攻擊敵人腹背。

三成冷靜下來後，發現霧散天晴。

視野可以擴展到山麓了。所有丘陵上旗幟林立；原野上，盔甲與將士後背插的小旗波動，捲起了色彩的漩渦。

戰況對三成一方有利。

在天滿山麓，宇喜多部隊遊刃有餘地耍弄著福島部隊等；石田部隊陣前的敵人，多次被擊退了。

（然而，南宮山和松尾山上的己方部隊還是沒出動。）

他們若現在衝下山，己方必勝，這在誰看來都是千真萬確之事。

三成想高呼，他下令又向上述部隊升起了狼煙。

這時，石田部隊不太寬闊的陣前原野上擠滿了敵軍兵馬。

不僅有黑田長政、細川忠興、竹中重門、加藤嘉明、田中吉政、戸川達安等人的部隊，就連位於戰場中央的佐久間安政、織田有樂齋、古田重勝、稻葉貞通、一柳直盛等人的小部隊也有這樣的心情：

——要攻就攻治部少輔的陣地！

他們擁擠聒噪著，奔馳麇集此地。

石田陣前的原野狹窄，敵軍得不到充分施展。加之石田部隊的火槍射擊十分激烈，難以接近。

這個戰場總體上不可思議的是，西軍兵力的三分之二紋風不動，三分之一兵力殊死拚殺。與此相對，東軍傾全力驅馳衝殺在各戰場。從實際人數上講，西軍對抗著四倍於己的敵軍，然而，戰況卻越來越有利於西軍。

（必勝。）

三成這樣認定，但將此落實為決定性的信念，他又感到焦躁煩心。想勝利還需要一個條件，即友軍能加入戰局——哪怕只派出十分之三的兵力。

「島津部隊在做什麼？」

三成哀鳴似地說道。就連島津部隊也一動不動。島津部隊部署在石田主陣地右翼，位於北國街道沿途。至今卻未放一槍，偃旗息鼓，旁觀戰況。

「助左衛門，馬上去一趟島津軍營，催他出戰！」

三成向名曰八十島助左衛門的小隊長下令。三成適才曾派此人前去督促過。

島津豐久只是點頭說道：

「得令。」

依然不出兵。

八十島擔任第二次督促使又縱馬上路了。此人是三成的老臣八十島助左衛門道人之子，平素能說會道，三成與其他家聯絡時，常派為使者。但他做不出有益於戰場的大事。

八十島披上防箭袋，策馬出發了。

島津惟新入道和島津豐久的心境，與戰場上任何一個戰將都不一樣。毋庸置疑，島津與己方不出戰的諸將相異，絕無倒戈投敵之意。

島津部隊並不想拒絕參戰，但複雜的理由是，極不願在三成指揮下作戰。

「敵軍若攻到島津部隊陣前，必擊退之。但不為治部少輔而戰。我們已不是西軍的一部分了。」

島津豐久對部下這樣說道。島津惟新和島津豐久將對三成的感情很複雜，緣由多得堆積如山。譬如，此前三成撤銷大垣城外戰線時，對鎮守前線的島津部隊棄之不顧。接著，在大垣城召開的最後一次軍事會議上，島津豐久提出的夜襲方案，連議論都沒議論就否決了等等。再進一步說，在西軍裡武略最出類拔萃的島津惟新，並未受到三成適當的優待。

——治部少輔那廝身份低微，無武道閱歷，緣何趾高氣揚命令我等？

這種心理不限於島津惟新和島津豐久，也窩在島津家小隊長以上的人物腹中，使得島津部隊一直採取凍結戰鬥隊形的姿態。

——島津部隊做何打算？

東軍也在揣測，懼怕島津家的武勇，不敢輕易攻擊。在這般亂軍之中，自然，島津部隊繼續保持這個姿態。
就在這時，八十島縱馬而至。
他在馬上對島津豐久說道。是八十島太焦急慌
「前來催促出戰！」
促？還是主公的傲慢癖習傳染了他？他沒下馬。
這舉止違背軍規。八十島飛快地傳述了旨意，但
這種方式，說什麼都沒用。
「還不下馬嗎?!」
島津家擁上幾個武士，揮刀欲砍。八十島驚駭，
慌忙掉轉馬頭跑了。
三成聽了八十島的覆命，又沒看見現場，勃然大
怒，幾欲發狂。
「竟敢揮刀驅逐軍使！」
言訖，三成飛身上馬，自任軍使，離開了大營。
他策馬奔馳，捂著下腹，腸子擰絞似地劇烈疼痛。
三成來到島津陣前下馬，走到島津豐久近前。由
於下痢，三成臉色蒼白。

「為何不出兵？現在勝利在望！」
（勝不了。）
島津豐久這樣判定。西軍只有一部分部隊瘋狂作
戰，預備隊大軍團的大旗無意移動。在島津豐久看
來，瘋狂作戰的各部隊體力消耗得精疲力竭之際，
就是西軍敗北之時。
「現在，」
三成接著說道。
「我們要攻擊敵軍大本營，一舉決定勝利。還望能
有貴軍隨之。」
「用不著大人這份關心。」
豐久坐在折凳上回答。
「我家原本就反對在這關原與敵軍正面交鋒。在大
垣我們獻策發動夜襲，大人卻拒絕了。大人那當時
的傲慢言行與小兒般的幼稚，現在還留在我的眼裡
和耳中。」
「但、但是，」

此時，三成才發覺對方感情的扭曲，為之愕然。

「那等事，將來再說。現在正是鏖戰的高潮啊！」

三成的語尾像哀求似地顫抖著。

「確實正當鏖戰的高潮。」

豐久的眼睛不看三成，凝望前方，又張開了嘴唇。

「然而，敝人覺得今日的戰鬥是各自隨心所欲的戰鬥，僅是為了無愧於自家的武道名聲。故此，雖然好不容易張了一回口，對不起，別人家的事，敝人已無餘力去管。」

「中務大輔大人。」

三成喚其官名。

「幕後的島津惟新入道大人，也是這般意見嗎？」

豐久在前陣，總帥島津惟新在後陣。故而三成這樣問道。

「後陣的事，」

豐久沒瞧三成，這樣回答道：

「我不知道。仗打得這麼激烈，已不能顧及後陣的意向如何。大人就認為這是島津家的意向吧。」

「……」

三成一時語塞，再無話可說了。

戰況在發展，不能留在這陣地與薩摩的年輕先鋒大將議論下去了，必須火速返回自己陣地。

三成策馬回營，

（究竟這場戰爭後果會如何？）

心緒黯然。三成不認為這一切都是自己性格造成的。其實，歸根結柢，所謂戰爭是主將性格的作品，然而，三成不這麼認為。

（自己若是百萬石的身分就好了！）

三成咬牙切齒地懊惱思索著。晚年的秀吉移封無能暴虐的養子小早川秀秋，曾打算將北九州的百萬石封給三成。

三成卻這樣謝絕：「惟有在距離京城大坂很近的佐和山，更能效力豐臣家。若是拜領難得的廣大領地，人在九州，難遂此願。」

（若有那一百萬石！）

理所當然，自己可以親率三萬以上的直屬大軍來此戰場。西軍的核心軍隊若有三萬人，諸將都會悚懼三成的武威，我三成制定的戰略戰術，他們一定會搖尾服從。

（一切全靠實力。十九萬餘石的實力，成不了什麼氣候。）

現在，三成爲能不再次懊悔此事。

三成回營後，左近坐在草地上，脫光了上身，讓人往傷口上塗抹「軍中膏」。

「左近，能動了？」

三成高聲問道，疾步來到左近身旁。他沒料到左近已經能起身坐定了。

「說什麼呢，豈止能動，馬上就可以作戰了。」

左近仰望三成，想笑起來。可能因失血過多，臉色蒼白，微笑反倒顯得形象淒慘了。

「島津搬不動。」

三成貼近左近耳朵，低聲說道。三成不想讓其他將士知道。

「南宮山上的毛利、吉川、安國寺、長束、長曾我部，還有松尾山上的小早川，看他們那種態度，到最後也不像能挪動的樣子。」

「還很難說。」

「說什麼呢，他們若不動，還談何勝負成敗。主公為了名傳千古，應當加緊努力啊。」

「還沒死心斷念。」

「山上的事，考慮到此即可。我們若一推進，二推進，三推進，步步勝利前進，山上那幫騎牆派就忍耐不住了，會主動跑下山，來到我們跟前。事到如今，只有盡死力奮戰，調配好作戰的色彩。」

「左近，你還能馳突沙場嗎？」

「胳膊不聽使喚，腿還行。即便腿不行了，嘴還能說話。」

少刻，左近從肩頭到腋窩斜向包紮的白布，鮮血滲了出來，白布染得通紅。如果血流不止，則難保左近的生命延續很久。

左近穿上了戎裝，兩個家臣從背後攙扶著，他站了起來。

霧靄

在戰場背面，時間也流淌著。南宮山東麓的安國寺惠瓊，聽著山那邊作戰的廝殺聲開始焦急了。

「還沒結束嗎？」

安國寺多次嘟囔著。嘟囔就是這老人的行動。

家臣看不下去了，建議道：

「別人的事讓別人琢磨，安國寺家單獨出擊吧。」

所謂「家」，嚴格說來，是用語不當，出家人無家。安國寺惠瓊不是一個普通出家人，他是禪宗東福寺派的大本山長老。作為禪僧，這是最高身分了。另一方面，惠瓊還是個大名，秀吉賜他伊予國年祿六萬石。安國寺現在率兵一千八百人，在伊勢路的戰場攻打東軍安濃津城，惟有他的部隊獲取了敵人四十七個首級。取敵首級乃是惠瓊家臣們的主業。

惠瓊本人總是穿僧衣，不著戎裝，進退行走都坐轎。

「宰相還沒動啊？」

這是他目前焦躁的一切。所謂宰相，即紮寨山巔的毛利秀元。

在三成和惠瓊的奔走下，毛利輝元被選為西軍總帥。中納言輝元輔弼秀賴，停駐大坂。

毛利軍的一部分，駐紮在關原東側的南宮山巔。這支外出部隊的總司令官是輝元的養子、毛利宰相秀元。

「儘快下山參戰吧！」

山麓的惠瓊不知向山巔的宰相秀元派去了多少次使者，傳達一己建議。

「現在立即下山。」

秀元每次都這樣答覆來使。只滿二十一歲的這個年輕人，應該不會有惡意。總地說來，宰相秀元是一個心靈健康人品好的青年。

只是才幹過於平凡。第二次出兵朝鮮時，秀元以毛利家主公代理人的身分率三萬大軍渡海。但陣中一切，全聽憑毛利家分支的吉川侍從廣家支配。

即使眼下，一切依然任從惠瓊和吉川廣家。

惠瓊是外交顧問，吉川廣家任軍事顧問。然而，說起關係沒有誰能比他倆更壞的了。因此毛利家分裂成石田派的惠瓊和家康派的廣家，分別運作毛利家。眼下陣中，廣家的工作成果逐漸獲勝。儘管三成多次強烈請求出兵，坐鎮大坂的總帥毛利輝元依然不動，這就表明廣家成功了。

如今在南宮山情況亦然。受到山麓惠瓊的催促，毛利秀元想下山，怎奈吉川廣家紮寨於山脊道路的途中。

「再稍等片刻。」

廣家這樣建議，不讓秀元出動。

毋庸置疑，宰相秀元並不知曉參謀長吉川廣家已經單獨與家康和解了。

「戰機尚不成熟。」

吉川廣家以此為由，阻止秀元出戰。在作戰方面，宰相秀元只能對廣家言聽計從，別無他法。

「戰機不成熟，沒辦法。但安國寺總來催促，令我不安。」

「一個和尚，如何懂得作戰之事！」

廣家唾棄似地說道。他恨透了惠瓊。為了使惠瓊及其謀友三成沒落下去，廣家早就打算和任何人聯手。與家康聯手，與其說是為毛利家的未來著想，毋寧說是出於這種憎惡。

早上八點前後，山麓的惠瓊聽到山的彼方關原的槍聲，從此刻到十一時之間，惠瓊先後向山巔派去了數名使者。

宰相秀元就是不下山。

（或許他投敵了？）

惠瓊產生了不祥的預感。

（廣家那混蛋，該不是給家康當內應吧？）

惠瓊猜想，難道他會做出那等事來？但又想，廣家無論怎樣恨自己，也不至於墮落到那種地步——不管怎麼說，毛利家是西軍頭領呀！頭領本人要投降家康，任憑惠瓊的想像力如何豐富，也難以推測到這種程度。

惠瓊認為，果真如此，歸根結柢，毛利家也不可能平安無事，毛利家或者被摧毀，或者被削減領國，二者必居其一。

（吉川廣家再蠢，這點判斷力還是有的。）

廣家卓越地完成了近似於驚險雜技般的戰場交易。這件秘事，廣家沒告訴擔任主帥的宰相秀元，但他曾用另一種方式對秀元說道：

「我收到了大坂中納言（輝元）大人的來信，不許我們輕舉妄動。」

不消說，這是廣家在撒謊。

「所謂『不許我們輕舉妄動』，並不意味著不許作戰啊。」

宰相秀元搖頭困惑。但萬事任從廣家，對其言惟有聽從。

這個人品很好的青年覺得，這樣做，自己對不住惠瓊。一次又一次被催促，秀元終於沒有藉口了。

「正在吃便當。」

秀元讓家臣這樣答覆來使。秀元不會撒謊，於是就吃起便當來，還讓家臣們也一起吃。安國寺的使者每次登上山來，秀元吃便當就成了藉口。

「吃便當，花費的時間也太長了。」

終於，有個使者這樣諷刺道。最後，到戰鬥結束這一期間，毛利宰相秀元一直在吃便當。於是，戰後的世間流行一句揶揄之言：

「宰相大人的空飯盒。」

另一名青年，駐紮在海拔二百九十三公尺的松尾山巔。

此人是中納言小早川秀秋。

他就靠與北政所的血緣關係，成為筑前、筑後五十二萬餘石的大大名，官階高至從三位中納言，然而，這個青年的智慧遠低於常人。

秀秋長得身材矮小，臉形也窄小，幾乎等於沒長下巴，嘴唇小得令人擔憂，皮膚很薄。

那臉盤怎麼看也不像個大人，好似三四歲的娃娃。

「你要擁戴家康！」

將秀秋從襁褓中撫養成人的北政所，暗地這樣開導他。

「故殿下要將你從筑前的五十二萬石削減遷移到越前的十五萬石，是因為聽了治部少輔的讒言。」

北政所又這樣說道。減封改易、遷至越前一事，所幸因秀吉之死而中止了。至於三成的讒言導致秀秋減封改易這一傳聞，秀秋也早已聽到了。

不言可知，這分明是毫無根據的小道消息，秀秋卻想當然耳，一直記恨三成。

然而若說秀秋因此主動暗通家康，毋寧說將秀秋引上暗通之路的功勞，屬於家老平岡石見。

平岡石見老於世故，原本是豐臣家的旗本，秀吉器重平岡石見的資質，特選他任秀秋的「傅人」（編註：為尊貴者照顧孩兒的男子）。後來，秀秋當上了領地遼闊的大名，聘平岡為家老，賜年祿兩萬石。

平岡娶黑田如水的姪女為妻，與黑田家結為親戚。黑田長政從親戚角度說服了平岡，勸他加盟東軍。平岡已經對豐臣家的前途感到絕望，約定內應，並將胞弟送入長政陣中當人質。

平岡又說服了同僚老臣稻葉佐渡、川村越前，達成一致意見，然後勸說秀秋，獲得同意。

早在西軍還駐紮大垣之際，秀秋就和黑田長政締結了秘密約定。

家康欣喜，將旗本奧平藤兵衛貞治派到小早川軍營監督；接著，黑田長政也派大久保豬之助進入小早川軍營監督。

開戰在即，三成登上山來與秀秋商議出兵事宜時，上述兩個東軍聯絡官已在營中。三成大意，沒有發覺。

當日早晨，宇喜多部隊和福島部隊在霧氣中激烈衝突時，

「石見，何方可獲勝？」

秀秋問了平岡。透過山麓來的傳令使，平岡瞭解東軍福島部隊不佔優勢，但平岡心裡琢磨，對秀秋這種不定性的人是否該如實傳達戰況。

「毋庸置疑，我方必勝。」

平岡臉不變色地回答。

秀秋的感覺停留在「我方」這個詞上。「我方」指的是東軍還西軍？一瞬間，他的頭腦混亂起來。

「所謂『我方』，指的是何方？」

秀秋追問。

「主公，事到如今，何出此言？『我方』指的是內府大軍呀！」

「確實可獲勝嗎？」

這是秀秋的風格，他強烈關心勝敗。

「如何獲勝？」

秀秋目不轉睛，看著平岡。

「我方先鋒是左衛門大夫，他以秋風掃落葉之勢，壓住了備前中納言（宇喜多秀家）的威勢。」

「霧氣茫茫，看不見山下戰況。」
秀秋說道。
「從這山頂上看不到。」
平岡說道。
「何時能消散？」
秀秋問道。
「指的是霧氣啊？」
平岡表情遲鈍地反問道。
「起風了，天馬上就晴了。」
霧氣逐漸消散了。
十一點剛過，霧氣幾乎消散一空。秀秋俯望原野，大驚失色。「我方」全線幾乎都為西軍威勢壓倒了。不消說，敗象很濃。
「石見！」
秀秋大叫，遣人去叫來平岡。
此時，平岡佇立山巔軍營北側崖頭，俯瞰戰場，心中也開始動搖了。

（東軍會失敗嗎？）
霎那間，平岡首先想到的就是想停止叛變。然後，或者一如既往旁觀，或下山攻打東軍？在這種形勢下，小早川軍一萬五千餘兵馬若攻打東軍，西軍必勝，取家康首級如同摘柿子一般輕而易舉。
平岡一路晃著鎧甲，來到了秀秋的折凳近前。
「主公，有何貴事？」
「意下如何？眼下治部少輔形勢大好。」
秀秋緊鎖愁眉。此人也明白戰場形勢的好壞。不，毋寧說，正因為秀秋是思慮短淺之人，或許對現象的變動更顯得過於敏感。
「該當如何，石見？」
「此言何意？」
平岡仰起肥胖臉盤，明知故問。
「就是說，是否跟隨治部少輔。」
「確有道理。」
平岡可謂奸猾，令秀秋說出了冒險的關鍵話語。

「若是那樣，目前逗留營中的德川家軍監和黑田家的監視人，如何處理？」
「可以宰了他們。」
「原來如此，可以宰了他們。那麼，逗留黑田軍營的舍弟，後果會如何？」
理所當然，也會被殺掉。
「……」
秀秋沉默不語了。
「哎呀，武士為子孫而奮鬥。主公若能提拔令弟的遺子，他就不算白死。」
「背叛內府，如何？」
秀秋小聲問道。
「不必慌忙。再稍微觀望一下兩軍形勢，然後決定去就為宜。」
德川家的軍監奧平藤兵衛貞治，逗留小早川兵營裡。作為家康的旗本，他絕非無名之輩。他是下野宇都宮十萬石的奧平大膳大夫家昌的伯父，久經沙場，是名通達世故的老人。
（東軍的形勢惡劣。）
藤兵衛這樣判斷，焦急了起來。現在小早川若不衝下山去，東軍只有潰敗了。
（秀秋在幹什麼呢？）
藤兵衛開始尋找平岡，東瞧瞧西望望，少刻，發現平岡掀起秀秋的帳幔走了出來。
「石見大人。」
「噢，我當是誰呢。」
平岡看見藤兵衛，立刻將神情鬆弛下來，但臉上殘留著怪異的陰影。
（此人變卦了？）
藤兵衛的心思敏銳起來。
「正在酣戰，趕快倒戈吧！」
「我知道。」
平岡面無表情地頷首。故意裝做急匆匆的樣子走過去了。藤兵衛忍無可忍，逕自跑到大本營，倉促掀起了帳幔。

「中納言在嗎！」

藤兵衛的聲音很大，連呆在臨時房深處的秀秋都能聽見。藤兵衛瞪大眼睛，到處張望，發現秀秋沒坐在折凳上。

「在何處？」

「剛去了臨時房。」

一名近習回答。據說秀秋進去吃飯。

「在這個關鍵時刻，還顧得上吃便當！」

藤兵衛不管不顧，就要跨進。近習慌了神。

「站住！」

說完就進屋傳達。俄頃，秀秋走出了小屋，眼角飄著酒氣。

（果然名不虛傳，呆頭呆腦的！）

藤兵衛愣住，想喊秀秋，卻硬是忍住了。家康和三成的命運都掌握在這傻子手中。

「大人，遵照以前訂立的約定，應該儘早倒戈！」

「我心裡有數。」

秀秋沒看藤兵衛的臉，慌忙晃著細細的脖子點了點頭。

此時，平岡石見的腿甲被從松樹根底下跳出來的大久保豬之助拉住了。此人是黑田家派來的監視者，他本來就帶著決死的心理準備前來，所以，可以說其言辭幾乎就等於脅迫。

豬之助一手拉住平岡石見的腿甲，另一手緊握短刀柄。

「戰鬥已經打響了，勝負眾說紛紜之際，還不下達倒戈命令，令人費解！平岡大人若對我家主公甲斐守（黑田長政）撒謊，我對弓矢之神八幡神發誓，必與大人拚命！」

大久保豬之助這樣說道。

平岡石見並不驚駭。

「你的擔憂自有道理。大軍進軍的時機，你就聽從我們掌握吧。」

說完，他將豬之助的手一把撥開。

咬指甲

時間接近正午，西軍依然佔據優勢。

桃配山上的家康，坐不住折凳了，常常站起來咂嘴。

（真是差勁！）

對跟隨家康的豐臣家諸將的作戰能力，家康這樣認定。敵方只有占總數兩或三成的兵力在作戰。連這點敵人都拙於對付，可見東軍諸將的心底肯定沒有竭盡死力的準備。

（只能這樣認為。）

戰場如此混亂，家康的指揮不可能周密到位，只能由各將領隨機應變各自為戰了。

但有一個辦法。

在家康陣前十九女池畔擔任警備的本多忠勝，和家康同時想到了同一個辦法。他縱馬跑上山丘，大聲喊道：

「主上，現在到親自出馬的時候了！」

理當如此，家康頷首，立即站了起來。在這混戰的形勢下，只能靠主將一馬當先來到最前線，已方士卒看見家康的旌旗由後方奔馳到軍陣前頭，會感到一種無言的鼓勵。

這是一招險棋。敵人會覺得正中下懷，將家康營帳作為攻擊目標。

不過對身經百戰的家康而言，這股勇氣他還是具備的。為保住身家性命，喪失了戰機，這樣的深思熟慮家康是沒有的。

「前進！」

家康坐進轎子，一聲令下，轎子抬起來了。在護衛馬隊的簇擁下，武士喊叫聲不絕如縷，開始沿中山道奔跑。

這時，家康的金扇馬標和葵葉家紋旗等，由酒井左衛門尉守護，行進在前。

家康決心將新營帳設在前線，通過關原村，再往北行，位於距離石田陣地和島津陣地五六百公尺的地方。此處當時並無地名，戰後誕生了「陣場野」、「床几場」等名稱，貫穿整個德川時代，這裡被當作聖地保護著。

卻說三成。他聽聞家康出馬，心頭大喜。

「衝上去，砍下老賊首級！」

三成這樣高呼著激勵士卒，但難以即刻發起衝鋒。石田陣地前擠滿了敵軍人馬，擁擠不堪，推推擠擠，動彈不得。

「大炮搬來！」

三成命令道。傳令官奔向後方丘陵，足輕們立刻抬下五門大炮。

這是鐵鑄大炮，沒有車輪，炮筒固定在木臺上，形狀與後來的大炮差異較大，論其性能，火槍無法相比。

通常野外會戰不使用大炮。攻城或海戰時偶爾動用。織田信長對這種重兵器感興趣；秀吉嫌搬運困難，不喜歡大炮，不將其作為常備武器。

然而，朝鮮戰場上因為輕視大炮，弊端明顯暴露出來了。就火槍數量和性能這一點，恐怕日軍在世界上也是堪稱領先，靠火槍完全可以壓倒敵方。但明軍和朝鮮軍裝備著名曰「佛郎機」的大炮，它一出現在戰場上，日軍就大傷腦筋。

三成任軍監渡海後，目擊其狀，便將繳獲的敵炮帶回日本，讓自己領國內國友村的火槍工匠研究，製造出新開發的五門大炮。現今架在寨柵內的就是「國友炮」。

（現在，趁此有利時機，用之必有效果！）

三成這樣判斷。陣前敵人密集，而且心生恐懼，現在炮擊，敵人會心驚膽寒四散而去。

再令馬隊發起衝鋒，敵軍必定潰逃。

足輕們開始著手填裝火藥。

先將兩升左右的火藥全部倒入炮口，用長棒將其搗實於炮筒底部。然後，其他足輕將重約四公斤的炮彈裝入炮筒，接著裝散彈。說是散彈，其實就是裝入薄紙袋裡小石頭、鉛球等，數量有五六十個吧。

「從右側開始，依次開炮！最後一門開炮之後，槍矛隊發起衝鋒！」

三成命令道。

少時，第一門大炮的導火孔點著了火，足輕們都捂著耳朵，趴在地上。

「轟隆隆！」

巨大的炮聲響起，炸得沙塵飛揚，草根噴天，炮聲在戰場的天地迴盪。

重約四公斤的炮彈撕裂空氣，飛在空中；散彈雨好似通過漏斗的水，狠狠潑射過去。

哇！敵軍崩潰，戰馬狂奔，人群向四面八方亂跑。

大炮威力超出了想像。瞬息間又開了第二炮。石田陣地的陣容，被大炮發射產生的濃煙密實地籠罩著。

大炮連續轟隆隆地發射，最後一炮咆哮過後，突擊隊鑽出了白煙，兇猛地衝入敵陣。

敵人潰不成軍了。突擊隊若至少有三千人，槍矛就可以刺進家康的新營帳。

「治部少輔這廝，好厲害！」

家康沒注意到自己腳跟碾著泥土，亂踩著地面。他心急如焚。家康憂懼的是，事先已運作好並令其堅守待命的過半西軍，看到石田部隊、宇喜多部隊和大谷部隊現在的優勢，萬一反悔，該如何是好？目前形勢，他們若變心，家康縱然有鬼神般的武略，也必敗無疑了。

解救家康，惟有依靠駐屯關原南邊松尾山上小早川秀秋一萬五千餘兵馬反戈一擊，猛撲西軍背後。若能這樣，已約好倒戈的諸將也會放下心來，確信必勝，一致向西軍高舉反旗。事到如今，家康可憑恃的也唯有這個了。

然而，松尾山依然靜悄悄的。

旗不動，兵不動，不想開一槍，只在繼續觀望眼下戰況。

（為何如此？）

他們若恪守與家康締結的約定，早該下山攻擊大谷部隊背後，側擊宇喜多部隊腹部。然而他們仍不想動彈。

（在觀望形勢。）

任誰都會這麼判定。經過觀察，東軍出奇的脆弱令秀秋驚詫，因此他想突然變卦吧。

（金吾〔秀秋〕若變心，）

東軍必亡。

家康的臉上沒了血色，呼吸急促起來。

「被秀秋騙了！」

家康不由得大喊，癲狂似地嘟囔著。這個諸事思慮周密的家康，意外地失去冷靜。對家康來說，這很自然。自少年時代開始，他歷盡千辛萬苦，築起了自己的地位。針對這場大戰，慎重地做了事前準備和諜報工作，問題考慮得周到又周到，最後親臨戰場。然而畢生的策略和五十餘年的人生，卻因為松尾山巔愚蠢至極的黃毛小子，眼看就要崩塌了。

關於此時的家康形象，借用《黑田家家譜》中的古典描寫如下：

「家康公自弱冠之時始，有一癖習，每當己方危機之際，便咬手指。此刻也頻頻咬之，口中說道：為黃毛小子所騙，懊悔，懊悔！」

說是咬手指，嚴密說來，是咬小指指甲。不消說，家康本人沒注意到自己的這個習慣性動作。

「鄉！」

家康喊著身邊的使番山上鄉右衛門。

「快去甲州（黑田長政）陣地，責問甲州！他對我拍胸脯保證過，但金吾那廝緣何還不下山？」

「得令！」

鄉右衛門受家康焦慮影響，縱身上馬，馬蹄刨起土塊疾馳而去。鄉右衛門原本是小田原北条家的家臣，北条滅亡後，服侍家康。他通達事理，諳熟戰事。

鄉右衛門後背插著寫有「五」字的小旗，迎風而去。

「甲州，甲州，筑前中納言（秀秋）倒戈一事，沒錯吧？」

鄉右衛門一跑入黑田家陣地，就騎在馬上俯視長政高喊著，沒用敬語。家康的焦躁全都傳染了鄉右衛門。

「口吐何言？」

長政因為自家軍的敗退、對秀秋的疑惑等事，焦慮不安，血衝頭頂，大為惱火。

「金吾到底倒戈與否，我和你一樣無法知曉。事到如今前來追問，究有何用?!」

「僅言如此，無法覆命！」

山上鄉右衛門暫且不顧自己的身分差異，耍起了使番的威風。長政愈發怒目圓睜了。

「縱然金吾拋棄人質，欺騙我們，倒向石田、宇喜多一方，也不必狼狽不堪呀！現在稍等片刻，先打垮眼下的石田，再奔往松尾山宰了金吾，易如反掌。到了這緊要關頭，我甲斐守的利弊權衡，不在謀略，只在槍頭上！」

長政大叫大嚷。長政此番話的意思是，開戰前他為了家康，與西軍玩弄謀略。一旦開戰，長政就忘了那個角色，一門心思只想著交戰滅敵大事，此刻偏偏在混亂的戰場上責問戰前謀略的成功與否，這有何意義？

山上鄉右衛門縱馬歸去。長政望著他的背影。

「多麼不懂禮貌的混蛋！」

長政生鄉右衛門的氣了。剛才他連馬也不下，不用敬語和自己講話，太不懂禮貌。鄉右衛門走後，長政才察覺這點。

鄉右衛門返回家康的大營床几場，如實回稟了長政的話，口吻與原話一致。

沒料到家康卻很高興。他覺察到自己的焦躁，漸漸恢復了平時的冷靜。根據多年經驗，家康深知，大本營主將動搖，必影響全軍。

「甲州說得對！」

家康笑了，大大頷首。

「甲州乃如此性情之人也！」

家康這樣讚美，以顯示自己遊刃有餘。聚在折凳周圍的旗本，表情舒緩下來，煥發出蓬勃之色。

然而事態並未好轉。東軍依然受壓抑，家康必須打開這個困境。此時，視察前線的久保島孫兵衛策馬歸來，縷陳戰況。

先鋒福島正則部隊的頹勢已經隱瞞不住了。東軍好不容易獲勝的僅止於摧毀了小西行長的陣地。除此以外，全線形勢在時刻惡化著。

家康硬是控制著表情聽稟報。這個久經沙場的老練者，熟知目前形勢最是惡劣。在頹勢中，戰士不可能長時間忍耐下去。按照目前形勢，當某一個瞬間到來，他們就會頓時崩潰。一旦開始崩潰，任何力量也無法讓他們的步伐停下來。

「孫兵衛！」

家康下定決心，對這個偵察官說：「你再去一趟前線，給你戰馬。」孫兵衛的馬太疲累了。家康將自己的坐騎給了孫兵衛，語速飛快下達指示。所謂指示，即告訴前線的德川家火槍大將布施源兵衛，進兵秀秋的松尾山，排槍朝山上連續射擊。

「向金吾大人開槍？」

孫兵衛感到意外，即刻又理解了家康的用意。

這是誘戰的槍戰，是家康督促秀秋趕快叛變，同時也是恫嚇：汝若不叛變，我方就開始發動攻擊！

家康決定這麼做，將久保島孫兵衛派出去了。這一招或恐過於大膽。秀秋遭到家康槍擊後，興許愈發氣憤，將矛頭對準家康。另一種可能是，秀秋悚懼，這種悚懼化作轉機，大軍下山，按約定付諸行動，攻擊西軍背後。

何者占上風，不得而知，恐怕各占一半。家康將寶押在秀秋的纖弱性格上。那個性格纖弱的傻子，若能因槍擊而被家康的氣魄壓倒，受促動，蹦著跳著下山，家康就時來運轉了。

「快去！」

家康對使番久保島孫兵衛發出怒吼。孫兵衛騎上拜領的戰馬，飛馳而去。此馬是小林源左兵衛去年獻給家康的，其飛跑速度之快，無與倫比。

未久，孫兵衛抵達德川家的前衛陣地高喊：

「源兵衛可在？」

布施源兵衛一邊吃著乾糧，一邊指揮著火槍足輕。聽喊聲猛然回頭，神情遲鈍地問道：

「何事？」

此人是個彪形大漢，行動遲緩，常受人奚落。這樣的場合，家康或許覺得布施源兵衛那種看似悠然的姿相，是可以派上用場的。

使番久保島孫兵衛傳達了家康旨意。

「明白。」

布施頷首，從自己隊伍裡選拔十個火槍足輕，說了聲「跟我來！」就朝南走去了。

宇喜多部隊的流彈飛到了這一帶，布施臉不變色，腳踩野草前行。前面流淌著名曰藤川的河流，過了河就是松尾山的山麓了。布施登上山麓一座小丘。從山頂小早川陣地上，可以俯視得到。

「那就是金吾大人的大旗。瞄準那面大旗，開槍！」

足輕們一字排開，蹲踞在野草上，端起跪射的架勢，槍托頂在右腿上，操作調整，槍口呈仰角。毫無疑問，火槍的射程是打不著山頂的。然而山頂陣地肯定能領會家康的用意何在。

火槍的細火繩夾上了，火口蓋打開，一齊扳動了扳機。硝煙騰起，槍聲震天。

「此乃何事？」

山巔的秀秋尖聲高喊著。

「我記得那人背上的小旗。應該是內府火槍小隊長布施源兵衛吧。」

一個側近說道。

「內府為何如此？」

「是督促吧。」

……

平岡石見回答。平岡領會了家康的意圖，雖然如此，他也不想立即付諸行動。但秀秋的臉色變了。

「內府大發雷霆了！石見，趕緊行動啊！」

「是指倒戈嗎？」

「當然！」

秀秋站了起來，踢開折凳。平岡安慰著秀秋，讓他再次坐下來。

「那麼，請下命令吧。」

平岡說完便集合使番，讓他們記住下達給各隊長的命令：

「有特殊原因，現在倒戈！」

使番們對這道意外的命令感到驚訝。

「現在一齊下山，敵人是大谷刑部。攻打大谷陣地的背後與旁側！」平岡不容許使番對命令說三道四。

他們奔向了四面八方。

響應叛變

戰功卓著的松野主馬重元，是小早川家先鋒隊長之一。他的年祿一萬石，綽號「小早川家的槍鬼」，眾人皆知。

「呀，此人可是槍鬼？」

秀吉曾對叩拜於大坂殿上走廊的此人這樣問過。

「讓我看看臉！」

秀吉一副細瞧的架式。主馬戰戰兢兢仰起臉來。

雖說是小早川家的重臣，因身分係陪臣，沒有在殿上亮相的資格。秀吉一派輕鬆地打破了這條規矩。

「今後，你來給我講故事吧！」

秀吉說道。故此，松野主馬雖是小早川家的家臣，又直屬豐臣家。秀吉晚年又對左右說道：

「將我的姓賜給主馬！」

秀吉允許松野主馬用豐臣姓。秀吉認為，賜姓就等於結為血緣親屬，這是秀吉常用的懷柔法。透過這種方法，從心情上給予對方以準一族的親近感和名譽。秀吉獨創的這種待遇法，其後被德川幕府繼承下來，將松平姓賜予毛利家、島津家、蜂須賀家等強大的旁系大名。

對松野主馬這樣的一介武夫來說，如此待遇，令

他感激得簡直渾身發抖。

「聽說中國有句名言叫『知己之恩』，士為知己者死。恕我冒昧，我對太閤懷抱的正是這種心情。」

松野主馬時常對他人這麼說。

山頂大本營跑來的使番，出現在這位主馬面前。

「主馬大人，主馬大人，有令！」

使番甩開了馬。此人名曰村上右兵衛，他跑上前來，想大聲傳令，突然壓低聲音傳達了「倒戈令」。

「再說一遍！」

主馬歪頭，疑惑不解，難以置信的樣子。但他很快就知道，使番的話不是謊言。佈陣於山頂、山腰、山麓各要隘的小早川家部隊旗幟，倏然都朝向了西軍。同時，宣戰的鼓聲、出師的鉦聲，宛如突然湧蕩出來似地籠罩全山。

「是何道理？」

松野主馬厲聲叱喝使番。他問，主公要消滅豐臣家嗎？這一戰如果西軍敗亡，秀賴公後果如何，主公難道不明白嗎！哎呀，若明知如此，卻還要倒戈，我松野主馬作為武士不能答應，也不能容忍！

「果真如此，又當如何？」

話趕在這節骨眼上，村上右兵衛殺氣騰騰地問道。

「不言可知，不能背叛秀賴公。倘若倒戈，主公是主公，我主馬是我主馬，立刻下山，殺入眼下麇集的關東一方敵軍中，直到戰死！」

「大人那是錯誤觀念！」

右兵衛困擾得難以回答，卻又不得不說服對方。

「大人提到秀賴公，眼下若闖入關東一方大軍，是對賜予大人俸祿的主公不忠不義吧？如何看待不忠不義？」

「啊？」

主馬一時語塞。

武士的忠義，只限於現實中直接賜己俸祿的主公。不必顧慮主公的主公，這是通常理念。在這一點，松野主馬竟顧及主公的主公，這已超越了實踐

的境界。使番村上右兵衛言及此事，

「意下如何？」

又追問道。

「確有道理。」

松野主馬頷首，但仍未釋懷。他又說，背叛是「士」最大的悖德行為，縱然是主公命令，也不可同流合污。

右兵衛又說，此非笑談，背叛確係「士」之惡德，但中納言大人（秀秋）不是「士」，而是將。將者背叛，並非背叛，而是武略。是武略就不該以善惡衡量。

「總之，命令我已傳到了！」

村上右兵衛後退，來到坐騎旁，隨即成為鞍上之人。但他沒立即縱馬，一時間像在思忖。這名傳令官雖然傳達了主公命令，但對這道命令或許也不盡釋然吧。少刻，他仰起臉來，說道：

「主馬大人，切莫誤了命令！」

他像說給自己聽似的，言訖，揚鞭縱馬而去。

松野主馬左思右想。

他想的是道義。下及德川時代，關於武士道德中的道義問題，闡述探究得十分熱鬧，而在這一味追求功名的時代，松野主馬這樣的人實屬罕見。

（右兵衛花言巧語，把中納言大人的叛變說成了武略，非也。一派胡言！）

他認為，這畢竟還是有悖倫理。參與有悖倫理的活動，實不吻合一己的好尚。

「拋棄了吧。」

主馬大聲自言自語。所謂「拋棄」，指的是對主公不滿意時，家僕棄主公而去。家僕享有這種權利。進一步說，松野主馬覺得，自己並非只是秀秋的家僕。自己還直屬豐臣家，甚至受賜豐臣姓，與他人不同，思考「主公的主公」的事也是可以的呀。

「拒絕參戰。」

主馬丟開槍，集合部隊，轉移到戰場一隅後，命令全員不參戰。主馬的策略是，東西兩軍哪一方也不參與，始終觀戰，還須避開膽小怕事的誤解。如此一想，主馬立馬於矢彈飛來的陣前，置魁梧英姿於險境。此舉需要勇氣呀。

違抗命令的只有松野主馬。秀秋麾下的稻葉、平岡、鎌田、谷村等將領，計萬餘大軍，奔馳下山，一路山坡沙礫被刮得從天而降。他們撲向了大谷吉繼的陣地。

此日，大谷刑部少輔吉繼的打扮十分特殊。

藍綢布袋套在患病潰爛的臉上，僅露出兩隻眼睛，但兩眼已無視力。他故意不戴頭盔，只戴著朱漆臉盔。藍臉罩和紅臉盔，明顯地般配適稱。

「我想給大谷刑部百萬大軍，讓他放縱地作戰。」

秀吉生前說過這樣的話。現實中的大谷，年祿卻不過五萬石，手下兵卒不過二千五百人。

但有西軍的六個小大名分配給大谷當「與力」，大谷統一指揮他們。六人分別是：

平塚為廣	一萬二千石	三百人
戶田重政	一萬石	二百五十人
朽木元綱	二萬石	五百人
脇坂安治	三萬石	一千人
小川祐忠	七萬石	二千人
赤座直保	二萬石	五百人

將朽木、脇坂、小川、赤座四人的排列下降一格，是因為這四人鬥志不昂揚，能同路走到何處，是個疑問。

在這一點，秀吉麾下的直屬家臣平塚為廣、戶田重政的鬥志，始終高昂，忠實服從吉繼的軍令，在其指揮下，顯示了拚死決戰的氣概。吉繼的主力部隊與平塚、戶田的兵員合起來，剛滿二千。

這二千人從早晨開始奮戰，渡過藤川闖入敵陣，一軍獨戰東軍藤堂高虎的二千五百人與京極高次的三千人，奮戰不止，多次驅散了敵軍。如果事態照此發展下去，吉繼擔負的關原西南角戰場必以西軍大捷告終。

吉繼禁不住患病皮膚的折磨，沒穿鎧甲，只穿武士禮服，外面纏著白布，白布上用墨汁粗線條描畫著鎧甲模樣。

吉繼不能騎馬，他坐著卸掉四面邊框的平轎，讓騎馬侍衛中的身強力壯者抬著走。

「走！」

吉繼發出病體沙啞的聲音，命人將他抬入敵陣。看他那形象，手下自然有了不怕死的心理準備，舞槍躍進，縱橫衝殺，無人躊躇。

不幸的事就在此刻發生了。

吉繼的部隊為追擊藤堂高虎與京極高次的部隊，隊形極度分散。此刻，從右側的松尾山巔，小早川軍一萬五千兵馬，勢如崩塌般降落下來。

「主公，小早川他……」

轎旁的人因這異常事件驚駭，帶著哭腔大喊。轎上的吉繼倏地仰起了什麼也看不見的眼睛，仰望著右側山頂。

「叛變了麼？」

吉繼頷首。他認為事已終結。從這瞬間開始，豐臣之世終結，德川之世來臨。同時，吉繼有了心理準備，自己的生命到此必須結束。

吉繼第二個行動開始了。立即下令鳴金撤退，集合兵力，放棄了前面的藤堂與京極部隊，想狙擊剛出現在右側的小早川大軍。若想從這戰場上雙方諸將中尋找名將，惟有吉繼足以任此頭銜。吉繼設想到最壞情況，預先命令隊形要富彈性，安排平塚為廣、戶田重政擔任先鋒，將四百人火槍隊埋伏在藤川西岸。

這支埋伏的火槍隊橫穿中山道，挺進山腳下，四百杆火槍橫排在草叢裡，突然猛烈射擊前來側擊的小早川大軍。吉繼坐轎進入硝煙之中，揮動著麾令旗，下令道：

「死戰！死戰！」

他又聲嘶力竭地大喊：

「哎呀，金吾留下了千載醜名！槍崩叛徒！衝啊！別盯著亂兵雜輩，要以金吾的大旗為目標，滅了金吾！不可讓牛頭馬面把金吾推進地獄，你們要搶先於前，把金吾推進地獄！」

吉繼且高喊且衝入敵陣，那聲音與形象儼然有鬼神附體。大谷軍已化作死戰之兵。

先鋒平塚為廣和戶田重政二人，雖是年祿萬石的大名，卻縱馬挺槍，身先士卒。平塚為廣揮舞的十字形槍頭，血跡不曾片刻乾過。戶田重政雖是老人，也是不斷槍挑敵人，開路前進。混亂交戰中，重政的長槍掉了，無暇撿起，便抽出了腰刀。從他戰馬旁跑過的僕人，撿起長槍遞給了重政。此人名叫阿寅，重政平素討厭他，殘酷驅使他。阿寅儘管不受青睞，還是趕來參加這場帶著絕望的戰鬥，且一步不離重政的坐騎。重政感動了。

「阿寅，我也得戰死了！」

重政在馬上大喊。阿寅哭喪著臉，劇烈點頭。

「平素，是我錯了！」

重政向阿寅道歉。古代記錄這樣寫道：

汝出身下賤，並非名門。吾雖認為汝乃有用之人，卻因汝面相醜陋，平時憎之，最終未令汝配戴腰刀。此乃吾之武道過錯也。

總而言之，重政此言的意思是，儘管認為阿寅有資格成為武士，但因為其性格不招他歡喜，最終沒提拔到配戴雙刀的身分，這是自己作為主公的過錯。

「事到如今，無顏面對，授汝此物。」

言訖，重政將自己的腰刀扔給阿寅。這意味著授予他武士身分。

大谷的將士們揮舞刀槍衝入小早川軍，亂軍之中左衝右突。他們不考慮功名，高喊著「不義之徒」

「卑怯之徒」殺奔而去，小早川軍難以抵擋，頭陣立刻潰不成軍。緊接著第二陣也潰逃了。最後連大本營都動搖了。秀秋的大旗後退了五百多公尺。連家康的聯絡官奧平藤兵衛貞治也戰死了。

「小早川危險！」

家康坐在折凳上向西望去，意外的局面令他驚愕。得知小早川秀秋背叛，家康手持青竹麾令旗，往地面連續拍打了三次。

——金吾，總算付諸行動了！

他喜悅地高喊。然而大谷刑部少輔吉繼的作戰氣勢出人預料，戰場形勢再度惡化。

「你看混帳刑部那老不死的怪模樣！」

家康少年時代在駿河今川家長大成人，談吐頗有品格，是個語言沉穩之人，僅在這時候才口吐惡語。

此外，家康感到不快的是，戰線西南方向的藤堂、福島、京極、織田諸將，不想馳援苦戰中的小早川部隊，竟然暫歇，從旁觀戰。

「他們在做什麼！」

家康大喊，派出了使番。雖然口吐怒言，家康還是理解他們的心情。面對倏然參加東軍的倒戈軍隊，藤堂諸將感到困惑，不知如何處理為宜。還有，若將秀秋視為己方人士，他們對目前戰局變化會感到放心，但從做人方面看，或許又覺得秀秋可憎。故而退縮不前，不願坦率地向秀秋伸援。

面對這種局面，家康不能棄之不理，否則勝負的重心興許會再度向西軍傾斜。

「讓泉州大人揮旗！」

家康向使番下令。使番急忙作了一揖，就馳入戰塵之中。

所謂泉州大人，指開戰前就為家康從事諜報和幕後工作的藤堂和泉守高虎。

高虎在西南線的戰鬥中已受到吉繼部隊重創，撤退到關原中央，正在重整陣形。

即將開戰之際，高虎秉承家康命令，對隸屬大谷軍團的四個小大名運作，並取得了他們的同意。

這四人是：

朽木元綱

脇坂安治

小川祐忠

赤座直保

對這四人，大谷吉繼也疑其居心，特意將他們調離，命其佈陣於松尾山麓，以防備小早川軍。

藤堂高虎向此四人派去密使，傳達了小早川秀秋背叛的意旨，說明西軍必亡之事，約定他們做內應。

信號就是搖旗。

現在，家康下令搖旗了。

未久，藤堂陣地打出了怪異的旗幟，開始左右大幅搖動。正在追擊敵人的吉繼的近習，遠遠望見了那面旗幟。

……

「大人！」

近習湯淺五助當即稟報盲人吉繼。五助稟報之後，朽木、脇坂、小川和赤座的旗幟一致掉轉方向，啪啪！重新響起了槍聲。大谷部隊沒料到側面遭到槍擊，兵士一個個被擊斃了。

戶田重政掉轉馬首，朝新的敵人奔去，立即中彈，滾落馬下。平塚為廣早於戶田重政衝到秀秋的大本營附近，遭敵包圍，授首敵軍。

「五助，就要結算了。」

吉繼說道。他命令轎子停下。吉繼判斷，連朽木、脇坂都回應叛變，大勢已去了。

事實上，大谷吉繼部隊的奮戰已經是絕望的苦戰，兵士幾乎都死了。縱橫這一帶戰場的幾乎全是敵人。

「快該切腹了。」

吉繼低語之時，三十來個近習申請發動最後衝鋒。

「沒有用的。分頭逃走，保全性命吧！」

吉繼命令，近習們卻不聽。「向金吾中納言大人報以仇恨的一槍，再壯烈戰死！」他們高叫著衝了出去。吉繼大聲喊住他們。

「要衝鋒便衝鋒吧！但爾等知道，我是盲人，看不見爾等罕見之死戰。衝鋒者依次來我面前報上名字！」

吉繼向前探了探身子。每個人都騎馬湊近吉繼的轎子，自報姓名。吉繼一一點頭，眾人回致一禮後便縱馬衝向敵軍。吉繼雖是區區五萬石的低身分，卻相當理解武士的心。

他們全部戰死了。然後，吉繼下令：

「將我從轎子上扶下來！」

僕從長和軍中雜役合力，將吉繼抱下轎子。

「將金子全部拿出來！」

吉繼下令。僕從長保管在戰場使用的軍資，便將其從硯箱式金庫中取出。吉繼將黃金全部分給護衛身邊的士卒。

「既然註定是敗軍了，全軍戰死有何益處？趕快逃走！將這些金銀當作盤纏！」

吉繼怒吼著驅散了他們。然後，吉繼叫來湯淺五助，令他擔任介錯。

「不可將我的頭顱送給敵方！」

讓自己被疾病侵蝕的頭顱落入敵人手中遭到檢視，這對吉繼來說是不堪忍受的。

「五助，明白？」

吉繼盤腿大坐，腹部敞開。趁轉到身後的五助還沒拔刀，他敏捷地刀刺腹部切開。五助也恰在此時揮刀砍下了吉繼的頭顱，用無袖外罩包好，飛身上馬，朝戰場西邊馳去。來到谷川一帶時，已經遠離敵人的影子了。五助長舒一口氣，翻身下馬，扒開小石塊，執槍掘穴。俄頃，正要掩埋首級，只聽頭上傳來一聲大喊：

「這不是五助麼！」

五助回頭一看，原來是藤堂高虎的姪子、藤堂家的侍大將仁右衛門。

「呀，仁右衛門，久違了！」

五助拄槍站了起來，仁右衛門是他的故知。

「雖說是多年老友，但按戰場規矩，迫不得已。」

五助和仁右衛門都這麼說，開始了步兵式的兩槍交戰。湯淺五助曾有大勇之名，若在平時，仁右衛門哪是他的對手。然而五助清晨就開始激戰，已經精疲力竭，手腳都不十分靈活了，動輒槍纓朝下，終於大腿根被刺了一槍，仰面倒地。倒下之時疾速拔刀，將仁右衛門的長槍砍成了兩截。

與此同時，仁右衛門棄槍拔刀，跳上前去要砍五助。五助倒地，舉起左手說道：

「勝負已見分曉，我有話要說。」

他如實說出了吉繼首級之事，求他不要洩露給外人。

「拜託！」

仁右衛門將盔沿往下拉了拉，點頭說道：

「我向摩利支天（編註：武士的守護神）發誓，決不違背誓言，不洩密。」五助大喜，以槍為手杖，拄著站了起來，勉力端個架勢。少刻，走形式持槍交上一個回合，五助故意讓仁右衛門刺死了自己。其後，藤堂高虎大喜，戰鬥中特意將五助的首級送到家康的大本營拜見。家康說道：

「湯淺五助是大名鼎鼎的勇士，如果確是五助首級，一定是個兔唇。」

果然，五助是個兔唇。戰後，家康想令人尋找大谷吉繼的屍體，對左右說道：

「哎呀，有線索了。湯淺五助這樣的人，不可能未見主公之死，自己便死了，讓藤堂仁右衛門講一講五助的情況，準能問出眉目來。」家康讓人向仁右衛門詢問此事。

「我知道。」

仁右衛門誠實回答，但又說道：「但無論受何刑罰，我都不能說。五助臨終託付我的事，既然應諾了，縱然賜死。我也不能說。」

家康大笑。「哎喲，是個忠義規矩的青年。」說完，他不再追究此事，反而賜仁右衛門一口備前忠好的名刀，以誌對其功績的獎賞。

總之，大谷部隊全軍覆滅了。此事影響到西軍各陣地。傳令官奔走，傳達「金吾中納言叛變」的消息。隨之，全軍軍心動搖。譬如，小西行長部隊捲旗棄陣，開始潰逃。

於是，西南戰線的宇喜多秀家成了孤軍。被五、六倍敵人包圍，受到來自所有角度的攻擊，部隊開始崩潰了。

宇喜多秀家發狂般叱喝著崩潰的自家軍士，並且大喊：

「金吾叛變了！」

秀家調轉馬頭，朝向小早川部隊。

「反正已敗，既然如此，乾脆衝進金吾的大本營，大不了與那小子拚殺而死！」

秀家腳踢馬腹要衝上前去，這時先鋒隊長明石全登跑來拉住了秀家的坐騎，讓秀家鎮靜下來。他大喊：

「大將之身，不可疏忽輕率呀！」

秀家還沒斷念，吼道：

「作戰之利消失了，豐臣家等於滅亡了。剩下的惟有戰死，以報答太閤大恩！」

明石全登進一步哄勸：

「秀賴公在大坂，活下去，好謀劃秀賴公的未來！」

明石全登給秀家配上二十個近臣，硬是讓秀家逃出戰場。

時間已過午後一點半。

西軍有八成都潰逃了，東軍的攻擊目標全集中到佈陣於關原西北角的石田三成。

「真不明白！」

三成不知這樣嘟囔了多少次。令自己理解眼前的現實真是太難了。當初策劃這一行動時，理論上已經得出絕對勝利的確定答案。開戰中途，小早川秀秋舉動蹊蹺，三成覺得不可能勝利了。惡戰取得戰果，勝利的可能性復甦了。當然三成又開始懷抱希望：松尾山上的秀秋會跟隨佔優勢的西軍吧。然而一切都逆轉了。戰場上大谷、宇喜多、小西的旗幟消失了；眼前盆地裡漩渦一般翻捲的全是東軍的旌旗。

「左近，有何見地？」

「看來，」

左近瞇眼遠望：

「畢竟要失敗了。」

回答的聲音非常沉穩。負傷流血使左近面如土色，除此之外，他與常人無異。

「該當如何是好？」

「只剩下士卒們考慮戰敗後的各自態度了。」

「我沒敗。」

三成低語，緊接著又高喊著同樣的話。

「此話怎講？」

左近溫和問道。他懷疑三成是否精神錯亂了。

「我說的是，勝利確實消失了，但我沒敗！」

（搞不明白。）

左近納悶。三成的頭腦中，原本就對觀念過度敏感，缺少觀察現實的能力。面對眼前慘重敗亡之狀，三成卻依然視而不見，一仍舊貫，構築著一層層觀念的樓閣。

「我沒敗！」

三成尖聲喊道。按照三成的說法，家康並無名分，自己卻有「豐臣家的防衛屏障」這一巨大名分。名分不會因一兩次戰敗而消亡，而且是不可消滅的。三成的這種觀念，令他構思了這場作戰，它雖然在眼前漸趨崩潰，名分本身卻與三成同在，不會消亡。

「『我沒敗』就是這個意思。我要貫徹這志向！」

（說的仍是費解的話。）

戰術家左近是個現實主義者，他難以理解「名分」這觀念的世界。他只認為，現實中的戰鬥就要結束了。

「眼下如何定奪？」

「逃走。」

不戰死？左近以眼神詢問。

三成頷首。他說：「看一看源賴朝。」源賴朝舉兵討伐平家，兵敗石橋山。源賴朝隻身逃脫，後來各路兵馬雲集源賴朝旗下，匯成大軍，終於打倒了平家。三成平時愛讀《源平盛衰記》，幾乎能背誦下來。三成強調的是，與源家的復興相同，有志者縱然十敗，最後一戰也能夠實現大志。

「明白了。」

左近飛快地用力點頭。在現實家左近看來，與其聽三成講大道理，倒不如調整步驟，衝破眼前敵人的重圍，保證三成能逃脫出去。

此時，左近的兒子戰死了。

左近之子名曰信勝，十七歲初次上陣，穿的不是當代戎裝，一副古代披掛。身著紅皮繩連接鐵片的鎧甲，頭戴古式鳳翅型頭盔，戎裝與青春少年十分匹配。信勝於柵外前線指揮島家士卒。形勢逆轉之際，他決心戰死。

「作為一生的回憶，須殺強敵！」

信勝口中暗唸，衝入敵軍，趁亂混進恰好從西南戰線移來的藤堂軍支隊裡。地區狹隘，人馬混亂，沒人發現信勝。他尋找敵將，少刻，縱馬靠近了一個支隊長模樣、一身黑戎裝的魁梧猛士面前。

「和你扭打！」

信勝突然一聲大喊。猛士是藤堂高虎的姪子玄蕃，這突如其來的大喊令玄蕃十分狼狽。他的脖子被信勝扭住，掙扎不得，二人在鞍上就扭打了起來，接著滾落馬下。一落地，信勝舉起閃閃發光的短刀，刺進了對手鎧甲縫隙，疾速砍下首級。

然而信勝的體力畢竟有限，他站不起來了，趴在敵人屍體上。玄蕃的馬廻役（編註：馬隊衛士長）山本平三郎長槍下刺，刺死了信勝。

石田部隊已經潰不成軍了。

大多數人在這種絕望的戰況中留在原地，為死得體面而戰，相繼戰死了。看到這種惡戰氣勢，家康後來感歎：「家風可畏！」三成任大名時，招攬了大量武士，多數是蒲生氏鄉的浪人，另一部分是關白秀次的浪人。蒲生系統的武士幾乎悉數戰死於敗軍之中；秀次的浪人則是逃散了。

「舊主是蒲生氏鄉的武士們這般勇猛，證明氏鄉的薰陶還留在他們身上。」家康這樣評斷。

蒲生系統的石田家武士代表，是在石田家與左近平起平坐的侍大將蒲生備中鄉舍。蒲生鄉舍雖同姓，但並非同族，只是從氏鄉那裡拜領了姓氏。原名橫山喜內，生於近江蒲生郡橫山村。蒲生家移封會津時，鄉舍領年祿一萬三千石。

鄉舍奮戰途中，島左近負傷，鄉舍一人負責前線指揮。他以遊戲般的巧妙手法指揮士卒進退，沒讓敵人靠近一步。鄉舍本人原地不動，主將大旗也不移動，他始終坐折凳上指揮。

亂軍之中，鄉舍之子十郎（通稱大膳）戰死之際，鄉舍說：

「十郎這小子先去了冥府，也太性急了！」

他回首看了一眼身旁的小川平左衛門，一側臉頰扭曲著裝出微笑。此刻，己方幾乎被打散了，已無可供指揮的兵力。

「牽馬來！」

鄉舍決定進行最後的衝鋒，他從折凳起身，敏捷上馬。一看鄉舍開始縱馬前進，被驅散了的己方殘兵鬥志煥發，倒下者拾槍爬起，跟隨鄉舍共同前進。

前頭擁擠熙攘的是黑田、加藤、細川、田中、生駒、藤堂、竹中等人的部隊，鄉舍獨自帶領的只有二、三十人，這與其說是戰士，毋寧說是一群自殺者。

鄉舍時年五十一歲。他的坐騎毛色如白斑鹿，四腿像立起的麻稈沒有贅肉，後臀壯實得儼如朝上隆起。

鄉舍呼呼衝入敵陣，敵人像遇到大風的稻殼般飛散了。鄉舍繼續前進。

「老子是治部少輔的家臣蒲生備中，現在想奔往冥府！有誰來給老子作伴?!」

他向敵軍大喊著逼近。俄頃，開始交鋒，一桿槍下刺上挑前進之間，手下人幾乎都被殺死了，剩下的不過數騎，緊圍在鄉舍的戰馬旁邊。

「去向何方？」

備中的老臣小川平左衛門問道。

「內府身邊！」

備中回答。他繼續刺殺敵人。未久，小川平左衛門在對打中遇害。鄉舍的坐騎被刺傷，他落馬立即站起，徒步前進。最後槍也丟了，鄉舍拔出大刀奔跑，不覺來到敵軍後方。敵軍也混亂了，縱然看見了鄉舍，也不認為這徒步武士會有多高的身分。

鄉舍一看，前頭一將，身穿華麗戎裝，帶領數騎衛士，驅馳而來。他瞧旗幟有織田家家紋，原來是右大臣信長的弟弟織田有樂齋。他是秀吉的御伽眾，領年祿一萬五千石，這次跟隨家康，人在後方也馳騁戰場。

「織田侍從！」

鄉舍拖刀聳肩，問馬上的有樂齋。有樂齋時年五十八歲。

「還記得我嗎？我是蒲生飛驒守（氏鄉）的家臣橫山喜內。」

鄉舍報上有樂齋理當知道的舊名。有樂齋從馬上俯視，回答道：

「噢，記得。在此遇上我，算你有福分。我幫你向內府乞求一命吧。跟我來！」

鄉舍滿是灰塵的臉龐露齒大笑道：

「不敢相信，這就是信長公的弟弟！原來是一介凡夫啊！事到如今，你認為我備中會向大人乞憐嗎？」

說完，鄉舍靠近有樂齋身旁，揮刀朝其右大腿的腿甲砍去。

有樂齋忍受不住，落馬了。

織田家的家臣澤井久藏跑上前來，挺槍刺鄉舍。

鄉舍舉刀砍落久藏的長槍，跳上去砍死了他。久藏的手下一人驚駭，抱住鄉舍。鄉舍拖住他，猛地將其摔在地上，一刀結束了性命。此間，其他家的武士發覺了這一場面，瞬間，數十騎圍住鄉舍，合成槍林，猛地一齊將鄉舍刺倒了。這時有樂齋爬了起來。

「都退下！」

他斥退眾人，砍上了復仇的一刀。然而此刻鄉舍早已停了呼吸。

烏頭坂

蒲生部隊潰滅之際，島左近勒馬邊向三成的馬前侍衛下令：

「把大旗……」

意即把大旗捲起來。

「將那捲起來嗎？」

眾武士全都仰望背後笹尾山上迎風飄揚的「大一大萬大吉」長條旗。

「噯，捲起來！」

左近命令。

「你們慢慢上山，慢慢捲旗！其間，我衝進江戶內府的陣地，如果得手，取來家康那個肥膘腦袋瓜，隨身攜帶，當作送給閻王爺的見面禮！」

左近開始打點自己一生的最後時刻了。首先，他必須打防衛戰，以保證三成逃出戰場。同時，自己武名遠揚，此一死必須做到絕頂豪華壯麗。

（還剩幾人？）

左近目視清點了一下人數。從早晨開始激戰，大都陣亡了，頂多倖存百餘人。

「我帶五、六人即可。有無想找死的人？」

左近問道。他希望其他人悉數離開戰場。然而，士卒全體要求參加拚死衝鋒。這在當時是罕見的現象。

「最終，我家好奇心盛的人都聚齊了！」

左近欣喜笑著，立即應允了眾人要求。同時，左近向三成派去一人送信，讓他現在開始逃離戰場。

三成見到來使，當即高喊：

「逃走！」

三成拔出短刀，割斷鎧甲的細皮條，脫了下來。頭髮也故意弄得亂蓬蓬的，一副當地人的裝束。三成不以如此行動為恥，遠遠逃走，倖存下來，伺機可再謀劃討伐家康之舉。

「代問左近安好！」

三成對來使說完，便去了幔帳背後。近習磯野平三郎、渡邊甚平、塩野清助三人追了上來。

三成隱藏笹尾山中後，不許三人隨行。

「分別逃命吧！」

他嚴厲命令。三人不聽，哭泣著要求相伴。三成還是不允。

「走開！」

三成申斥道。他認為，既然決定逃走，隻身一人隱蔽草木之中才安全。三成比史上任何敗將都更執著於倖存下來。三成以一介文官身分，策劃並發動了關原大戰，與此相比，他的智慧在戰敗遁逃之際發揮得更加卓越驚人。

「我要活下去，必須捲土重來。為了讓我活下去，你們走開吧！」

他繼續叱喝。三人無奈，停步山道途中。

「聽明白事理了，好！」

三成臉上終於現出微笑，倏然轉身，消失在林中遠方。這是磯野、渡邊、塩野三人看到的主公最後身影。

原野上，島左近正在進擊。他一擊驅散了眼前敵軍京極高知部隊，接著闖入生駒一正部隊。

「那是內府大本營，至少要有一騎衝進去！」

衝在前頭的左近聲嘶力竭，激勵士卒。且大喊且殺馬前之敵，連踢帶打，那所向無敵的猛悍氣勢令人不由得感到他已化身厲鬼。他的士卒到處與敵人搏殺，揪打一起，渾身是血，一點一點挺進。

戰後的評傳《天元實記》這樣寫道：

「關於石田治部少輔三成之事，世人評價，好像他根本不擅長武道。此說與事實不符。三成分外愛護武士，他招募了最看重武道名譽之士。故此，關原大戰中，三成將士奮勇殺敵之氣勢，視死如歸之形象，異乎尋常。」

左近部隊最後的衝鋒也到該終止的時候了。為了保衛家康的大本營，驅馳這一帶的東軍幾乎都麇集此處，圍攻左近的百餘人要將其碾碎。激戰三十分鐘後，以左近為首的所有人都成了屍塊，肉體遭馬蹄踐踏蹂躪，連誰是誰都辨認不出了。

「有左近的頭顱吧？」

撿頭顱的人在泥濘中到處尋覓，最終也沒發現。其後，清理戰場的雜役也在尋找，左近的頭顱好像從人間蒸發似地消失了。

左近陣亡後，馳突戰場的西軍騎兵已不見蹤影，但有一個奇妙的例外，這就是盤踞戰場西北角的一隊兵馬——島津部隊。

島津部隊從一開始就無定見。

當初在大坂隨波逐流，歸屬西軍，然而要攻打伏見城時，突然變心，欲隨東軍，向守城之將鳥居彥右衛門元忠申請聯手協力，遭到拒絕。無可奈何隨西軍來到美濃。在美濃大垣城最後召開的軍事會議上，島津鬥志昂揚，力主夜襲赤坂。這建議遭三成拒絕後，倏然乖戾起來，在關原雖與三成毗連佈陣，眼觀石田陣地惡戰苦鬥，卻不馳援。三成登門懇求，見到三成，島津站都沒想站起來。

然而，島津也不當內應。

在戰場上保持中立，一動不動，只有敵人前來挑釁時才派出先鋒之兵應戰。東軍也懼怕這支部隊不可思議的沉默，不敢發動大規模攻擊，兵力都已轉移到其他戰場了。

還有一個奇妙的行動。正午過後，隨著小早川秀秋倒戈，西軍宇喜多秀家的部隊崩潰了，一部分沿北國街道向北逃去，自然就湧進了沿途佈陣的島津部隊裡。

島津部隊開槍射擊己方。

——都是自己人！有槍擊友軍的傻瓜嗎！

宇喜多部隊的士卒胡亂竄逃，對島津部隊大喊大叫。

「這是島津家的軍法！」

島津部隊高喊著回答。這是僅限於這場合的大道理，其真意是，無論敵方我方，凡湧入島津陣地者一律給予嚴酷打擊。宇喜多部隊驚駭，再無一人逃向島津陣地了。

（此乃何種機謀？）

家康從床几場遙望島津陣地，覺得薩摩人的想法難以猜測。西軍現在基本潰滅了，家康決定不饒島津部隊，派出麾下最強的兩個軍團。

即井伊直政和本多忠勝兩支部隊，擁擠嘈雜朝西北奔去。

此刻，時間近午後兩點。

這時，關原出現了最悲愴最滑稽的事態。島津惟新入道和島津豐久得知西軍慘敗，自家部隊的三面佈滿了敵軍人馬，終於開始進行軍事移動——退卻。

然而，背後的伊吹山天險阻遏島津部隊退卻，佈滿前方山野的敵軍正等待出擊，真是無路可逃了。

「除了突破敵軍，別無高招。」

島津家的主將與幕將立即達成一致意見。面對敵軍勇往直前，就是退卻。這在戰爭史上沒有先例，哪怕全部陣亡，也要保護島津惟新入道義弘安全返回薩摩國。他們想以此樹立島津家的武道形象。

「就這樣定了！」

先鋒隊長島津豐久說道，並命令全軍撕下袖子上的標誌，折斷馬標。

前隊百人簇擁著惟新入道，負責殿後的島津豐久率其他士卒，少刻，全軍高聲吶喊，以箭頭形衝鋒隊形，開始進軍。

高喊，擂鼓，步調一致，全軍一片漆黑，跑動起來。如此異常事態，令勝軍驚詫。

首先，他們通過了福島正則部隊的先鋒陣地前。正則叱喝將士：

「不許攻擊！」

正則不愧是個熟悉戰場之人，心中自有打算。首先，島津部隊自朝鮮戰爭以來，有「日本最強」的悍勇武名；加之全軍有決死氣概。正則認為，如果輕率攻擊如此敵人，惟有己方的損傷巨大。

「敵人垂死掙扎，切勿攻擊！」

正則下令。按他的看法，東軍勝利已成定局，現在縱然討伐垂死掙扎之敵，也無功績可言。

「放行！」

正則下令。但這道命令沒有送達先鋒福島正之的陣地，結果他們攻擊島津部隊，瞬間就被薩摩人的猛威頂回來了。

接著，秉承家康命令的井伊、本多兩支部隊奔上前去，隊形層層旋轉，擋住了島津部隊的去路，收縮包圍，朝惟新入道衝殺過來。島津部隊與之激戰，每衝破一層包圍，便從撕破的口子逃走。此間，士卒相繼被殺，人數眼看著不斷減少，但退卻速度絲毫未減，士氣愈發旺盛。

最令家康驚訝的是，一片巨大的步伐聲開始通過家康大本營前。

「竟從這裡通過！」

家康手執青竹麾令旗拍打地面。他臉部充血，脖子漲得通紅。已經扭轉戰局獲勝的家康，精神上綽有餘裕，他邊用麾令旗拍打地面，一邊因薩摩人正在他眼前通過的超人勇氣而感動，大聲讚美，並快言下令：

「我方將士不可劣於薩摩人，將他們全部殺死！」

天候多少為島津部隊提供了幸運。少頃，雨意濃濃，天空似呈傾斜之勢，豪雨敲打地面，雨煙籠罩戰場。島津部隊衝破雨幕一路南下，反擊，再南下，終於抵達烏頭坂。

烏頭坂可謂關原東南緣，取道山中，下西南，可走上伊勢街道。

然而東軍不允許島津部隊如此行進。結果島津部隊在這個山坡上走投無路了。

副將島津豐久在亂軍中出於決死的意志，穿上預備好的惟新入道的短袖外罩，勒起馬頭，引十三騎武士衝入追兵之中。

「哇，是惟新入道！」

東軍各隊望著島津豐久穿的猩紅色短袖外罩，亢奮起來，停止追擊，轉為迎擊。島津豐久闖入敵軍，揮槍拚殺。槍桿折斷，拔刀再戰，最後遭槍林齊刺，八桿長槍穿透了他的身體，宛如拋球似地七次拋向空中。豐久終於戰死了。

此間，主將惟新入道在百餘公尺的遠處，遭如洪水般的敵軍人馬圍困著，不知豐久已經陣亡。

東軍本多忠勝的部下，割下了豐久首級。見到首級，井伊直政說道：

「只讓平八郎（忠勝）立功，我感到丟人！」

井伊直政焦急地追擊島津部隊之間，發現前頭有一面圓圈套十字的家旗迎風招展。

「那就是惟新入道！」

他激勵士卒奮力追擊。

其實這面十字旗下的大將並非惟新入道，而是扮裝的家老阿多入道盛淳。

盛淳和豐久同樣，也想做惟新入道的替身。他激勵倖存的十五騎部下轉過身來衝向敵軍。部下當中有一人名曰長崎隼人，悚懼戰場的過度殘酷，沒跟從盛淳，故意滑落入路旁小溪，欲藏身灌木叢中。盛淳在馬上目光敏銳地發現了他。

「你聽著！」

盛淳高喊著。

「遠離鄉國千里，現在你即便藏身那裡，也無路可歸，死路一條！」

盛淳說完，長崎隼人爬上了道路，大喊一聲：

「我不再害怕了！」

他跑在盛淳的馬前。

盛淳衝入井伊軍中，大喊：「吾乃島津惟新入道！」奮戰之間中彈，授首大和浪人松倉重政的家臣山本七介。

豐久、盛淳陣亡，以井伊直政為先鋒的追兵終於逼近了惟新入道的坐騎。

島津的撤退戰法中有一特殊佈陣法「坐禪陣」，亦稱「捨身下跪加伏擊」。主將撤退後，決死之士散坐路上，端槍瞄準敵人，路旁草叢裡佈下伏兵。下跪姿勢姿儼如坐禪，追兵接近時，轟然開火，射擊結束，撤到隊伍最後面，槍膛裝彈藥。其間，第二夥接著射擊。按此反覆進行阻擊。此戰法可減緩敵軍的追擊速度。

井伊直政上了這種戰法的當，第一巡就右臂中彈，翻身落馬，還因出血過多神志昏迷，被抬進了附近的莊戶人家。

接著，與井伊直政同任追兵先鋒的家康四子松平忠吉，也遭狙擊負槍傷，在士卒照護下送到後方。

島津部隊傷亡巨大，有名將士幾乎都戰死了，撤出烏頭坂的惟新入道身邊不過八十人。他們抵達松尾山背面名曰多羅的村落時，東軍倏然停止追擊，各部隊分別掉頭，返回關原。

此刻已是午後四點了。

島津部隊對這突然變化感到不可思議。少刻，聽見敵軍各陣地上迴盪著螺號聲，得知是家康大本營命令全體勝軍結束戰鬥，島津部隊覺得自己復活了。但是他們的行動還未結束，還必須經得起由美濃戰場回歸薩摩沿路的艱難考驗。

他們通過伊賀時，勇戰三百草寇並驅散之；接著於白晝中威風凜凜突破了東軍的伊賀上野城下。爾後經奈良、大坂，從堺乘船航行內海，抵達日向，終於回到了故國。

藤川台

雨下在歷史之中。早晨開戰時，雨停了；午後戰鬥結束時，雨好像久等得不耐煩了，又下了起來。

關原之地河流很多，相川、寺谷川、藤川、黑血川等，分別流入美濃的低地。據說戰死者的鮮血流進淺灘，河水都染得通紅。

一切都結束了。

然而對勝利者家康而言，可謂一切剛從這雨中開始。

「頭盔拿來！」

家康站在松樹枝椏底下說道。會戰之間，家康一直沒帶頭盔，現在想戴了，向小姓下達命令。這是家康立於自己開拓的新時代潮頭上說出的第一句話。

（為何要頭盔？）

眾人納悶。戰爭已經結束了，雲集湧動戰場上的數萬勝利者，連歡呼勝利的體力都消耗盡了，坐在雨中，摘下頭盔，茫然自失。

「主上要頭盔嗎？」

小姓追問道。

家康頷首，將頭盔捧起，戴到額前髮稀的頭頂。繫著下頜和其他部位的頭盔細帶都綁緊之後，家

康高興地說出一句警言：

——勝利後要繫緊頭盔細帶！

這是個陳腐的警句，但說出如此帶有教訓性的話語，是這個現實主義老者的癖性。特別是在大事告一段落，可以放心鬆口氣時，此言會倏然帶有更多的教訓意義。

「不愧是主上！」

近習們天真地感動了。然而，家康不過是用頭盔來遮蔽越下越大的雨水而已。

家康戴上了頭盔，周圍人不得不又戴上了頭盔。因此德川大本營的氣勢威嚴肅穆，與活動在戰場上的疲勞之師相比，形成了鮮明對照。

「出發！」

家康雨中騎馬。在這個戰場上，家康騎馬也是首次。他離開了松林中的戰鬥指揮所。

這次移動不存在戰術上的原因，只是為了避雨。

煙雨包圍著家康及其團隊。他們坐騎的馬蹄刨起泥土，向關原西南奔去。西南有高地，名曰藤川台。幾乎大敗得全軍覆滅的西軍大谷刑部少輔吉繼的臨時指揮所，就建在藤川台上。家康要將此作為營房。

少刻，家康進去屋內。

房屋正面寬近四公尺，進深近八公尺，一進門，右側有道窗戶。建造水準僅僅如此。還有的就是泥土地面的房裡鋪著稻草和席子。

「馬上做飯！」

家康發覺自己肚子空空，回望了一眼僕從長，這樣命令道。畢竟是露營，沒有專門廚房，在距此百公尺左右的山坡上，為家康建了一間簡易廚房，四根細竹為柱，上面覆蓋塗有澀柿汁的防水紙，下面架起兩口鍋，燒火造飯。家康的近侍之一板坂卜，記錄了當時實況：「就連三千石左右的武士露營，廚房也不會如此簡陋。水桶三個，水壺一個，廚師兩名，僕役五名，負責伙房的人員只有這些。」

家康命令準備飯食後，好似想起了某事，喚來使者。

「向各陣地這樣傳達！」

家康下達了細膩得驚人的指示。

「仗打勝了，餓魔向大家逼來。此時若慌忙吃生米，會鬧肚子疼。所以要用涼水充分浸泡米粒，傍晚八點以後再吃。向大家這樣傳達！」

這真是老於世故的年長武士之語。使番對這意外的指示與家康的關愛感到吃驚，策馬飛快傳令去了。

各陣地均按家康指示去做。然而將泡在河淺灘的白米撈出來一看，都被鮮血染紅了（《落穗集》），這說法不知是真是假。

其間，東軍諸將為向家康致大捷賀詞，開始從原野的四面八方奔向藤川台。

家康繫緊頭盔細帶，也是為了這一場接待。家康端坐折凳的形象，派頭凜然，看上去特別像開闢了新時代的人物。

第一個前來祝賀大捷的是黑田長政。他讓小姓拿著頭盔，掀起印有葵形家紋的帳幕，進入家康營房的庭院，於屋簷下拜賀。

「哎呀，這不是甲州（長政）大人嗎？」

對待長政，家康的禮節尤其鄭重。他離開折凳，握著長政的手，三次高高舉起，說道：

「這次勝利，完全得益於甲州大人的辛勞奔走！」

確實，若無長政運作諸大名，不會有如此眾多的豐臣家大名跟隨家康。若無長政對西軍諸將動用計謀達成內應，家康在關原也不可能獲勝。

「我以何事，可回酬甲州大人的殊勳？」

家康說道。接著，他甚至這樣說：

「我德川家子孫萬代都不會怠慢黑田家。」

聽家康口出此言，長政滿足了。故此，長政一躍獲得筑前五十二萬三千石的廣大領地。日後，他走馬上任，奔赴新領地，在九州登陸，去中津城拜會了父親黑田如水，提及當時家康的熱烈褒贊。

「內府三次高舉我的雙手。」

長政興高采烈說道。這也是為了讓父親高興。

然而如水的神情苦澀。如水原以為這一仗會是持久戰，他想急速平定九州，率兵競爭中央霸主，最終奪得天下。如水廣納浪人和鄉間武士，武力奪取各方土地，活像打穀脫殼似的，目前九州加盟西軍的大名領地之大半都收入自己手中了。但是，形勢和預想殊異，由於兒子模仿老子，以策士自居，關原大戰半天就結束了。

如水得知外美濃的急劇變化後，

（我的大事，完了！）

他這樣思忖。他緊抓膝頭、眼睛一直盯著來使的形象煞是可怕。頃刻之間這副形象又被微笑抹掉了。再說了，活躍於上方的長政的策士派頭，如水只覺十分可笑。如水經常對側近說這樣的話：「長政要模仿我也行，但緣何不以奪取天下為目標？」

長政沒搞懂父親的本心。他看到如水異常不悅的神情，心裡猜測：

（是因為耳背嗎？）

長政將家康三次高舉自己手的那段又重複了一遍。如水終於頷首問道：

「被握的是右手還左手？」

這句問話，長政感到莫名其妙。他姑且向如水舉起了被家康握過的右手，說道：「呀，是我的右手。」

如水一聲苦笑，唾棄似地說道：

「是右手，這我知道了。可當時你的左手在做什麼？」

此話意思是，左手為何不刺殺家康？

第二個前來祝賀的是福島正則。家康正圓滑地誇獎正則之間，織田有樂齋出現了，接下來諸將摩肩接踵，相繼彙集小屋庭院裡。

家康臉上始終沒斷過微笑。他慰問每位武將的辛勞，表揚其功，給了不會兌現的空頭支票。

織田有樂齋的兵馬雖少，卻武運昌盛。除了殺死石田家的部將蒲生鄉舍，還取了西軍一流猛將戶田重政的首級。與重政格鬥的有樂齋的家臣申明，主公的槍尖將重政那戴著頭盔的頭顱從右向左刺透了。有樂齋說：「那槍頭卻一點也沒損傷。」於是家康道：「那桿槍務必讓我看一眼。」有樂齋大喜，派人把槍拿來，請家康過目。

家康看槍之間，小指碰到槍尖，刺傷了。或許是這原因，家康忽然不悅。

後來有樂齋向家康近臣打聽此事，回答是：

「因為主上發覺那桿槍是『村正』。」

村正（編註：伊勢國一族活躍刀匠之名，其家族所鑄造的刀具都稱「村正」）被德川家認為是不吉利的存在。家臣殺家康祖父用的刀是村正所鑄；發酒瘋的家臣揮刀砍傷家康父親的兇器，是村正；現今村正又傷了家康的小指。

「這如何道歉是好？」

織田有樂齋大駭，不如說他感到驚怖了。雖說自己不知內情，但在祝賀的場合，讓家康過目給德川家帶來災禍的村正長槍，還傷了家康的小指，自己興許會落得本心遭家康懷疑的下場吧？有樂齋心懷這般恐懼，讓人拿來柴刀，將此槍剁得粉碎。帳幕內外諸將看到有樂齋的失態，

——時勢變了。

無不心生這般感觸。織田有樂齋仰仗「信長公之弟」的身分很吃得開。信長健在時，家康在安土城的殿上也須跪拜有樂齋。當年的有樂齋如今卻如此懼怕家康，這般失態。

「主上已取得了天下。」

家康的側近們窺見有樂齋的舉動後這樣議論著。他們彷彿現在才知道大勢如此，品味著此日的巨大勝利。

——滑稽的是金吾大人。

大本營裡的人這樣議論著。諸將成群結隊前來祝賀大捷，惟有小早川秀秋卻尚未到來。

根據見聞，秀秋在松尾山自家陣地上自卑得抬不起頭來。確實，在人們看來，沒有比這更滑稽的光景了。

可以說秀秋的倒戈確定了家康的勝利。

秀秋若因西軍的優勢動搖而跟隨之，那麼，如今在藤川台接受祝賀的不是家康，而是別人了。秀秋是給家康帶來了幸運的人物，他卻好像心懷忌憚和悚懼，龜縮在松尾山上。

「那個傻子，似乎連自己起了多大作用都不清楚。」

家康的側近相互議論道。

諸將覺得秀秋的名字宛似禁忌，誰也不提。他確實為己方帶來了大利，但談及他那叛變的惡臭，實在令人不快。勝利者彼此間不願承認：這場大捷來自秀秋那令人不快的舉動。

但是，家康站在自己立場上，不能抹煞秀秋的功績。諸將祝賀完畢，家康好像著重想到了他，顧盼左右問道：

「金吾大人在何處？」

左右也好像剛注意到似地答道：

「這麼一說，還真沒看見他的身影。」

「茂助！」

家康叫來了平常不離身邊的使番村越茂助。

「你去將金吾大人接來！」

家康判斷，不特意去迎接，那個精神脆弱的傻子是不會來的。

村越茂助致一禮，上馬奔馳，背上的「五」字小旗迎風招展。

跑入松尾山麓的小早川營地，茂助向秀秋傳達了家康的旨意。秀秋歡喜雀躍。大喜之餘，饋贈來使茂助一百枚黃金。茂助捧著這意外禮物，難以處理。

「我準備一下，稍等片刻。」

秀秋慌忙穿戴上剛脫掉的盔甲。提到此事，盔甲像這名青年如此豪華者，在該日兩軍陣中再無第二人。上淡下濃的紫色鎧甲有代表豐臣家同族的桐葉鐵甲，頭盔上有金質龍頭鳳翅飾物，頭盔雙耳上飾以金銀製成的一橫上綴三星的小早川家家紋。秀秋腰上佩帶一口「毛太刀」，純金刀鞘外殼套著虎皮袋。坐騎名曰「白波」，是一匹肥壯高大的黃白雜毛馬。秀秋的戎裝與風度怎麼看都如平家的貴公子。

秀秋跟隨茂助來到家康大本營時，黑田長政掀起帳幔，特意到路邊迎接。長政既然自己動用計謀令他叛變了，他就準備陪同秀秋拜見家康。

秀秋總算來到了家康面前。

家康離開折凳。畢竟從三位中納言小早川秀秋與豐臣家同族，家康必須施以如此禮法。家康尊敬秀秋的身分，特意摘了頭盔。

「這是戰場上的規矩，望恕失禮。」

家康鄭重頷首致禮。這意外鄭重的禮節令秀秋驚慌失措，他跪在雨腳如麻的庭院紅土地上，雙手撐地，像低賤下人般叩拜。

對此，黑田長政皺起了眉頭，他對身邊的福島正則竊竊私語：

「你看看他那一臉奴僕樣。」

長政認為，金吾的官爵是從三位中納言，有相應的禮節規格，應當得體施禮。正則也發出苦笑，突然說出一個按他的水準而言是過於精彩的比喻：

「那是野雞來到了老鷹面前。」

正則覺得這黃毛小子如此狼狽，也是迫不得已。

家康沒露出輕蔑的神色，就像對待長政那樣的鄭重態度，說道：

「今天惟有金吾大人的戰功最大。正是因為那時順利倒戈，才發展成這樣的勝利。」

此時，黑田長政又來到家康近前說道：

「主上對金吾中納言過度的褒贊，令我也露臉了。因此，這裡承主上美言，懇請答應在下一個請求吧。」

長政所說的「請求」，指的是秀秋當初曾參盟西軍，攻打伏見城。為了贖罪，長政建議明天攻打三成的居城佐和山城時，請求家康務必任命秀秋為先鋒。

不消說，這是頗有策士風度的長政想出的計策。按照現職，秀秋完全與豐臣家同族。他若任家康的先鋒，從這一瞬間開始，秀秋就等於臣服德川家了。

家康明白長政的把戲。與豐臣家同族的秀秋，只要自今日起臣服德川家，那麼，福島正則等「與主上無血緣關係的大名」臣服德川家這一不自然的事實，也就變得很自然了。

「甲州也這麼說了，不知金吾大人意下如何？」

家康滿臉笑容凝視秀秋問道。

「啊？」秀秋抬起頭來。

「無上光榮！」

他在雨中回答。事實上，當先鋒本是武門的榮耀。再加上被恕罪的喜悅與家康的鄭重禮遇，使秀秋歡天喜地，不知東南西北了。秀秋雙手撐地回答：「遵命！」從這一刻開始，世道變了。

可以說，事實上豐臣家已經滅亡了。

古橋村

三成遁入了伊吹山中。其目的是前往大坂。可能的話，緊閉城門，造成死守城池的態勢，想與家康再進行一場決戰。若行不通，就逃往九州，尋找消滅家康的機會。

（有源賴朝的先例。）

對三成來說，這種想法是活下去的希望。三成愛讀《源平盛衰記》，幾乎都能背誦。對三成而言，源賴朝剛舉兵就兵敗石橋山，其命運可謂激勵三成活下去的唯一精神支柱。源賴朝兵敗石橋山，隻身逃至安房，在該地受到地方豪族擁戴，最後消滅了平家。

（我不能死。）

這一念頭激勵著三成的五體。三成鑽山林北去。大坂在西邊。

為抵達大坂，三成在腦中畫出了一條長長的迂迴路線。西邊道路危險，三成選擇潛行山中，遠遠繞過琵琶湖，走湖西岸山區，避開京都去丹波，想從能勢一帶進攝津。應當說，即便對一個帶著充分乾糧的健康人來說，這也是一條難中之難的路線。

何況三成的身體不比平常。

關原大戰的前夜，從大垣出發以來，三成因為下

痢，粒米未進，幾乎從未合眼。從早晨就指揮交戰，半日裡除了作戰還是作戰，最後隻身遁逃。三成現在一點力氣也沒有了，但還在走著。

三成身上穿著當地人的粗布衣裳，折一根新枝當手杖，攀登山坡，從岩石苔蘚上滑過，跨過了溪谷。天黑了，藏在林間睡了一覺。翌日，三成覺得照這樣下去小命也就完了。幸好在山谷裡找到一塊瘠田，摘下了稻粒，用石頭舂出米粒嚼之充饑。

——嚼之就能補身。

三成這樣堅信，他數著米粒咀嚼著。然而，這樣吃導致他的病情更加惡化了，嚴重腹瀉，幾乎就要倒下去了。

他還在走著，到了第四天，三成覺得自己要死了。逃離目前苦難，死亡是唯一的方法，但他叱責自己。

（我死了，家康還活著。）

三成這樣嘟囔著。三成的「傲慢」根性已經通過傲慢變成一種執念，這種信念讓他活下去。一想到死，他就抽出小刀，刺一下左上臂，鮮血像茱萸的果實鮮紅地冒了出來。

「還有血。」

三成的精神朦朧，意識快要消失了，他必須費氣力這樣確認，眼見流血，證明自己還活著。疼痛感令他稍微恢復了一點氣力。哪怕一滴血三成都十分珍惜，他將冒出的血都吸進了口中。

（想吃鹽了。）

三成這樣渴望著。身體脫水失鹽，皮膚和指甲都乾巴巴的。照此下去，三成將在山中無人知曉地成為餓殍，變成一堆無法辨認的白骨。

（我必須活下去。）

這種想法令三成懷戀起故里了。從關原算起，三成北上，在山中走了五十公里，此地已非美濃。而是近江北部了。北側巍然高聳的土藏嶽，將天空劃成了美濃天空與近江天空。峰嶺之水彙集，流動山谷中的高時川就在三成目前所處位置的崖下。

三成想順溪而下，下去之後有個名叫古橋的村莊。那裡是三成的舊領。

三成想起了自己領地百姓的面容。熱心於治國的三成，十九萬餘石領地上的百姓，他能記住兩成。直到後世，能像三成這樣熱心治民的大名也十分稀少。

特別是古橋村，某年遭受寒災，莊稼顆粒不收。三成免去地租，還送給村民一百石大米。村民驚喜，互相議論：村史上從未有這樣的領主。

（我曾給過村民大米，如今他們至少能報答我一碗稀粥吧。）

三成這樣思忖，緣溪下山，還沒進入平原，古橋村就出現了。三成趁夜色來到山寺。

寺名三珠院。三成敲門，俄頃門開。寺僧好像預知三成會來，一點也不訝異。

寺僧名曰善說，他沒有值得一提的事，只是個世間尋常老僧。

善說已知關原敗亡之事，卻對此事隻字不提。

善說僅僅這樣問道。他猜想可能想要米粥、清茶、或者妙藥什麼的。三成坐在火爐旁，彎著快要折了的腰，但仍不想扔掉自己的灑脫特色。

「施主要點什麼？」

「想要家康的首級！」

他回答。

老僧大驚。他猜想，三成大概由於戰敗彷徨山中，神經出了毛病吧。

「先來點稀粥吧。」

老僧毫不在意地問道。於是三成開始手按小腹。

「聽說韭菜粥對痢疾有好處。」

「那就做韭菜粥吧。」

老僧頷首，為摘取韭菜出了後門，蹲在菜地一角，捻摘韭菜時，恐怖開始令老僧的手顫抖起來。

（他將被殺死。）

確實如此。勝者家康千方百計搜索三成，他選派田中吉政負責。

田中兵部大輔吉政現任三河岡崎的城主，生於近江。他是個聰明人，從一匹瘦馬的身分開始磨練，最後躋身豐臣家的大名之列。

「你熟悉近江的地理。」

因此家康命令他負責搜索三成。田中吉政將麾下三千兵力分撒國內，嚴密搜索，連草根都要掀開尋找。當然，近江邊界的這個古橋村也有兵卒出沒。而且告示已經發下來了。

內容是，若在某村逮住了三成，則該村永免租稅。這一點很有吸引力。第二條，沒活捉而將三成殺死，賞賜殊勳者黃金百枚。相反，若窩藏三成，不僅本人，家人和親戚及全村人皆處以死刑。

少刻，韭菜粥煮好了。

三成吃將起來。吃了半碗就撂下筷子，肚子又開始疼了。

「怎麼了？」

「肚子疼。」

三成慢慢伸腿，俯臥下來。老僧遞給他一個枕頭。

三成轉過臉看著老僧，說道：

「我適逢壯年，戰鬥正酣時刻，肚子卻有病，不僅戰家康，還必須戰腹中之敵。家康恁大年齡卻手腳健壯，指揮大軍，因此我甚懊惱。」

「什麼事都是命運。」

「不是命運。我不相信命運。」

「那麼？」

信什麼呢？老僧看著爐上飯鍋的涼熱，心裡這麼思忖。

「我信的惟有義。孔子提倡仁，孟子處於末世，提倡義，強調義是立世防亂之道。孟子說，義戰勝不義，有義之處必然昌盛。然而這場戰鬥卻相反。」

「相反？」

「正是。不義獲勝了。」

少刻，三成的胳膊從肚子旁滑落下來，睡了過去，那睡姿好像被現實壓垮了似的。

（怎麼辦？）

老僧的眼神越過飯鍋，看著三成的睡相，他忘記了呼吸似地思索著，是舉報，還是窩藏三成？

少時，老僧站了起來，將法衣蓋在三成身上。

（相信是災難吧。）

老僧是相信命運之人。三成逃進這座寺院，對老僧來說是惡運。老僧從屬的佛法教育人們：命運無論善惡，人都難以違抗。佛法提倡既然命運難以違抗，就應甘心接受。任何事都是業，都是因果。面對業和因果，人無可奈何，人的一切命運早在前世就定下來了。

（我在前世作惡多端嗎？）

老僧在三成的腳下癱倒了。他心裡想，若有來世再出生一次，千萬別有這等事。為了創造來世的幸運，現在當奠定宿業的善根。所以，至少在三成病癒之前，將他藏起來吧。

兩天過去了。

可怕的事情終於發生了。不知是誰發現了，「三珠院裡窩藏一個落荒而逃的武士」，成了全村議論的話題。

「好像是治部少輔大人。」

人人猜測，相互談議，但沒人由於害怕災難而去舉報。蒙受三成百石大米之恩，還鮮明地留在村民的記憶裡。

此地有個人，名曰與次郎大夫，是當地的豪農。三成當年來視察時曾打過一聲招呼：

——你就是與次郎大夫吧？

因此與次郎大夫很感激，對三成懷有特殊感情。他想同時拯救三成與村莊。

首先，他和妻子離緣，讓妻兒都回娘家。以免連坐之災。然後，他來到三珠院，對老僧善說道：

「寺院裡進出的人太多。」

雖然如此，如果將三成藏到村裡自家宅邸，被發現後必給村裡添麻煩。按照與次郎大夫的想法，將三成轉移到離村子稍遠的山中岩洞，在那裡養病。若被發現了，罪過自己一人承擔。

老僧放下心來，誇讚與次郎大夫這個大無畏的建議，說道：

「死後能去極樂世界呀。」

善說如此勸說三成，三成也就同意了。時下頂要緊的是恢復體力，若能走了，想儘快離村，前往大坂。療養的場所只要比較安全就可以了。

最後，三成被轉移到與次郎大夫家的深山，與村子相隔兩座山。三成住進山中岩洞，與次郎大夫專心照護病弱的三成。

（世間真有不可思議的人。）

三成看著這個豪農勤快可靠的樣子，覺得自己認識了另一個世界。三成沒生活在與次郎大夫的社會裡，他少年時代受秀吉青睞，生活在權力社會之中。二十來歲後，三成掌握著可謂這社會最核心的權力圈，甚至可以自由決定列位大名的生殺命運。三成一直在這個位置上處世度日，直到如今。

（那個社會裡，不存在義。）

關原會戰的中途，三成終於明白了這個道理。存在的僅限於「利」而已。

人僅為利而動，利較多時，拋棄豐臣家的恩義如同拋棄舊履，小早川秀秋之流最是典型。一言以蔽之，權力社會裡不存在義。

（孟子錯了。）

三成這樣認定。孟子周遊於列強之間，訪諸侯，宣傳義。孟子說，義是國家、社會與文明秩序的核心。作為豐臣家的家老，三成讀《孟子》得到的信念是：維護豐臣家的秩序之道，就是義。這是何等空虛的理論啊。

（不，我並不恨孟子。）

三成這樣思量。孟子也活在亂世，他知道權力社會裡毫無義的觀念與情緒，他明明發覺這是空論，卻到處奔走，執拗地索求不存在的東西。
（但是，人有義的情緒。）
與次郎大夫就是這樣的人。
他是個瘦削的中年農民，氣色不好，臉盤醜陋。這個似乎一無可取之人，卻豁出性命和一家命運，窩藏三成，還這樣照護病人。這種行為完全得不到利益，而是無限的禍殃。儘管如此，與次郎大夫為三成煎藥，換鋪睡眠用的乾稻草，照護得無微不至。
與次郎大夫的如此行為，動機只有一個。
即他和三成感情親密。領主特別向他打過招呼，於是，他成了與領主關係親密的農夫。這種感激化作情念，變成了義，驅使這農夫有了如此舉動。
「與次郎大夫，對不起！」
三成說出此話時，與次郎大夫哭泣似地回答：當年若不拜領百石大米，全村人早就餓死了，我這是報恩，所以，且莫說那般令人誠惶誠恐的話。
（在我生活的階層裡，卻無這種可愛的理念。）

三成發出這樣的感觸。就連三成本人也是如此。他口頭倡義，實際上對參加西軍的大名誘以重利，許諾巨大封賞，想以此將他們拉到己方。
（而且，自己又會如何？）
對此，三成心懷不安。假設關原大戰中三成獲勝了，自己能保持何種程度的清高？他並無自信。縱然自己不創立石田幕府，也會創立鎌倉幕府時代北条那樣的政權吧。
（但是，我無那種打算。這一點大谷吉繼知道。正因為他知道，當初他雖然預測會敗，但是到了生死關頭，還是那樣殊死奮戰。）
然而，並非每個人都能這樣判斷。他們認為三成企圖奪取豐臣的天下。因此不認同三成的微弱勢力，都跑到了豐臣家最大的大名家康一邊。
（一切都是為了利呀。）
三成覺得自己敗給利益了。這時，他幾乎想出聲詢問與次郎大夫：

（和他們相比，你的心究竟如何？）

在岩洞裡，三成的身體總算恢復過來。第二天，與次郎大夫回村裡搜集消息，黃昏時分回來了。

據說鄰村都知道了這件事，而鄰村不是三成的舊領地。

與次郎大夫說，鄰村有搜索隊的營房，他們蜂擁至此只是時間問題。

「大人逃走吧。」

與次郎大夫鼓勵三成。三成不動。

「我要用我的義，來還你的義。」

三成答道。現在如果逃走，與次郎大夫必被處死，逃走不是三成回酬義的舉動。

三成開導了與次郎大夫一陣。他說：「我靠義，發動了關原會戰。但有人好像誤認為是因利而發動此舉，令我傷心。」

接著三成又說，如果現在枉顧與次郎大夫的不幸而逃，自己會被評定為不義之人，因此連這一戰都被視為不義之戰，失去了意義。

「為拯救我的名譽，你應當去田兵（田中兵部大輔）的兵卒那裡，報告我在何處。」

三成這樣說著，越說越激昂，終於說服與次郎大夫前去舉報了。

三成在岩洞裡等待著命運。等待期間，一瞬也沒考慮過自殺的事。

六条

三成被綁走了。

嚴密說來，他並沒被繩捆索綁。秉承家康的追捕令，田中吉政來到與古橋村相距咫尺的井口村。吉政派家臣、同姓的船左衛門，抬一頂轎子去接三成。吉政命令家臣：

——不可怠慢。

吉政與三成除了是同鄉，還有一層恩義關係。吉政少壯時代服侍關白秀次，是家老級別。因得罪了秀次，淪為浪人。當時三成同情吉政，向秀吉說情舉薦，讓他成為豐臣家的直屬大名。當時的恩義，吉政至今無法忘懷。

吉政不愧由底層磨練成長起來的，做事周到圓滑。他到半路迎接三成，鄭重地點頭致禮，然後，再次於營房客間會見三成，待為賓客。

然而關鍵之處，吉政決不疏忽。三成的裝束像樵夫，身上只披著一件柿色單衣，吉政裝作沒看見。若送三成一件外褂，那會得罪家康。

面對三成這次悲慘命運，吉政以無言的神色寄予同情，他說：「雖說如此，這次親率數萬大軍，實踐了乾坤一擲的壯舉，此乃彎弓射箭的武士夙願。若

非足智多謀的三成大人，是做不出這等大事的。」

三成頷首。

「田兵，你聽著！」

三成傲慢地略去敬稱，將「田中兵部大輔」簡稱為「田兵」。儘管大事失敗了，三成仍想說明此舉宗旨。

「這場大事，為回報故太閤殿下的厚愛，旨在翦除將危害秀賴公未來的禍首。但天不助我，遭此敗績。一切都是命運，事到如今，心中無悔。」言訖，三成將短刀贈給吉政。

「權當一份薄禮。」

這柄短刀是秀吉送給三成的，是盛傳於世的快刀貞宗（編註：鎌倉時代末期的著名刀匠）打造的名刀。吉政高舉雙手，接過了名刀。

家康以近江大津城為宿營地，一直駐紮此處。昨夜得到三成被捕的消息，在此等待押來本人。

（如何接待？）

家康左思右想。接待三成的方式巧拙，將影響現在肇始的德川天下之聲譽。

家康採用了複雜的方法。他一接到田中吉政將三成押來的消息，就吩咐道：「接待方式還沒決定，先在門前鋪一張榻榻米，讓他坐在那裡！」

根據此令，三成五花大綁坐在城門旁邊地上。卓越的演員家康，算計到加盟東軍的諸將今天集中來此向自己致賀，登城的豐臣家大名必會從馬上俯視坐在城門邊的三成。家康以極偶然的形式將生擒的三成示眾，以此廣告周知，豐臣家的權威已如同瓦礫，毫無價值了，由此提高德川家的威望。這個計畫如願實現了。

第一個走來的是在關原進行過最大規模激戰的福島正則。正則從馬上一見三成，便吐痰似地「啐！」了一聲，大喊道：「你小子是治部少輔吧！」正則在守山喝了祝捷酒，滿嘴酒氣。酒經常令此人失態，當天異樣的高喊也不正常。他破口大吼：「你小子發動空無意義的戰爭，反抗日本第一的武士內府公，落得這副模樣！這就是位居五奉行之首的小子下場吧？！」

「一派胡言！」

三成挺直腰板，臉頰瘦削，雙眼卻炯炯有神，盯住正則怒斥：「豎子你這弱智男人，焉能理解我的本心？趕快滾開！省得玷污我眼睛！」三成的聲音渾厚透徹，膛音洪亮，他將僅剩的體力都用到維護自己尊嚴上了。

「你這小子為何，」

正則進一步逼問：「為何不死？為何不切腹？為何接收這五花大綁的侮辱？」三成板起蒼白的面孔，答道：「你焉知英雄心事？」三成稱自己是英雄。他說：「英雄直到最後瞬間，也在思考如何生存，等待機會！」這是三成要大喊大叫表達的重點。

「我的眼睛在看著爾等每一個人的內心，然後去泉下稟報太閤。正則，你心裡記住！」

三成說道。總之，三成由於處在戰鬥漩渦之中，不太理解諸將的心理動態。現在他要看透了每個人是怎樣叛變的，然後赴死。好將此一一稟報黃泉底下的秀吉，並譴責他們。這種病態的人，不，這病態的正義鐵漢，若沒看透這一切是不會想死的。秀吉在世時，三成因為這種檢察官的性格就招惹眾人討厭，到了這關頭，他的性格表現得更加露骨。現在雖然被迫坐在地上，他卻似乎以檢定馬上勝利者的氣魄活在人世。

「是在發莫名其妙的牢騷啊。」

正則終於無話可說，馬蹄刨土，離開了三成。

第二個來的是黑田長政。這個關原會戰中的間諜頭目，見到三成，立即下馬，單腿跪在三成面前。

「勝敗可謂天運。」

長政以意外的態度安慰三成。他說：人稱五奉行之首的大人，落得這般模樣，實在遺憾。長政憎恨三成，曾發誓要生啖三成之肉。現今他拉著三成的手，那手冰冷得令他驚愕。長政脫下了自己的和服短外罩，套在三成身上。

三成失去了檢定者的語言，閉目仰面朝天，一動不動。

他失去興致，一言不發了。這種異常的溫柔，也是長政的性格，另一方面，也可謂關原會戰中長政的最後一計。在此處遭三成怒斥揭發對豐臣家的忘恩負義行為，貶低自己的評價，長政不做這種沒意義的事。長政用一件短外罩封住了三成的口。可以說，三成被長政最後一計一騙到底。三成的奇妙之處是，頭腦那麼聰敏，竟沒發覺此刻被長政騙了。證據是，長政離去時，三成俯首低語道：

——多謝！

三成好像天生就缺乏政治敏銳度。

少時，細川忠興策馬而來。忠興的視線沒投向三成一側，他在馬上低著頭，無言地點頭致禮，進了城門。

忠興進城門後，城裡樹林中有一人朝三成走來，此人是小早川秀秋。秀秋早在三成被城門示眾前就進了城，沒看見三成的形象。

「怎麼回事？」

秀秋的樣子非比尋常，以致忠興驚訝地問了一句。秀秋好像每邁一步腰部的重心都有變化，活像個跛子。眼神閃爍不定，不斷轉動，是秀秋的一貫毛病，即便如此，今天他也格外詭異，聽見忠興打招呼，急忙抬眼。

(因為是矮個頭。)

「是越中(忠興)大人啊。我去看一眼治部少輔。」

秀秋語速很快地回答。忠興冷靜的眼睛看到，秀秋只說了這麼一句話，額頭就冒汗了。

「大可不必了。」忠興皺眉勸道。「大可不必了。」忠興又跟了一句。

「不，我要去看一眼。」

秀秋回答。但這個豐臣家的同族好像心懷恐怖，表情僵硬。擔心叛變的後果，看可怕的人的好奇心，三成死後作祟的恐怖，趁三成還活著的時候先撫慰他切勿作祟，以求心寧等，如此這般，各種願望和感情，促使他的兩條細腿向城門邁去。

「大可不必了。」

忠興勸了第三遍。這最後一句好像沒傳到秀秋耳中，他邁著風中搖擺似的步子走過去了。

秀秋來到城門內側，到底還是沒敢走到門外三成身旁。他躲在門柱背面，以孩童捉迷藏的模樣悄悄窺視外邊。

三成的視線敏捷捕捉到秀秋。「金吾！」三成一聲大喊。不知這喊聲到底是從他那極度衰弱的身體何處發出來的。

「你那種窺視，多麼淒慘可憐啊！」

三成高喊著，又開始進行己所擅長的檢定。三成怒斥道，你小子是太閤殿下的同族，蒙恩最豐，卻跟隨要竊走殿下江山的老賊，捨義，背叛盟友。只要日本國有人居住，你小子的臭名就會永遠議論流傳下去。我死後變成厲鬼，也決不讓你活在人世！

「聽見了嗎！」

三成最後一聲大喝時，秀秋已從門柱後消失了，他像忘記了呼吸似地，走在通往本丸的斜坡上。

家康坐在居室深處，聽完那些相關事務的所有報告。最後頷首下令：「會見治部少輔，要鄭重對待！」

「必須鄭重！」

家康又強調了一句。三成示眾已經收到了效果，接著就要顯示德川家的襟懷了。應以軍門之禮接待三成，以改善輿論。家臣們領會了家康的用意，照令行事。

會見在無言中結束。

三成被解去繩索，身上穿的還是那件棉布單衣，即便是這副模樣，倨傲的三成還是以豐臣家權臣的態度對待家康，令周圍人目瞪口呆。爾後，三成託付給家康的側近本多正純家裡。正純是本多正信的兒子。

正純將三成帶到自家，按照家康命令，熱情款待。家康命令正純聽好並記住三成講的關原會戰經過和他的心事，因此，正純向三成問了許多事情，三成不做回答。最後，正純問道：

——為何不自殺？

三成好像憐憫正純似地微笑了，回答道：「這心事只有發起大事的人才知曉。古有賴朝，今有三成。你這等小卒，安能理解。」聽此言，正純大驚。

「小卒！」

他抓著下巴嘟囔。正純在家康麾下是個五萬石的大名。

繼三成後，安國寺惠瓊、小西行長也被生擒，送到大津來了。

家康心滿意足，立即下達行軍令，二十六日，家康押著三個敗將奔赴大坂。途中避開京都，取道醍醐，路過醍醐三寶院門前，經六地藏，進入伏見，在此地住了一夜，二十七日進入大坂。

在大坂的宿舍，三人的衣著太寒酸，家康向每人發了裡外一套棉衣。

親自發送的是家康的使番村越茂助。

慎重起見，三成問村越茂助：「這棉袍是誰給的？」村越茂助理所當然地回答：「主上賞賜的。」

「主上是誰？」

三成明知故問。死到臨頭還語帶諷刺。辨別是非曲直，一一訂正錯誤，好像是這個頑固得有點令人討厭的正義漢子最後的工作。

「主上只有秀賴公。內府不過是你們的主人，要稱『主公』！」

三成斬釘截鐵說道。

家康要在城下顯示到底誰是「主上」。二十九日，他將三成等人繩捆索綁，騎在馬上，在大坂和堺遊街示眾。每人的脖子上都掛著鐵圈，一到十字路口，獄吏就向群眾高聲宣讀犯人罪狀：「這些人肆無忌憚地組織黨徒，發動騷亂，妨礙天下安寧，據此，處以極刑。」

家康下令遊街示眾，是他的精心安排。九月三十日，三成等人將押往京都，十月一日，在京都遊街示眾，出發地點是位於堀川出水的奧平信昌宅邸。信昌是家康的京都所司代（編註：京都事務所長官）。

三成等人服裝又換了。是白紅相間橫條花紋的棉袍，色彩明豔花俏，一看就特覺滑稽。無論三成如何想保住威嚴，穿上這套服裝，也叫人無可奈何，哭笑不得了。

（這事做得太超過了。）

三成這樣認為。他終於覺察到自己的迂闊，將家康看得太簡單了。三成原以為家康理所當然會簡潔處死有身分的自己，所以沒自殺，活了下來。然而，家康將三成當工具使用，由此要讓世間普遍知道：世道完全變了。

在京都遊街示眾，三成沒有騎馬，坐在肩轎上，轎的四周圍有欄杆，人坐其內。

小西行長也是同樣。行長是虔誠的天主教徒，按照教義不可自殺。安國寺惠瓊一味怕死，他或許是自殺未遂吧。

三頂肩轎從奧平宅邸抬出，來到一条的十字路口，慢吞吞走室町通，進入寺町，然後奔向六条河原刑場。沿途看熱鬧的據說有數萬人，欄杆裡的三成對他們不屑一顧，以打禪的姿勢端坐裡邊，閉目，擔任家康策劃的這場活動的主角，苦苦忍耐著。途中，三成口渴了。

「可有熱水？」

他問奧平家押送組的組頭。「沒有熱水。」組頭不耐煩地回答。「但有柿餅，吃柿餅代替茶水吧！」說完，宛似向猴子扔食餌般，將柿餅扔進了欄杆。

對這種非禮舉動，三成無可奈何。但他還是使出最後的氣力，要挽救被家康摧毀了的自尊心。三成沉默片刻，尖銳地說出一句話：

「吃柿餅，易生痰。」

確實如此。自古以來，人們就認為吃柿子易生痰。

「一個將上刑場之人，再講究養生，怕生痰，又有何用？」

組頭說道，大聲嘲笑三成。

「真是個下賤之人！」

三成說道。

「大丈夫為義，討伐老賊。但事與願違，落入囚轎。小智難曉一世之大事，此時此刻，會出現何種事態，惟有蒼天知道。所以，雖說眼前就將遭處死，我仍須養生，厭毒！」

三成一字一板，格外爽快地說著。對此，獄吏沉默了，群眾也好似屏住了呼吸，啞默悄聲。

爾後，三成在六条河原受刑了。

三成沒有吟詠辭世歌。按照慣例，遊行寺住持、行腳僧遊行上人在六条道場要授予三成十念稱名（編註：唸十遍「南無阿彌陀佛」），但三成謝絕了。

「去九泉之下拜謁太閤殿下，惟此為樂！」

三成言訖，白刃閃閃發光，他的腦袋落在了沙灘上。眼睛依然睜著，望著東山的天空。劊子手狼狽不堪，急忙拾起了首級。

下河原

戰爭結束了，黑田如水卻在九州繼續活動著。表面上黑田如水始終隸屬於家康。

——我是隱居之身，但要平定九州，作為獻給內府的禮物。

如水這樣說道。他連克九州城池，然而，其本心誰也沒看透。

關原會戰的捷報，七天後傳到老人耳中。消息來得這麼快，得益於他預先設置的瀨戶內海接力式通訊船。

如水在陣中讀著密信。

（戰爭結束了。）

勝負如此神速，如水大驚。他判斷，想結束這種局勢，至少需要持續一年的戰亂。如水的構想是趁亂賺得九州，再引兵與中央勝利者相爭，最後奪取天下，此事筆者已多次言及。然而，上天根本不示好意於這位老天才。

（三成性急，是家康的幸運。）

如水這樣思量，撕碎了密信，撕得像絲線一般，投入火中。其後，一名重臣問道：「那密信上寫有何事？」

「無關緊要，是女人的事。」

如水泰然自若地回答。重臣納悶。如水本是個對女人興味寡淡的人，不可能在上方包養情婦。如此說來，「女人的事」所指為何呢？如水的重臣心眼若再敏銳一點，就可以想像出如水所說的情婦，或許是指天下大權。

如水的怪異之處是，接到家康勝出的消息後，仍然偷偷摸摸戀戀不捨地調兵遣將。

（天下事，變幻莫測。）

如水這樣思量。家康在關原獲勝，但駐紮大坂的西軍統帥毛利氏態度如何，尚不知曉。毛利氏只要有反家康的意思，就可與敗退領國的土佐長曾我部氏與薩摩島津氏聯合起來，反抗家康。這樣一來，包括「如水的北九州」在內，天下三分，形勢會變得饒有趣味。

如水的作戰能力恐怕在家康以上。如水少壯時代就是秀吉的參謀，為秀吉嘔心瀝血。晚年的秀吉害怕如水的智謀，為了不讓他擁有巨大勢力，將他打發到遠國的豐前，年祿也限定在十餘萬石。這種冷遇，甚至當時人們就說：

——不必諱言，對如水大人來說，這是男子漢頗有實力的榮光。

如水驚人的實力，不但秀吉瞭解，也廣為世人共知。

而如水本人比誰都更清楚自己的能事。但此人有相當脫俗的地方。

（老邁年高，已無競望天下的強烈功利心了。不過，想確認一下自己的才能，作為一生的回憶。）

如水畢生扮演的都是幫別人幹活的妻子角色。他生於播州豪族小寺氏的家老之家，最初協助小寺氏，接著輔弼秀吉，到底也沒碰上為自己盡情發揮才幹的機遇。

（一次也好。）

如水這樣想。他眷戀動亂。

事實上，如水已開始發揮奇跡般的才能。他招納了一小部分浪人，巧妙帶領烏合之眾，輕而易舉地連拔加盟西軍的諸將之城，軍隊勢力日益壯大，終於僅用月餘就平定了豐後、豐前、筑前、筑後，進而聯合肥後熊本的加藤清正要進攻薩摩。速度之快宛如魔術師乾淨俐落的手法。對此最感驚詫的是如水自己。

（我到底還是有取得天下的才幹！）

如水這樣認為。他暗中祈禱自己賭博成功。

但如水也沒忘記關照家康。十月二十五日，如水攻克筑後柳河城，此日，他向在上方從事戰後處理的家康去信，縷述戰鬥經過。對如水來說，這是一件大事。他殫精竭慮必須讓家康認為，這場攻伐完全是為了家康。其致家康信中寫道：

——目前僅剩下薩摩的島津了，這畢竟是個大敵，難以立即攻克。我想暫做休整，明年春季與加藤清正聯手討伐。此事還請恩准。

家康見信大喜。至少，他要裝出大喜的樣子，批准了請求。

然而，島津也是無懈可擊。他們敗退回領國之後，加強邊境防守，準備進行防衛戰，同時又向家康派去使臣，展開謝罪外交。這種暗藏恫嚇的巧妙謝罪，宗旨是懇望恕罪，但不可削減封地。倘若削減一寸一尺，便舉國決戰。家康左思右想，現今島津如果反抗，費了九牛二虎之力得到的天下，也許會再度陷入騷亂，諸方英雄豪傑群起，掌中天下最後又丟了。而且黑田如水是狡猾老狐，事態若變成那樣，如水會佯稱消滅島津，實際上卻與島津聯手，以加藤清正為先鋒，大軍湧向上方。

惟有家康看透了如水的用意。故此，家康對島津不做任何處分，愉快納降。但從本意上講，此刻沒有比這更令家康不快的事了。後來，家康臨終遺言：「將我的屍體朝西，面對西方敵人，我永世守護德川家。」家康看出將來要消滅德川家的是毛利氏或島津氏。
總之，由於家康對島津採取了出人意料的懷柔政策，如水腹隱的計畫化作一場夢。
家康滯留上方期間，處罰關原會戰的戰敗者，嘉獎勝利者，賜予如水之子長政筑前五十二萬三千石，對如水卻沒宣佈任何決定。人們納罕，論戰功，為東軍征服了整個九州的如水，功勞最大。
終於，側近之一對家康道出了這一意旨。家康搖頭，唾棄似地說道：
「那老人為何日夜辛勞？」
後來，如水風聞這個秘談，瞬間好似惡作劇被發現的少年一樣，縮著脖子噗哧笑了，什麼也沒說。他大概想說：知曉內幕了吧？
如水將九州事務處理完畢，為向家康致賀，赴京都拜謁了家康。
家康盛情款待，卻不涉及平定九州的話題。如水也隻字未提。

「這次大人真是太辛苦了，」
最後，家康像倏然想起來似地說道：
「所以，我奏請朝廷加官進爵，一併奉上退休金。」
家康要贈予大約一萬石的退休金。
如水惶恐不安，裝出對其隆恩非常感激的樣子，關鍵的決定他卻謝絕了。「畢竟我已老邁年高，對俗世已無任何欲望了。」他又說，犬子長政已拜受了過大的加封，足可贍養老衰的我。
（不可上了家康的當。）
這才是如水的本心。賜如水微小的官爵與領地，然後不知又會設下何種圈套。再者，如水從心底不想要領地。他想取得天下，為的是作為自己一生的回憶，既然這一意圖落空了，他就想重返原來的安樂隱居生活。事實上，此後的如水就呆在領地內的隱居城內，以村童為伴，嬉戲遊玩，終其一生。
如水滯留京都期間，借用位於東山山麓的公卿別墅當作旅舍。

如水的人氣熾旺，全京都的大名、公卿、僧侶爭相造訪。在他們看來，如水赤手平定九州，可謂當代諸葛孔明，很想直接聆聽這位智者的話語和咳嗽聲。

如水原本就是一個座談高手，嗜好言談。最後，聽到了如水的名聲，周邊的平民百姓也聚來了。

此地有一人，名曰山名禪高。山名家是足利幕府時代的名門，禪高曾任因幡鳥取城主，因過於膽小，遭敵軍攻擊時嚇得縮成一團，終被家臣們驅逐出城。但此人的品質好，秀吉同情這個無用的足利貴族，封他為從五位下中務大輔的高官位，任御伽眾一職，賜以祿米。

一日，禪高來訪如水，悄聲說道：

「我對大人有個忠告。」

禪高和如水是老交情。

「人們清一色的議論是，大人現今在招募門客，企圖謀反。」

按照禪高提供的小道消息，從達官顯貴到無官庶民都羨慕如水，成群結隊登門拜訪，那都是如水呼嘯召集來的。而且京都郊外的宇治、醍醐、山科等地，最近住了許多浪人，肯定是如水想佔領京都而暗藏的人馬。「我不相信，人們卻那樣議論。內府的性格，大人也是知道的，或恐有探子扮作訪客，混入其中。可要注意呀。」

一聽這話，如水手拍榻榻米，

（此人正是家康的奸細。）

看出了其中奧妙。他故意發怒，不發怒反倒會招致家康懷疑。

「荒唐！你想想看，」

不消說，如水知道這裡講的話會全部洩露給家康，故意說出可怕的事情來。

「那一年。」

這是指動亂的年頭。「我得知上方事變的消息，心有所思，舉兵征伐四方，終於平定了九州。當時我若有野心，」如水說出了他的戰略，「我可以率領九州大軍，沿山陽道上行，勢如破竹發起攻擊，先鋒是加藤清正。那勇猛的清正若在我的指揮下發揮威力，必定所向無敵。而且途中的備前、美作（岡山縣，宇喜多秀家的領國）正是空國。其鄰國播州又是我的故鄉，熟人頗多。在播州樹旗，向天下發表檄文，心慕彙集者能不下十萬之眾。若引如此大軍與內府軍決戰，還不知天下大權落到誰手中哩。」

「然而，」

如水的聲音變得粗暴起來。

「我沒有那麼做。非但沒做，還將自己竭盡全力打下的九州諸城諸國，一個不留全部還給內府。而且你看，我這樣隻身進京，祝賀內府勝利。——我這麼做，」

如水凝視禪高的雙眼。

「到如今，卻竟然認為我想謀反！」

禪高的眼光開始顫抖了。他低著頭，草草寒暄，告別如水，然後偷偷報告給家康。

「甚好！」

家康微笑，沒再說什麼。家康此前多少還懷疑如水。如今得知如水的內心像秋空一樣清爽。他放心了。

因為這件事，如水覺得與訪客座談是件麻煩事，立即關門。爾後，他大多是領著一個年輕武士，在京都街裡散步。如水戴著柿色頭巾，跳躍似地跛行著。滿街人誰也沒發覺這個一身粗服的老爺子，就在去年執一根馬鞭征服了整個九州。

如水身上帶有一種脫俗情調的風骨，又似乎多少有點好奇意識。祇園下河原的松林裡有座尼庵，住著一個眉目清秀的尼姑。她寂寞度世，有種痛楚之美，在這一帶是人們議論的話題。

「藏若，順路去一下。」

某日，如水走到附近，突然冒出這麼一句。他好像知道後門似地通過柴扉，順利進入院中，向屋裡打招呼：「能賞一碗水喝嗎？」

喊話之時，如水已經坐在陽光照及的簷廊上。如水是一個做任何事都很自然圓通的人。

室內出現了人影，俄頃，來到了客間，拉開如水背後採光的紙門。尼姑用漆板托著茶碗，端了過來，沉默不語。

如水也一言不發，默默低頭，雙手接過，然後說道：

「久疏問候了。」

如水故意以快活的表情看著尼姑的臉。尼姑微微點頭，臉上現出困惑的神色，俯首，身子一動不動。

「那個，」

如水舉起了手杖，指著籬笆旁邊的雜樹說道。「是烏岡櫟吧？」如水嘟囔著，他不必問尼姑便知道。「這是材質粗硬的樹。」如水說。「適合做櫓和木槌。用這種木頭燒出的炭，火力比任何木頭的火力都強。它是這樣的木頭，粗硬。」如水又說道。正像如水所言，在京都，庭院裡不栽這種樹。

「這是尼師所栽的嗎？」

如水問道。不必特意詢問，土很新，像是最近挖坑栽下的。

「那個男人，」

如水沒提名字。「緣何喜歡那種樹，在大坂宅邸和佐和山城都栽那種樹。他也具備通常的茶道修養，為何那麼喜歡毫無情調的樹，到現在我也沒弄明白。」

「因為他有智慧。」

尼姑首次用低得幾乎聽不見的聲音回答。尼姑想說的似乎是，烏岡櫟在帶櫟字的樹中，材質最堅硬，所以用途很多。出於重視實用遠超過重視情調的智慧，那人才喜歡這種樹。

「那男人智慧過多了。」

如水說道。

「智慧過多，從臉上都流露出來了，和我相似。但我懂得韜晦之術，到現在還活著。」

「你這人怎麼這麼壞喲。」

尼姑帶著蔑視，看著如水。如水並不生氣，執手杖劃著地面，點頭笑著說道：「我很壞。」

「我很壞，但還有一個男人，比我更壞。」

如水說的「還有一個男人」，指的就是家康吧。

「不義之人昌盛，這是好事嗎？」

尼姑似指家康。

「哎呀，這話不對頭喲。」

如水歪頭反駁。按他的生存經驗，義與不義儘管可以成為起事的名目，卻成不了改變世道的原理。

如水想說的是，豐臣家已失去了繼續治世的魅力。秀吉晚年，從大名到庶民都暗中渴盼秀吉政權結束。儘管如此，那男人卻硬要延續這個政權。一切的勉強都集中在這裡。但是，如水保持沉默。他改換話題說道：

「那男人成功了。」

此乃僅就一件事而言。他那一舉是獻給故太閤最好的盛饌。豐臣政權滅亡之際，如果連三成這樣的寵臣都奔向家康獻媚，那麼世道的形象就崩潰了，人們失去了道德操守的界限。如果遭活在人世的寵臣背叛到這種地步，那麼秀吉的悲慘可真是沒救了。如水此言的意思是，在這一點，那男人獲得了圓滿的成功。

少刻，如水放下茶碗，站了起來。

——將此當作供品。

如水說完，將懷中取出的東西放下。又喊起尼姑的俗名——初芽。然而，這時尼姑的身影已不見了。太陽西傾，採光紙門已經關上了。西斜太陽照射著的紙門上，映出了烏岡櫟的影子。

翌日，如水離別了京都。

（下卷完）

日本館・潮　J0249

關原之戰〈下〉

作者……司馬遼太郎
譯者……劉立善
主編……吳倩怡
特約編輯……洪維揚・梅子
行政編輯……高竹馨
美術編輯……吉松薛爾
封面繪圖……林繪

發行人……王榮文
出版發行……遠流出版事業股份有限公司
104005 台北市中山北路一段十一號十三樓
電話……(02) 2571-0297
傳真……(02) 2571-0197
郵政劃撥……0189456-1
著作權顧問……蕭雄淋律師

初版一刷……二〇一二年四月一日
初版八刷……二〇二二年十二月十六日

售價三〇〇元
若有缺頁破損，敬請寄回更換

ISBN 978-957-32-6964-9

國家圖書館出版品預行編目（CIP）資料

關原之戰 / 司馬遼太郎著 ; 劉立善譯. 一 初版.
一 臺北市 : 遠流, 2011.10-2012.04
冊 ; 公分. 一(日本館.歷史潮 ; J0247-J0249)
ISBN 978-957-32-6860-4(上冊 : 平裝)
ISBN 978-957-32-6908-3(中冊 : 平裝)
ISBN 978-957-32-6964-9(下冊 : 平裝)

861.57　　100018656

YLib 遠流博識網
http://www.ylib.com
www.ebook.com.tw
e-mail: ylib@ylib.com